“나는, 기필코 모조리,
죽여버리겠다고 맹세했어”
우케이 카이토

"저기요, 오라버니. 그 시절의 마이로,
분명 돌아갈 수 있겠죠?"
우케이 마이

"네, 오라버니는 마이의 오라버니예요"
울려 퍼지는, 떨어진 마음의 파편이,
깨지는 소리.
우케이 마이

두 번째 용사는 복수의 길을 웃으며 걷는다 6

~마를 사모하는 생령~

키즈카 네로
Kizuka Nero

“죽을 때도 그 아이의
몇 배나 괴로워하며
죽어라!
그게 아니라면
불공평하잖아!!”

'다음에 눈을 뜨면
오라버니가
또 걱정하는
얼굴로
곁에 있어 주려나."

프롤로그

아아, 정말이지 이 세계는 고약하다는 것을 절감했습니다.

오라버니에게 마이의 아름답고 귀여운 모습만 보여주려고 노력해 왔는데.

평온한 나날 속에서 줄곧 오라버니와 함께할 수 있다면 달리 바랄 게 없었는데.

그래도 분명, 이러는 게 맞아.

왜냐하면 이제 마이에게는 오라버니밖에 남지 않았으니까.

처음 튄 피가 몸에 닿자, 어쩐지 몹시 허망하고, 그럼에도 살갗이 타오르는 듯 뜨거워서.

인간의 길을 벗어나고도, 윤리와 도덕을 짓밟더라도, 평온한 나날과 연이 끊어져도.

마이가 오라버니의 곁에 함께할 수 있고, 소중한 사람들을 짓밟았던 상대를 죽일 수 있다면.

설령 죽어 지옥에 떨어지더라도.

어차피 이대로 홀로 살아가는 처지와 아무것도 다를 게 없을 테니까.

분명히 나는 지옥에 떨어진다.
그렇지만, 그럼에도 나는 개의치 않는다.
소중한 사람들은 이미 모조리 다 빼앗겨버렸으니까.

사랑한다. 사랑했었다.

그렇지만 사랑했던 너도, 네가 소중하게 아꼈던 아이마저도 나는 지키지 못했으니까.

되돌아온 소중한 친구처럼, 나 역시 망가진 채 아무는 길을 선택하겠다.

나도 망가진 채 아물어버리지 않는 한 분명히 죽어버릴 테니까.

아무것도 이루지 못한 채 죽기 이전에 모든 원수를 데리고 죽을 테니까.

오직 복수가 내게 남아 있는 너희들과의 마지막 인연이니까.

제1장 귀환자, 기억을 잃다

『……마라. 잊지……. 상처도…… 새긴…… 맹세도…….』

저 멀리서 누군가의 목소리가 들린다.

어두운 늪 바닥에서 기어 올라온 귀신 같은 목소리가 들린다.

그 목소리는 선명하지 않기에 어떤 이야기를 하는지도 알아들을 수가 없건만.

그저 마구잡이로 날뛰는 격정만이 감당할 수 없도록 전해졌기에.

나는 목소리를 차마 외면하지 못한 채 잠에서 깨어났다.

"으음, 큭……."

눈을 떴을 때 크림색의 천장이 보였다.

"여기, 어디야……? 윽, 머리 아파라……."

지끈, 너무 오래 잔 다음처럼 머리가 어지럽다.

1인용 방, 다른 사람의 기척은 없다. 삣삣삣, 전자음만 울려 퍼졌다.

이곳은 분명 병실이었다. 그런데 대체 왜 자신이 병실 침대에서 잠들어 있었는지 알 수가 없다.

"어라, 음, 어제는 당번이어서 일찍 학교에 갔고……. 켄타랑 스에히코랑 떠들다가 유토가 여자 친구를 만나러 상급생 층에 간다길래 놀리고……. 그런 다음에……."

그런 다음에? 그런 다음에 뭐가 어떻게 됐더라. 기억이 나지 않는다.

“실례합니, 앗?! 깨어나셨어요? 선생님, 선생님!!”

뭐지, 막 방에 들어온 젊은 간호사가 나를 보고는 허둥지둥 달려서 나가버렸다.

혼자 병실에 뚝 남겨지자 「저기, 간호사님? 이래도 돼요?」라는 불안에 이어 「음, 드라마 같군」이라는 감상이 솟아났다.

딱히 뭘 해야 할지 알 수가 없어서 일단 멍하니 기다렸더니 얼마 뒤 뭔가 엄청난 인상의 의사 선생님이 나타났다.

“아, 아아, 안녕하십니까. 우선 진찰부터 하지요. 괜찮겠어요?”

“어, 음, 네.”

상황도 잘 이해하지 못한 채 몇몇 질문에 대답을 돌려줬다.

진찰을 위해 환자복을 상반신만 벗었을 때는 흉터 가득한 자신의 몸을 보고 깜짝 놀랐다.

‘뭐, 뭐야? 뭐가 어떻게 된 거야?’

안간힘을 다해서 아무렇지도 않은 시늉을 했지만, 혼자였다면 「이게 뭐냐」라고 소리 질렀을 테지.

척 봐도 상당히 딱한 꼴인데 그나마 통증이 없는 게 위안이었다.

“……네, 보아하니 특별히 문제는 없군요. 이제 2, 3일쯤 검사를 겸해 입원하게 되실 텐데요, 가장 심각했던 어깻죽지의 상처도 깔끔하게 아물었습니다. 후유증도 없을 겁니다.”

펜 라이트가 눈동자 속 깊숙한 곳을 비추고, 지시에 따라 팔을 움직이고, 청진기가 찰싹찰싹 들러붙다가 이윽고 진찰이 끝났다.

“그나저나, 음, 선생님? 사실 제가요, 어쩌다가 여기에 오게 되었는지 잘 모르겠거든요……. 교통사고? 그런 건가요?”

온몸에 난 흉터도, 뭐가 어떻게 된 건가 기억나지 않는 상황도 차에 치였던 애니메이션 및 드라마의 등장인물이 곧잘 맞닥뜨리는 전개다. 뭐, 몸의 감각은 쾌적하니까 아주 큰일이 났던 건 아니겠지.

그렇게 별생각 없이 가볍게 물은 질문에 예상 밖의 반응이 돌아왔다.

“““““…….”””””

‘어라, 분위기가 왜 이래. 엄청나게 무거운데요.’

의사 선생님은 난처해하며 다른 선생님 및 간호사와 얼굴을 마주보다가 한 차례 고개를 끄덕이곤 이쪽을 주시했다.

“우케이 학생, 질문드리죠. 가장 최근의 기억은 어디까지 떠올릴 수 있습니까?”

“음, 으음, 학교에서 1교시가 시작되기 전 친구들이랑 떠들던 기억까지는…….”

“그게 몇 년의 몇 월 며칠이었는지 생각납니까?”

“2015년, 6월 8일이요.”

자신의 방에 놓아둔 달력을 떠올리면서 대답했다.

대답을 들은 의사 선생님은 역시 또 주위 사람들과 시선을 주고받더니 복잡한 표정을 짓고 말문을 뗐다.

“……우케이 학생, 마음을 가라앉히고 들으세요. 지금은 2016년 10월 13일입니다.”

“……네? 어라, 음? 노, 농담, 농담이죠?”

“아마 믿기지 않을 테지만 진짜 사실입니다.”

“그러면 뭐죠, 아하, 제가 1년도 넘게 기억을 잃어버렸다고요? 아니, 세상에, 아니, 아니죠……. 혹시 설마하니 뭔가 사고가 나서 식물인간이었던 거예요?"

아니, 도대체 뭔. 어느 쪽이든 이딴 만화 같은 경우가. 아니, 진짜로, 아니, 아니잖아.

혼란에 빠진 머리로 되묻자 의사 선생님은 절레절레 고개를 흔들었다.

"환자분이 여기에 이송된 지 오늘로 정확하게 열흘째입니다."

"아, 아하, 그야 그런가. 1년 이상 줄곧 잠들었다면 더 쇠약해졌겠네……. ……음, ……으음, 요컨대, 그러니까, 역시 1년치가 넘는 기억이 싹 날아갔단 말씀인가요? 이게, 날짜가 잘못된 게 아니라?"

"단적으로 말씀드리자면 기억 상실의 가능성이 높겠습니다."

"으, 으음……. 1년, 1년이라……."

음, 진짜냐, 거짓말이지?

아니, 1년을 푹 누워 있지는 않았다는 건 그나마 다행인데, 1년 이상의 기억이 싹 날아갔다는 것도 황당하다.

왜냐, 1년이 훌쩍 지났다면 지금은 3학년이란 말이잖아. 그러면 뭐냐, 곧 입시거든?

날짜상 센터 시험까지 겨우 3개월 남은 셈인가? 으아아…….

"아마도 일시적인 증상이라고 여겨집니다만, 우선 두부의 MRI를 찍죠. 자, 안내해드리겠습니다."

"아, 네, 네에."

차마 도저히 동요를 숨길 수 없었지만, 의사 선생님에게 채근을 받아 침대에서 내려섰을 때였다.

"오라버니!! 앗, 아, 아야……."

쾅! 세차게 열린 문이 고무 패드에 다시 튕겨서 막 들어오려던 인물의 몸을 때렸다.

"이런, 괜찮냐?! 앗, 으음."

그렇지만 문에 부딪힌 어깨를 매만지고 비틀거리면서도 내가 있는 곳까지 다가온다.

"……오라버니가, 눈을 떴어요. 꿈이 아니야. ……꿈이 아니야. 여기 있어요. 살아 있어, 살아 있어요."

"이, 이 녀석, 진정해. 잠깐, 와하핫, 간지럽다니까?!"

허둥지둥 바짝 다가들어서 마이가 나를 부둥켜안고 매달렸다.

거듭거듭 잇따라 몸을 더듬더듬 만지고 확인하며 당장에라도 울음을 터뜨릴 것 같은 마이의 얼굴.

마이의 이런 표정을 보는 게 얼마 만이었더라.

'……으윽, 뭐, 뭐지, 이게.'

그 얼굴을 본 순간 가슴을 꽉 조이는 감정이 끓어오른다.

"오라버니…… 오라버니……. 으흑, 훌쩍, 훌쩍……."

우는 마이를 보면서 정말로 1년이 넘게 지났다는 실감이 들었다.

어젯밤, 아니지, 마지막에 봤던 때보다 살짝 머리카락이 길어졌고 얼굴 생김새도 어른스러워졌다.

그렇지만 흐느껴 울며 부둥켜안는 마이는 어릴 적부터 내가 봐왔던 동생과 다를 게 없었다.

"마이……. 하하, 미안해. 많이 걱정을 끼쳤나 봐."

나는 자신의 내면에서 끓어오르는 생소한 감정을 내리누른 뒤 말을 건넸다.

눈물짓는 마이를 이렇게 달래는 것은 옛날부터 내 역할이었다.

톡톡 머리를 쓰다듬어주며 마이가 진정할 때까지 잠시 가만히 놓아뒀다.

"그럼 잠깐만 기다리고 있어. 이제부터 검사를 받아야 한다더라."

"동생분은 별실로 가시죠. 잠시 대화도 해야 하는지라……."

"아, 흑……. 알겠, 습니다."

방을 나온 뒤 통로의 중간에서 마이와 떨어지고 간호사님의 선도를 따라 리놀륨 바닥을 걸었다.

"동생분, 무척 걱정을 많이 하셨어요. 학교가 끝나면 매일같이 면회 시간을 꽉 채워서 곁에……. 앗, 우케이 씨?! 어디 아프세요?"

한심한 꼴을 보일 순 없노라고 오빠의 고집으로 아득바득 견뎌 냈었던 눈물이 흘러나왔다.

"음……. 아뇨, 죄송합니다. 뭔가 잘 모르겠는데요, 그냥, 가슴이 먹먹해서……."

"후훗, 요즘에는 보기 드물게 남매 사이가 좋네요."

"아, 네, 맞아요. 맞기는 맞는데요……."

이런 정도로 울어버렸다는 게 이상했다. 아니, 여동생이 이렇게 많이 걱정해주면 물론 몹시 기쁘다. 그렇지만 굳이 울 일은 아니었을 텐데. 이런 꼴이면 켄타라든가 또 시스콤이라고 놀림을 당할 것 같다.

나는 눈물을 닦고 검사실로 걸어갔다.

그렇게 놀림을 당할 날은 오지 않는다는 사실을 아직 모른 채.

검사가 끝나고 별실로 돌아왔을 때 방 안에는 마이, 그리고 진한 갈색의 낡은 정장을 입은 살찐 중년남, 말끔한 검은 정장 차림에 키도 몸집도 평범한 남성이 있었다.

이 사람들도 혹시 병원의 관계자일까?

"……선생님, 오라버니는, 오라버니는 괜찮은가요?"

마이가 의자에서 일어나 가까이 다가오더니 안절부절 불안해하며 묻는다.

"괜찮습니다. 일단 뇌에서 이상은 발견되지 않았습니다. 안심하세요."

"진정하래도, 오빠 괜찮아. 오히려 뭔가 몸 상태는 꽤 괜찮은데?"

"……정말요? 괜찮아요? 오라버니, 거짓말하는 거 아니죠? 원래부터 스펀지처럼 구멍이 송송 뚫렸던 머리가 피망 수준으로 퇴화됐다거나 그런 건 아니겠죠."

불안을 미처 지울 수 없었는지 마이는 떨어지지 않고 옷자락을 꾹 잡은 채 놓아주지 않았다. 어릴 때부터 마이의 버릇이다.

그런 와중에도 평소처럼 독설이 튀어나오는데, 그 까닭을 잘 아는 나는 뭐라고 차마 받아치기가 어려웠다. 뭐, 귀여우니까 전혀 불만을 늘어놓을 생각은 없지만. 오히려 전부 용서하겠지만.

'그나저나 오늘은 평일 같은데. 마이, 학교는 괜찮나? 아직 대낮

이잖아.'

학교를 조퇴해서 왔을까. 그렇게까지 할 필요는 없는데…….

물론 걱정해주는 마음이 기뻐서 입 밖에 꺼내지는 않지만 말야. 괜히 말하면 마이가 삐쳐버릴 테고.

"자, 반가워요. 잠깐만 대화 좀 나눕시다. 나는 이즈카 지서 소속의 미야가와입니다."

"오니시입니다, 잘 부탁합니다."

그때였다, 불쑥 대화에 끼어들어서 미야가와라고 이름을 밝힌 중년 남성과 옆에서 같이 오니시라고 이름을 댄 다른 한 명의 남자가 경찰수첩을 보여줬다.

"어? 형사님이세요?"

"네. 몇 가지 질문드리고 싶은 게 있어서요. 사실은……."

"미야가와 씨, 이분은 아직 저희 병원의 환자입니다. 상황이 상황인지라 이 자리에 동석하겠다는 요청을 거부는 안 하겠습니다만, 강압적인 행동은 삼가주시죠."

"아차차, 알겠습니다, 알겠습니다. 확실히 의욕이 조금 앞섰군요. 그러니까 무서운 얼굴로 노려보지 마세요. 하하, 꾸중을 들었다네, 오니시 군."

"당연하잖습니까, 어휴……."

어깨를 으쓱거리고 가볍게 웃는 미야가와 씨를 보면서 오니시 씨가 한숨을 쉰다.

"저기, 도대체 무슨……?"

"우케이 학생, 일단 자리에 앉아주시죠. 전해드릴 내용이 있습니다."

"아, 네."

재촉하는 대로 전원이 탁자 자리에 앉자 간호사님이 차를 가져다 줬다.

잠깐 한숨을 돌린 뒤 의사 선생님이 말문을 뗐다.

"주된 외상은 생활에 지장이 없을 정도까지 회복됐습니다. 가장 상처가 깊었던 양쪽 어깻죽지도 거의 완치라고 말할 수 있겠죠. 팔다리에 마비 증상도 없으니, 만약을 위해 2, 3일쯤 상태를 본 다음 퇴원하면 문제없을 겁니다."

"알겠습니다. 그나저나, 저기, 기억에 대해서 좀 묻고 싶은데요……."

나는 현시점의 가장 큰 걱정거리를 입에 담았다.

"MRI로 재검사를 진행한 결과, 뇌 부위의 장해는 발견되지 않았습니다. 기억 장애는 아마도 정신적인 이유에서 비롯됐다고 짐작됩니다."

"저기요, 그러면 혹시, 결국 어느 정도가 지나야 기억이 다시 돌아올까요? 역시 입시라든가 생각하면……. 여러모로 좀……."

기억이 안 돌아오면 여러모로 추후 일정이 아슬아슬하잖아. 까딱하면 입시를 실패할 수도 있겠다.

"입시? 아하핫! 그런 건 신경 쓰지 않아도 괜찮습니다."

"미야가와 씨! 한 번만 더 언행을 함부로 하시면 즉각 퇴실입니다!"

"……미야가와 씨, 말이 좀 지나치셨어요."

"아차, 제가 잘못했습니다. 말이 막 튀어나오는 성질인 터라."

"……으음, 도대체 무슨 말씀이신지?"

어깨를 으쓱이는 미야가와 씨, 곧장 주의를 주는 의사 선생님과 오니시 씨. 막연한 불안감이 솟아오른다.

걱정해서인지 마이가 아직껏 붙잡고 있던 옷자락을 꾹 잡아당겼다.

"우케이 학생, 마음을 잘 가라앉히고 들어주세요. 일단 한 가지, 이미 말씀드렸습니다만, 우케이 학생이 이 병원에 입원한 날은 열흘 전입니다. 시내의 학교에서 구급 요청이 들어왔고, 온몸에 다수의 열상, 요컨대 칼 따위에 베인 상처죠. 그리고 양쪽 어깻죽지에 깊숙한 자상을 입은 상태로 이송됐었습니다."

"학교요? 칼에 베이고 찔려서……? 어라, 음? 혹시 사고를 당한 게 아니었나요?"

여기까지 말을 들으면 저절로 여러 가지가 짐작이 간다.

아니, 형사님이 동석하고 있는 시점에서 심상치 않았던가.

"이다음은 내가 설명을 이어서 하죠. 의사 선생께서 설명할 만한 내용이 아니니까요."

미야가와 씨가 찻잔에 든 차를 입에 가져다 대며 이야기를 시작했다.

"우선 결론부터 말해주겠습니다, 우케이 학생. 자네는 1년 이상 실종자 취급을 받았습니다. 방금 전 입시 걱정을 할 필요가 없다 말했던 이유는 애초에 진급을 못 해서 입시가 내년으로 미뤄졌기 때문이었죠, 아하핫. 뭐, 이미 올해치 수업 시수도 많이 모자라지 싶습니다만."

"……네?"

그리고 내 귀에는 예상대로 불온한 대사가 들려왔다.

우선 내가 물어보고 싶은 내용은 한 가지다.

"……그러니까, 진짜요? 재수생 신세는커녕 유급이라고요?"

"그런 뜻입니다, 하하핫."

호쾌하게 웃는 미야가와 씨에게 자비는 없었다.

그리고 미야가와 씨는 웃음을 지운 뒤 대화를 진행시켰다.

"2015년 6월 8일, 시내의 후지노미야 고등학교에서 집단 실종이 발생했습니다. 수업이 시작되기에는 다소 이른 시간이었습니다만, 교사 및 학생을 포함해서 대략 이백 명가량의 인간이 갑작스럽게 사라졌어요."

"집단 실종? 우리 학교에서요?"

"맞습니다. 아무래도 이런 규모의 집단 실종은 과거에 전례가 없었단 말이죠. 게다가 기괴하게도 실종되지 않은 나머지 사백 명가량의 학생 및 교사, 학교 관계자 대부분이 이상한 광경을 목격했다고 증언했습니다. 뭐라더라, 빛을 발하는 1미터 정도 크기의 마법진이 잔뜩 나타났고, 그 마법진의 안쪽에 있던 사람들은 입자가 되어 사라졌다던가요."

"……음, 만화? 애니메이션 이야기죠?"

"그래, 아무렴. 그런 느낌이죠? 남아 있었던 학생이 촬영한 휴대전화의 영상을 봤을 땐 신작 영화의 광고인 줄 알았습니다."

미야가와 씨는 이어서 「그럼에도 불구하고」라며 연극을 하듯 과장되게 한숨 쉬었다.

"아무리 조사해도 무슨 사건이 발생했는지 알 수가 없어요. 그 많은 사람들이 사라졌는데도 실종된 인물의 단서조차 발견되지를 않아요. 이런 상황에 나타난 사람이 학생입니다. 여기까지 말한 이상은 대강 예상도 했을 테지만 말입니다. 실종자 목록 가운데에는 학생의 이름도 물론 있었습니다. 사건에 관련된 인물 중 유일한 귀환자. 게다가 사라졌을 때와 마찬가지로 수업 중 교실에 갑자기 펼쳐졌던 빛의 마법진에서 나타났다잖습니까. 아저씨의 늙다리 머리로는 도대체 뭐가 뭔지, 원.”

“…….”

“이봐요, 학생. 진짜로 아무것도 기억이 안 나는 건가? 조사를 시작하고 벌써 1년이야. 학생한테 유력한 단서를 확보 못 하면 조사가 중단되는 사태도 각오해야 한단 말이네!”

1년을 훌쩍 넘도록 내가 실종됐었다?

학교에서 집단 실종? 마법진 안쪽에서 입자로 바뀌었다?

너무나 비현실적인 이야기였기에 머리가 말을 제대로 이해하지 못했다.

대체 웬 황당한 소리냐고, 말은 헛되이 맴돌 뿐 실감을 얻지 못한 채 넘쳐서 떨어진다.

그런 내가 짜증스러운 듯 미야가와 씨의 말투가 거칠어졌다.

“입을 열어서 뭐든 말을 좀 해봐요! 실종자 목록 중에는 학생의 친구였던 키다 켄타와 이토 스에히코도 있단 말입니다!”

“……그런, 어떻게, 녀석들까지?!”

뭔가 막막할 뿐 와닿지 않았던 이야기의 윤곽에 두 친구의 이름만큼은 머릿속을 찔러 헤집듯 아찔하게 들려왔다.

“어째서 자네만 혼자 돌아왔나! 아니, 어떻게 돌아올 수 있었나! 함께 사라졌던 다른 사람들은 도대체 지금 어디에 있나!”

“이보십쇼, 미야가와 씨!”

또 의사 선생님에게서 질책이 날아들어도 미야가와 씨는 멈추지 않는다.

"시끄럽군! 이대로 가면 백팔십에 여섯 명의 인간이 모두 행방불명인 채 진상은 어둠에 파묻힌다! 지난 1년 4개월 동안 도대체 무슨 일이 있었던……."

콰당탕!! 방 안에 커다란 소리가 울려 퍼졌다.

"……나가, 오라버니 앞에서 소리 높이지 마. 그 불룩 튀어나온 배때기만으로도 충분히 추하잖아. 먹이를 뒤지는 데만 쓸 주둥이라면 입속에 뭐든 채워서 다녀."

울려 퍼지는 굉음은 방에 비치된 파이프 의자가 바닥에 쓰러지는 소리였다.

그 소리를 만들어 냈던 마이의 얼굴에 그림자가 지고 시선에는 험악한 기세가 감돈다.

'아, 큰일 났다. 제대로 폭발 직전이야.'

우리 집 여성분들은 순한 외모와 정반대로 맹독을 갖고 계시다.

평소부터 가볍게 독설을 내뱉지만, 호랑이의 꼬리를 밟는 상대에게는 철저하게 적의를 드러낸다.

특히 마이는 착한 아이라서 가족이나 친구들에게 해가 미친다 판단하면 경계심 때문에 말의 독기가 한층 더 강렬해졌다.

"마이, 진정해. 나는 괜찮으……."

"제대로 받아치지도 못하려면 오라버니는 가만히 듣기나 해요. 마이는 산소를 낭비하는 행위가 별로 달갑지 않거든요."

"어, 어어."

여동생에게 싹둑 토막이 났습니다. 언제나 겪는 일이기는 한데 오늘따라 어째서인지 가슴을 푹푹 찌르는구나.

그러나 믿기지 않는 이야기를 잔뜩 듣게 된 머릿속이 한계를 맞이한 상태에서 평소의 일상이 돌아온 듯한 느낌이 들어 은근슬쩍 마음을 놓고 말았다.

"미야가와 씨, 심정은 물론 적잖이 이해됩니다만, 더 이상은 담당 주치의로서 면회를 허가할 수 없습니다. 오늘은 이만 마무리 짓죠."

"미야가와 씨, 나중에 다시 옵시다. 좀 지나치셨어요."

"……실례했습니다. 다만 한 가지는 기억해줘요. 자네가 잃은 기억들 속에 행방불명된 백팔십여섯 명을 구출할 단서가 분명 있을 겁니다. 많이 힘들겠지만, 아무쪼록, 지푸라기 하나라도 좋아요. 뭐든 생각이 나면 가르쳐줘요."

잠시간 눈을 꾹 감고 상념에 잠겨 있다가 미야가와 씨는 묵직하게 울리는 목소리로 말을 매듭지었다.

"……알겠습니다. 그때는 꼭 알려드릴게요."

"잘 부탁합니다."

미야가와 씨와 오니시 씨는 파이프 의자에서 몸을 일으킨 다음 마지막으로 깊숙이 머리 숙였다가 방을 나갔다.

☆

"……미야가와 씨, 제발 좀 부탁드립니다. 물론 마음은 족히 이해가 되죠. 그런데 저번달 사건도 아직 수습이 안 됐습니다. 까딱 대응을 실수하면 또 여론이 들끓 겁니다."

"예예, 압니다, 알죠. 진짜로 기억을 잃어버린 게 맞나 확인을 살짝 했을 뿐입니다."

병원에서 나온 뒤 미야가와 씨는 나에게 넉살스러운 대답과 함께 어깨를 슬쩍 으쓱거렸다.

"1년을 넘게 줄곧 헤집고도 결국 단서 하나도 확보를 못 했던 사건입니다만……. 역시 주시했던 대로 우케이 일가만이 이 사건에서 이질적이군. 집단 실종이 발생했던 중심지에는 장남, 같은 날 추락사했던 부모, 실종된 이모와 할머니, 학교와 다른 장소에서 같은 현상에 휘말릴 뻔하고도 횡액을 면했던 장녀. 이래서야 뭔가 있다고 주장하는 것과 다를 바 없죠."

"그야, 뭐……. 이렇게 혼자서 불쑥 돌아왔잖습니까. 아무것도 없다고 장담은 못 하죠……. 그렇다 해도 하나하나는 우연이라고 말할 수 있는 범주잖아요? 마지막에 동생분까지 휘말릴 뻔했다는 이야기는 증거도 없고 말입니다. ……아무튼 요란한 행동은 제발 삼가주십쇼. 안 그래도 『무능한 경찰의 태만』이 어쩌고저쩌고 세간의 눈이 매서운 시기잖습니까."

"하하핫, 그야 무능한 인간 취급을 받아도 어쩔 수 없죠, 오니시 군. 실제 우리는 별 대단한 진전도 없이 시간만 마냥 흘려보냈잖습니까."

내가 한숨을 쉬어도 전혀 개의치 않고 껄껄 웃는다.

그러나 내 기분은 별로 풀리지 않았다. 그게 아니더라도 나는 개인적으로 우케이 남매를 동정했다.

두 학생은 어떻게 봐도 피해자인 만큼 가능한 한 조용하게 지낼 수 있기를 바라는 마음이랄까.

"자, 신속한 해결을 기대할 순 없겠고, 먼저 대청소부터 합시다. 일단 저 학생은 살아 있는 미끼가 되어줄 좋은 인재니까 잘 보살펴야죠."

"……음, 그런 위험을 무릅쓰지 않기 위해서 공안까지 잡초 제거에 동원됐잖습니까. 생각은 해도 입 밖에 꺼내지는 말아주십쇼."

경찰로서는 전대미문의 불상사.

사망자까지 발생함으로써 일본 경찰의 신뢰를 땅에 떨어뜨렸던 사건.

주목도가 너무나 높았던 터라 은폐마저 불가능했던 터라, 경찰은 더 이상 실종 사건과 관련된 실태를 세간에 보일 순 없노라고 안간힘을 다하고 있다.

"하하핫, 당연히 무리잖습니까. 잡초란 것은 말입니다, 아무리 잘라 내도 뿌리가 살아남는 한 금방 또 자라나는 법이에요."

"……아무튼 비난의 표적이 될 만한 행동은 삼가주시죠. 감찰을 맡은 저까지 혼난단 말입니다."

"어이쿠, 죄송합니다. 그런데 말이죠, 괜히 걱정은 안 하셔도 뭔가 사고가 터졌을 때는 버림받을 각오가 되어 있습니다."

"미야가와 씨!!"

"하하핫."

이 사람은 도대체가.

이런 태도 때문에 수완가인데도 상층부에 미운털이 박히잖은가.

"그나저나 오니시 군, 그 소문은 어떻게 생각합니까? 만약 소문이 맞다면 방금 전 학생은 어디에서 돌아왔으려나, 흠."

"소문이요? 설마 그 이야기를 말씀하시는 겁니까?"

일련의 사건에 담긴 진정한 목적이라며 나돌고 있는 소문, 보통은 잠깐 웃어넘겨버릴 허황된 이야기.

사라진 인물들은 이세계로 소환된 것이 아닌가? 어느 영상을 본 일반인 사이에서 나온 유언비어.

"뭐, 솔직히 혹시나 싶기는 하죠. 게다가, 이번에는 영상은 없는 대신에 판타지 복장이라는 실제 물건까지 남았잖습니까."

"오니시 군, 나는 어쩔 수 없이 머리가 딱딱하게 굳은 인간이라서 말이죠. 아무리 영상을 보고 또 봐도, 아까 학생이 나타났을 때 입고 있었던 복장을 봐도, 도저히 오컬트 쪽 이야기는 믿을 수가 없었는데 말이죠……. 오늘 당사자를 본 다음부터는 혹시 가능하지 않을까 불쑥 생각이 떠오릅디다."

어딘가 여유작작한 태도를 줄곧 견지했던 미야가와 씨가 이때만큼은 몹시도 약한 표정을 지었다.

"대체 우케이 학생은 실종됐던 기간 중 어떤 생활을 했던 걸까요. 흠, 무기도 없는 상대에게 까딱하면 죽겠다 싶은 공포를 느낀 게 얼마 만인지 모르겠군요."

"……."

그렇게 말한 뒤 금연 중이었던 미야가와 씨가 입에 문 담배에 불을 붙였다.

설마요, 어린 학생인걸요. 곧장 웃어넘기지 못했던 까닭은 스스로도 비슷한 감각에 휩싸였기 때문이었다.

……산에서 사냥꾼으로 살았던 아버지와 함께 상처 입은 곰과 조우했을 때와 비슷한 전율을, 나는 분명히 느꼈다.

☆

형사님들이 떠나간 이후 의사 선생님은 다시 인사를 하고『마에노 코이치』라며 이름을 알려 줬다.

추후의 치료 방침에 대해 마에노 선생님과 가볍게 대화를 나눈 뒤 배정된 병실로 안내받았다.

개인실로 안내해준 담당 간호사님도 곧바로 퇴실해서 방 안에는 나와 마이 단둘이 남았다.

"……설마, 유급을 하게 될 줄이야."

어떤 이야기부터 하면 좋을지 알 수 없어서 나는 혼잣말을 중얼거렸다.

1년 이상의 기억 상실, 마법진과 입자가 되어 사라진 집단 실종, 그리고 달랑 혼자서 돌아왔다는 나 자신.

"1년, 1년이라……. 좀 많이 길구나."

시간이 적당히 지난 덕분인지 이해하기 버거웠던 현실이 차차 실감을 갖기 시작했다.

말도 안 된다고, 들은 이야기를 받아들이지 못하던 이성에 스륵스륵 배어든다.

"……있잖아, 마이. 정말 켄타랑 스에히코가 사라져버린 거야?"

그럼에도 나는 미련을 못 버리고 「전부 농담이었어요」라는 대답을 기대하면서 굳이 질문했다. 그렇지만 마이는 가족이 아니면 알아보지 못할 만큼 살짝만 서글프게 눈초리를 내려뜨리곤 도리도리 고개를 흔들었다.

"……마이가 아는 오라버니의 친구분 중 소재지가 확인된 사람은 유토 선배뿐이에요."

"아! 유토는 무사한 거야?!"

"전례가 없는 큰 사건이라서 공개 조사가 실시됐어요. 학교에서 사라졌던 사람들의 목록도 볼 수 있고요."

가방에서 스마트폰을 꺼내 든 마이가 가느다란 손가락으로 화면을 잠시 조작했다.

"여기……."

건네받은 스마트폰의 액정에 출력되어 있는 화면은 경찰 홈페이지였다.

제보를 요청하는 문구 아래에 간소하게 정리된 목록을 쭉 스크롤한다.

그 목록에는 또렷하게 『이토 스에히코』, 『키다 켄타』라고 내 절친들의 이름이 실려 있었다.

그게 전부가 아니다. 내 기억에 있는 반 친구들 대부분이 목록에 올라 있었다.

"어째서…… 도대체……."

저절로 새어 나오는 부정의 목소리에는 의미가 없다.

눈에 보이는 것은 단지 문자의 나열에 불과할 뿐, 그럼에도 가만

쳐다보고 있을 뿐인데 가슴이 욱신욱신 쑤셨다.

귓속 깊숙이, 얼마 전 형사님이 했던 말이 반추된다.

떠올리지 못한 공백의 안쪽에 친구들을 찾아내기 위한 단서가 있을까?

'무슨 일이 있었던 거야. 어째서 나는 아무것도 기억하지 못하지……. 제기랄, 내가 뭘 어떻게…….'

그러나 뭐든 떠올리고자 애써도 진구렁 속에 푹푹 빠져드는 감각만 점점 더 강해진다.

조바심과 비슷한 상실감은 마음속에서 나의 불안을 부추기며 피의 맥동을 가속시켰다.

"……오라버니, 이만 주무세요. 이렇게 초라하고 지저분한 시궁쥐 같은 낯빛을 마이는 더 이상 바라보기가 버거워요."

흑흑흑, 우는 시늉을 하면서 나의 여동생님은 재빠른 움직임으로 내 손에 들려줬던 스마트폰을 빼앗아 갔다.

기억에 있는 말투로 평소처럼 나를 걱정해준다. 그래도 추억 속 마이보다 눈에 띄도록 성장한 모습을 보고 있노라면 위화감이 도드라졌다.

내가 알지 못하는 시간이 있다. 내가 잊어버렸던 시간이 이미 지나갔다.

텅 비어 사라져 없는 마음속 밑바닥에 무엇인가, 무엇인가 소중한 기억을…….

"……큭!"

두통이 났다.

지독한 두통이다. 찡찡 소리를 울리면서 피부와 뼈 사이에 불꽃이 태우는 듯한 통증이 치달린다.

"아무튼요, 오늘은 주무세요, 오라버니. 쓸데없이 몸을 혹사하면 본래부터 변변치 못했던 얼굴이 정말 마이가 아니면 차마 두 번은 봐주지 못할 생김새로 비뚤어져버려요. 착한 여동생은 무척 안타까운 마음이에요."

"그래, 이만 쉬도록 할게. 미안해, 걱정 끼쳐서."

의식하자 피로가 확 터져 나오면서 졸음이 덮쳐들었다.

아직 저녁때라고 말해도 될 만한 시간이지만, 아무래도 견디기 힘들 것 같다.

이것저것 고민은 나중으로 미루자.

그렇게 생각을 마친 뒤 내가 침대에 몸을 눕히자 마이가 가만히 이불을 덮어줬다.

흠흠, 가끔은 병원도 나쁘지 않군. 동생의 사랑이 느껴지는구려.

괜히 떠들면 귀를 비틀어 올릴 것 같아서 말할 생각은 없지만 말야.

"……시원찮은 오라버니를 바로잡는 게 마이의 역할이니까 괜찮아요. 그러니까, 이제, 더 이상은……."

"응? 마, 이……?"

마이가 웬일로 열었던 입을 애매하게 다문다.

조금 신경이 쓰였지만, 나는 이불의 따뜻한 감촉에 견디지 못한 채 눈꺼풀을 닫았다.

☆

“나 때문이야. 훌쩍, 나 때문이야…….”

방구석에서 작은 아이가 울고 있었다.

아니, 울고 있는 녀석은 아이가 아닌 나였다.

“잘못했어요, 잘못했어요…….”

옛날, 오래된 꿈이다. 내 뇌리에 눌어붙은 기억, 조금은 오래되고 씁쓸한 기억.

아버지와 어머니는 직장으로 집을 비웠고 집에는 막 초등학생이 된 나와 마이밖에 없었다.

병약했던 마이는 집 바깥에 자주 나갈 수 없었는데, 그날도 아침에 살짝 열이 난 바람에 집에서 자고 있었다.

『마이, 내가 뭔가 해줄까? 말해봐. 맞다, 그림책 읽어줄까?』

『그림책은, 됐어. 그보다, 손, 꼭 붙잡아줘.』

『그쯤이야, 얼마든지.』

열기를 띠고 축축한 손바닥, 멍멍한 표정.

『손, 따뜻해…….』

『다른 건? 또 뭔가 해줄까? 말해봐.』

『괜찮아, 됐어……. 아무것도 안 해줘도 되니까……. 오라, 버니. 옆에 있어줘……. 쓸쓸한 거, 싫어.』

『알았어. 응, 계속 손 잡아줄게.』

아플 때마다 순해져서 무척 어리광을 부리는 마이.

그 손을 잡아주고 있는 동안에 꾸벅꾸벅 졸다가 잠에 빠져들었다.

외로움을 잘 타는 마이가 나는 귀여워서 못 견딜 지경이었다. 그래도 평소에는 마이가 몸이 안 좋아지면 아버지나 어머니가 곁에 있어준다.

그래도 지금은 부모님이 집에 안 계셨다.

동생을 돌봐주는 어른스러운 자신에게 도취됐었다.

항상 삐죽거리는 태도였던 동생이 솔직하게 어리광을 부려준다는 게 기분 좋았다.

아파서 약해졌던 여동생에게, 동생이 의지할 사람은 자신뿐이라는 상황에, 우월감이 섞인 독점욕마저 느꼈었다.

그 시절부터 나는 언제나 실수뿐이었다.

무엇이 가장 소중한가 본인의 마음마저도 올바르게 결정짓지 못했고.

그래서 잠들어 있는 동생을 놔둔 채 나는 바깥으로 나갔다. 마이가 좋아하는 사과 젤리를 사 오겠다고 동전 몇 개를 꼭 쥐고 근처의 편의점으로 향했다.

눈을 떴을 때 마이가 분명 기뻐하리란 생각에 냅다 약속을 어겼다.

정작 마이가 무엇을 바라는가 아무것도 생각하지 않은 채 외로워하는 마이를 놓아뒀다.

그렇게 『계속 손 잡아줄게』라고 말했던 입술에 침도 마르기 전에 마이를 홀로 내버려 뒀고.

마이는 곁에 없었던 나를 찾아서 집 밖에 나왔다가 교통사고를 당했다.

"하느님, 제발요. 마이를 살려주세요……."

구급차에 탄 마이가 점점 멀어져 간다. 어두운 구덩이 속에 집어삼켜져서 돌아오지 않을 것 같다는 기분이 들었다.

나 홀로 기다리는 집 안이 이토록 싸늘하고 외로우리란 생각은 떠올린 적도 없었다.

이런 괴로움을 겪게 하다니. 내가 오빠인데. 이렇게 한심하고 추할 수가.

나는 조그만 상자에 갇힌 것처럼 무릎을 끌어안은 채 떨어야 했다.

☆

"으아, 으읍, 어으……."

잠에서 깼을 때 기분은 썩 나쁘진 않았다.

의식이 쓱 부상하고, 다만 씁쓸했던 꿈자리의 감촉이 들러붙는다.

"이제 밤인가……. 약해졌네. 애매한 시간에 일어나버렸어."

생각과 달리 깊이 잠들지는 못한 듯싶다.

어두운 병실에서 빛나는 문자판은 밤 8시를 조금 지나간 시간을 표시해줬다.

의료용 계측기에서 규칙적인 소리만 울려 퍼지는 개인실은 어딘가 무기질적이고 인간의 기척이 느껴지지 않는다.

마음에서 온기를 빼앗아 가는 듯한 적막함은 마이의 귀가를 기다려야 했던 아무도 없는 집 안을 연상케 했다.

그때 마이가 사고를 당해 입원했던 곳도 이 병원이다.

옛꿈을 꾼 이유는 이 장소 때문이려나.

침대 옆쪽에 비치된 탁자 위에는 『내일 다시 갈아입을 옷을 가져올게요. 잠에서 깨면 꼭꼭 씹어서 식사한 다음 얌전하게 죽은 생선처럼 누워서 안정을 취해주세요』라고 여전히 쓸데없이 삐죽거리는 한마디를 덧붙여서 쓴 쪽지가 있었다.

"……목이 마르네."

갈증을 의식하자 신경 쓰이지 않았던 공복감도 돌아온다.

병원이니까 병원식이라든가 나오지 않나?

마이의 쪽지에도 쓰여 있었는데 혹시 잠들었던 탓에 이미 치워버렸나?

"……너스 콜은, 음, 호들갑이지. 몸 상태가 나쁜 것도 아니고. 매점 같은 곳을 찾아서 뭔가 배 속에 넣어야겠다."

그렇게 혼자 생각을 정리하다가 뒤늦게 수중에 돈이 없음을 깨달았다.

서랍장의 안쪽을 뒤져봤지만, 지갑도 스마트폰도 없었다.

"끄응……. 그렇다 해도 이 공복감은 도저히."

먹을 수 없음을 알게 된 탓에 더더욱 공복감이 더 솟구친다.

잠깐 고민하다가 나는 한 차례 한숨을 쉬고 방 바깥으로 나갔다.

이렇게 된 이상 간호사님을 붙잡아서 저녁 식사를 먹을 순 없을까 물어보자.

개인실에서 나온 복도에는 드문드문 환자로 짐작되는 사람이 몇몇 있을 뿐이었다.

마이가 입원했던 때와 바뀌지 않은 리놀륨 바닥을 흐릿흐릿한 기억에 의지하여 걸어가면서 안내판 같은 표지가 없나 찾았다.

그리고 복도 모퉁이를 돌아가려고 했을 때 문득 목소리가 들렸다.

"그건 그렇고 참 큰일이야. 알지? 3층, 개인실 환자분. 그 실종 사건의 관계자라더라."

"아, 그 남자애 말이구나. 불쌍한데 조금 무섭기도 하고. 얼마 전에도 그 사람들이 사건을 일으켰잖아? 물론 본인 잘못은 아니라지만, 역시 좀."

'실종 사건? 혹시 내 이야기인가?'

"어쨌든 이제 동생분도 조금이나마 희망을 가질 수 있겠네. 의지할 상대가 다 사라져서 이제껏 혼자 버텨왔는걸."

'뭐? 의지할 사람이 없다……?'

스멀스멀, 무엇인가가 휘감겨 붙는 위화감.

까마귀 우는 소리와 비슷하달까. 불길한 예감이 마음속에서 끓어오른다.

더 말을 듣고 있다간 분명 후회할 텐데, 그러나 이곳에서 도망치지도 못한 채.

"야무지고 당찬 아이여도 아직 열여섯 살이잖니."

"맞아, 맞아. 보험금 잔뜩 나와 봤자 다 소용없겠더라. 돈만 갖고는 행복해질 수 없다는 본보기야."

"부모님 두 분이 돌아가시고, 게다가 이모와 할머니까지 행방불명이니……."

철커덕. 마이를 홀로 남겨 놓았던 집, 외롭고 싸늘했을 집 안에 자물쇠를 걸어 잠그는 소리가 났다.

아버지와 어머니가, 죽었다?

할머니와 이모가 행방불명?

무슨 소리야. 무슨 소리야, 무슨 소리야, 무슨 소리야.

"어……. 세상에, 설마……."

돌이켜보면 부자연스러운 부분이 여럿 있었다.

깨어나고 맨 처음 나타난 게 마이였다.

그 후 설명도 아버지와 어머니는 없는 와중에 시작됐다.

이상하다. 자랑하겠다는 말은 아닌데, 아버지와 어머니였다면 분명 마이처럼 일을 내팽개치고 서둘러 달려오지 않았을까?

그게 아니더라도 당장에 전화 한 통은 걸었을 텐데.

그러나 실제로는…….

"정말……? 정말로, 아버지와 어머니가 죽었다?"

그 말을 입에 담았던 순간, 어째서인지 사실이 아니리라 의문을 갖는 마음이 사라졌다.

"할머니도, 이모도 사라졌다……?"

조부모님은 어머니 쪽 할머니 한 사람을 남긴 채 일찍 돌아가셨고, 그 할머니는 노인 시설에서 지내고 있었을 텐데.

독신이었던 이모를 제외하면 우리 집안에는 의지할 만한 친척이 없다.

그 두 사람이 모두 사라졌다면.

그러면 마이는 어떻게 되나. 마이는 어떻게 지냈나. 누가 마이의 곁에 있어줬나?

“이럴 수가, 이게 어떻게…….”

아찔, 현기증이 났다.

호흡이 가빠지고, 고동이 빨라지고, 웅웅 귀가 울린다.

“가야 해……. 가야 한다, 가야 한다, 가야 한다.”

만날 수 있을 때, 만날 수 있다면, 지금이라면 만나러 갈 수 있으니까!

“큭!!”

주체할 수 없는 초조감에 사로잡혀서 한 걸음, 또 한 걸음을 걸어 내려간다.

소리가 나지 않도록 계단을 달려 내려가서 출구를 찾았다.

정면 현관은 이미 닫혀 있었다. 격하게 뛰는 고동을 가라앉히며 뒷문 비슷한 장소를 발견했다.

졸려 하품을 하는 수위 아저씨에게 들키지 않게 기척을 죽인 채 빠져나가서 병원 부지의 바깥으로 뛰쳐나갔다.

큰길까지 나왔을 때…… 그곳에서 보인 것은 익숙지 않은 장소, 익숙지 않은 풍경.

밤의 어둠을 날려 흩뜨리는 것처럼 점포며 빌딩의 빛 속을 수많은 사람들이 오가고 있다.

차가운 밤바람이 조금이나마 머리를 식혀주자 집에 돌아가는 길을 알 수 없다는 사실에 깜짝 놀랐다.

“제길……!”

그럼에도 이 병원이 집에서 아주 멀지 않다는 것도, 대강 집의 방향도 알고 있었다.

이 주변에 온 경험이 없을지라도 큰길을 따라 달려가면 익숙한 장소가 나타날 것이다.

"……얘, 얘~!! 잠깐, 잠깐만!!"

문득 말소리가 들린 것은 그런 때였다.

"헉, 흐억, 후유, 너, 너 말야. 달리기가 참 빠르네. 자, 잠깐만 기다려줘. 일단 숨 좀 돌리자."

나에게 말을 건넨 사람은 어깨에 까맣고 투박한 사각 가방을 멘 안경 여성이었다.

곧 서른을 앞둔 나이로 보이는 여성이 코트를 껴입은 채 거칠게 호흡하며 하얀 숨을 내뱉고 있다.

"후유……. 좀 진정이 되네. 있잖아, 너, 우케이 맞지? 우케이 카이토."

"음, 맞는데요……."

"만세! 잠복했던 보람이 있었어!!"

붙임성 좋은 미소를 머금은 채 자신의 이름을 부른 여성은 낯선 사람이다.

어째서 자신의 이름을 알고 있는가 수상쩍어하는 시선을 보내는데도 눈치채지 못한 채 저 혼자 기뻐하면서 주먹을 쥐며 승리의 자세마저 잡고 있었다.

"나는『월간 유토피아』라는 잡지에서 기자로 일하고 있는 카와카미 쿠미코라고 해. 잠깐이라도 괜찮은데 대화를 나눌 수 있을까?"

"싫은데요. 좀 바빠서 이만."

"에이, 저기에 패밀리 레스토랑에서……. 어라, 응?"

잡지 기자라고 신분을 밝힌 여성을 외면한 채 어서 떠나가려던 때에.

"자, 잠깐만 기다려!! 부탁이야! 10분, 아니, 5분이라도 괜찮아!"

그러나 냅다 정면으로 돌아든 여성이 앞길을 막아선다.

"지금 서둘러 가야 할 곳이 있어서요. 비켜요."

"나도 쉽게 포기할 순 없단 말이야! 그 복장, 병원에서 몰래 빠져나왔지! 내가 병원에 연락하면 당장 데리러 올걸? 정 대화를 거부하겠다면……."

병원에 다시 끌려간다? 마이를 만나러 가지 못하게 된다?

그 말이 뇌에 스며든 순간, 스스로도 표현할 수가 없는 거뭇한 무엇인가가 마음속 깊숙한 바닥에서 끓어넘쳤다.

『방해하지 마라, 방해하지 마라, 방해하지 마라. 나를 방해하지 마라. 나의 중요한 무엇인가를 방해하겠다면.』

"시끄러워, 당장 비켜. 비키지 않겠다면……."

——죽여버린다.

"힉?!"

"아……."

귓가에 닿는 겁먹은 목소리가 나의 내면에서 막 끓어넘쳤던 미처 경험한 바 없는 검은 열기에 물을 끼얹었다.

지금 감정은, 뭐지?

농담이나 연기가 아니었다. 온몸을 순환하는 피가 다른 무엇인가로 바뀌는 감각이었다. 진심으로 눈앞의 여성을 죽이려 했었다.

지금 당장에 팔을 목구멍 깊숙이 박아 넣으라고. 지금 당장에 바닥으로 넘어뜨려서 머리를 밟아 부수라고.

'죽인다? 내 머릿속이 어떻게 된 거야. 대체 왜 갑자기 이런 끔찍한 생각을…….'

그 말은 입 밖에 꺼내지 않았는데도 불구하고 내 마음속에서 분명한 무게로 작용했다.

굳이 생각할 것도 없이 당연히 나는 그런 끔찍한 짓을 저지르지 못할 텐데.

마치 지극히 당연한 행동이라는 것처럼.

"미, 미안해. 협박이라든가, 그런 뜻으로 한 말이 아니었어. 나도 벌써 1주일이나 잠복을 하고 간신히 만났으니까, 이상하게 살짝 흥분을 해서……."

다행인가 불행인가, 갑작스레 흘러넘치는 감정의 성질로 인하여 솟은 혼란이 초조감에 휩싸여 달아올랐던 머리를 다소나마 침착하게 만들어줬다.

"아, 아니요. 저야말로 죄송합니다. 그런데 지금은 정말 진지하게 당장 가봐야 해서요."

"으음, 사정은 잘 모르겠는데 목적지가 여기에서 가까운 곳이야? 이런 차림새로 달려다니면 어차피 금방 연락이 들어갈걸?"

"아……."

그 말에 늦게나마 의식할 수 있었다. 하얀 환자복 차림 때문에 오가는 사람들의 시선이 자신에게 향하고 있었음을. 방금 전부터 벌인 말다툼도 주목에 박차를 가하고 있는 요인이었다.

대체 얼마나 조급했기에. 계획도 없이 뛰쳐나왔다는 사실을 포함해서 새삼 놀랐다.

"……으음, 아무튼 이대로 붙잡아 봤자 대화는 어렵겠네……. 아니, 이러다가 시끄러워지면 나까지 귀찮은 처지를 못 면할 테고……. 게다가 은근 무섭고……."

가만가만 뭔가 중얼거리다가 체념한 듯 푹푹 한숨을 쉰다.

"가고 싶은 곳이 있다면 택시 태워줄게. 어차피 돈도 안 갖고 나왔을 테니까 빌려줘야겠네."

"네? 아니, 어째서……."

갑자기 도와주겠다고 말을 붙이는 눈앞의 상대가 당황스러웠다.

그런 내 상황은 제쳐 놓고 카와카미 씨가 택시를 불러 세웠다.

곧이어 뒷면에 연락처가 적힌 명함을 덥석 쥐여줬다.

"대신 주변이 안정되면 연락 줘. 그땐 제대로 대화를 나눠줄 거지?"

방긋 웃는 얼굴에는 군말을 용납하지 않는 박력이 있었다.

"자, 여기 돈. 꼭 갚아줘. 알았지? 나중에 받으러 갈 테니까 그땐 제대로 대화를 좀 나눠보자. 급하다며, 얼른 가."

그렇게 말한 뒤 택시에 태우고 지갑에서 지폐를 꺼내 건네준다.

"……고맙, 습니다."

"인사는 됐고, 나중에 돈이 될 만한 이야기를 부탁할게."

팔랑팔랑 손을 흔든다. 곧이어 쿵, 문이 닫혔다.

"어디로 가십니까?"

운전기사에게 자택 주소를 알려줬다.

부릉부릉, 달려 나가는 차의 진동에 흔들리면서 창밖으로 눈을 돌린다.

기억이 확실하다면 차를 타면 집까지 아주 멀지는 않다.

아주 잠시간 바라보는 동안에 눈앞에서 흘러가는 풍경이 낯익은 장소로 바뀌어 갔다.

낯익은 장소, 그러나 분명하게 바뀐 장소로 변화한다.

가슴에 솟구치는 조바심 비슷한 씁쓸함.

마이를 또다시 집에 혼자서 남겨버렸다.

'그래, 혼자 남겨 둬서는 안 된다. 안 된단 말이다.'

혼자는 괴로운 법이다. 정말이지, 아무것도 알 수가 없게 되도록 눈앞이 새카매지니까.

모든 것이 다 증오스러운 적으로 보이고, 물속 밑바닥에 가라앉는 기분이어서.

그러니까 나는 줄곧 아무것도 보지 않도록 달리고 달리고 달려서.

어두컴컴한 수면 너머로 숨 쉴 수 있는 장소를 찾아…….

"……아? 뭐야, 대체 뭐라는, 거야."

욱신, 머리가 아팠다.

조금씩 진정되던 사고가 자신의 감정에 위화감을 부추긴다.

뭔가, 뭔가가 이상하다. 이 감정은 앞뒤가 맞지 않는다.

마이가 걱정돼서, 그러나, 그러나 어째서 나는 이토록 무엇 때문에 조바심을…….

"손님, 말씀하신 곳 근처까지 도착했습니다."

“아, 네. 감사합니다. 여기서 세워주세요.”

생각을 정리하지 못한 채 나는 집에 도착했다.

언덕 중간에 있는 작은 집.

아담한 앞뜰에는 어머니가 정성 들여서 길렀던 허브 화분 화분이 깔끔하게 늘어서 있다.

차고에는 아버지가 취미로 애지중지하며 탔던 오토바이도 여전히 먼지 하나 안 묻은 채 놓여 있었다.

어제까지 분명 낯익은 광경이었을 집이 몹시도 반갑게 느껴진다.

내게는 기억이 없다지만, 1년을 넘게 이곳에 돌아오지 못했던 탓인지도 모르겠다.

자기 집을 보고 눈물이 나올 것 기분이 드는 것에 좀 놀랐지만, 일단 지금은 마이부터 만나야 한다.

“…….”

화분 아래에 있는 예비 열쇠로 잠긴 현관문을 열고 집 안에 들어갔다.

신발을 벗고 집에 걸음을 들여놓자 조바심도 살짝 진정이 됐다.

복도 끝, 빛이 새어 나오는 문 너머에 분명 마이가 있다.

뭐라고 말을 건네야 할까 생각도 하지 못한 채 조용히 연 문의 너머에 마이가 있었다.

“……거예요. 그럼요, 드디어 돌아와줬어요.”

코를 찌르는 향의 냄새와 쓸데없이 쾌활하게 웃음 짓고 있는 부모님의 영정 사진.

“오라버니가요, 사라져 있던 동안 기억을 다 잊어버렸나 봐요. 여전히 까마귀 고기나 주워 먹고 다니는 꼴이 너무너무 우습죠, 참. 그래도 마이는 오히려 안심했어요. 마이는 오라버니가 변하지 않길 바라니까요."

내가 온 줄도 모르고 불단 앞에서 손을 마주한 채 등을 보이고 있는 마이의 독백은 계속 이어졌다.

"온몸이 흉터투성이로, 며칠씩 지나도 눈을 안 뜨고. 어머니, 아버지와 달리 이렇게 돌아왔는데. 또 혼자가 되어버릴까 봐 아찔했어요. 후유, 저희 가족은 모두 심술쟁이예요. 이렇게 귀여운 마이만 남겨 놓고 도대체 어디에 가버린 거죠?"

눈물짓는지 살짝 떨리는 마이의 목소리.

"이제 싫어요. 줄곧 외로워서 견딜 수가 없었단 말이에요. 어머니, 아버지도 어서 돌아와줘요."

아아, 안 되겠다. 더는 안 되겠다.

"큭, 마이!!"

"꺄?! 누, 누구……!"

"미안, 미안해! 이렇게 오래도록 혼자 놔두고, 아무것도 기억 못 해서."

매달리다시피 마이를 뒤에서 끌어안았다.

이제는 이해되지 않는 자신의 행동도, 마음속에서 어긋나는 기억에 없는 격한 감정도, 다른 건 전부 내팽개쳐도 상관없다.

"앗, 오라버니! 어째서?! 아, 이 불단은, 아니에요. 아, 아버지랑 어머니는, 그게."

"됐어, 됐다고……. 이제 됐으니까……."

힘껏, 힘껏, 잃어버렸던 무엇인가를 채워 넣듯이.

더는 무엇인가를 잃어버리지 않도록, 강하게.

"미안, 미안해. 돌봐주지도 못해서, 한심한 오빠라서, 미안하다는 말밖에 못 해서."

"……그래도, 돌아와줬잖아요. 그래도 결국 돌아와줬잖아요. 퇴원하면 또 열심히 뒷바라지해줄게요. 그 대신 집안일을 도와주세요. 다시, 예전처럼……."

"그래, 곁에 있을게. 곁에 있을 거야……. 설령 무슨 일이 있더라도, 더는 두 번 다시 갑자기 사라지지 않을게."

그렇다, 더는 두 번 다시 잃어버리지 않는다.

절대 가만히 앉은 채 호락호락 잃어버리지는 않는다.

그렇잖은가, 그게 전부다. 내가 바라는 것은, 그게 전부—.

"큭, 또……."

"오라, 버니?"

지끈지끈 아픈 머릿속에 마음속 깊은 밑바닥에서 기어 올라오는 감정.

텅 빈 구멍에서 스멀스멀 올라온 정체를 알 수 없는 무엇인가가 몸을 옭아매려고 드는 감촉.

나는, 나는…….

"……."

말없이 더욱 강하게 마이의 몸을 껴안는다.

도저히 차마 지울 수 없는 어떠한 불길에 눈을 감은 채.

솟아나는 무엇인가에 뚜껑을 덮듯, 강하게, 강하게.

그게 전부라고 차마 말하지 못하는 자신에게 주체할 수 없는 죄책감을 품으며.

☆

“네. 이상 없군요. 이제 상의를 입어도 괜찮습니다.”

척척, 몇 번인가 달라붙었던 청진기가 다시 선생님의 목에 걸린다.

“몸 상태가 딱히 악화되지도 않았고요, 감기에 걸린 것도 아니군요. 안심했습니다. 요즘은 날씨가 많이 쌀쌀해졌잖습니까.”

“저기, 아하하. ……죄송해요.”

나는 빙긋 웃음 지은 채 푸념하는 마에노 선생님에게 실룩이는 얼굴로 어색하게 웃곤 고분고분 머리 숙였다. 있는 힘껏 깊숙이 머리 숙였다.

어제 병원을 탈주해서 집에 돌아온 뒤 금방 병원에서 전화가 걸려왔다.

병실의 상황을 보러 온 간호사님이 내가 사라졌다는 사실을 파악했을 때 병원에선 아주 소란이 일어났었다.

주변을 찾아봐도 발견하지 못하자 곧장 전화를 걸어주셨다. 몹시 허둥지둥 새된 목소리로 『뭐라 드릴 말씀이 없습니다! 혹시 자택에 돌아가 계신 건 아닌가요?』라며 질문을 받았을 때는 너무나 민망해서 일순간 전화를 끊어버릴까 부질없는 유혹에 사로잡혔었다.

아니, 물론, 눈 가리고 아웅일 뿐 아무것도 해결이 안 되니까 몰래 빠져나왔다고 솔직하게 고백한 뒤 병원으로 곧장 되돌아가서 싹

싹 빌었습니다.

사실은 이미 밤늦은 시간이겠다, 다음 날 아침에 병원으로 돌아가면 되지 않을까 싶었는데 그런 투정이 절대 허락될 만한 분위기가 아니더라고요.

그게 말이죠, 어른이 진지하게 혼내면 무섭습니다, 넵.

"정말, 정말로, 정말 말이죠! 이번 한 번으로 끝내주세요. 앞으로 이틀, 제발 부탁이니까 더 이상은 절대로 불쑥 나가버리면 안 됩니다."

"네……. 거듭거듭 반성 중입니다. 진짜 잘못했습니다."

"……반성하셨다면 더 이상은 말을 안 하겠습니다만, 어쨌든 경솔한 행동은 삼가주시길. 겁주려는 말이 아니라 병원에 이송됐을 때 학생은 정말 중상이었어요. 어떤 후유증이 도질지 가늠이 안 될 만큼 큰 상처였단 말입니다. 안정을 취해야 해요."

"……침대에 누운 채 열심히 반성하겠습니다!"

아니, 진짜로 좀, 민망해서 못 견디겠다.

또 뵙죠, 인사한 뒤 나간 마에노 선생님에게 다시 한 번 머리 숙이고 나는 개인실에 혼자 남았다.

"으음, ……끙, 이틀은 더 입원인가. 답답하네."

나는 침대 위에서 무릎을 끌어안고 좌우로 뒹굴었다.

혼자 있을 때라도 이렇게 바보짓을 안 하면 이런저런 상념에 짓눌려버릴 것 같았다.

병원에 돌아오기 전에 마이와 몇 가지 이야기를 나눴다.

아버지와 어머니는 내가 실종됐던 같은 날 절벽에서 바다로 차량과 함께 추락해서 사망했다고 한다. 가드레일을 쳐서 부수고 떨어져 나간 차량은 거친 바다에 잠겼고 아버지도 어머니도 시신은 발견하지 못했다던가.

할머니와 이모도 돌연 실종된 채 돌아오지 않았다.

마이는 그동안 아버지와 어머니의 유산 및 생명 보험의 보상금으로 생활했기에 금전 면에서 고생은 하지 않았다고 말해줬다. 본래부터 친척들 간에 교제를 갖지 않았던 우리 집은 곧잘 들리는 상속 트러블 같은 문제도 없이 수습됐다니 그것만큼은 다행이었다.

아니, 그것밖에 내 동생에게는 달리 다행이라고 말해줄 부분이 없었다.

"……."

혼자서 딱히 할 일도 없어 멍하니 가만있자니 이제부터 맞이하게 될 나날에 짓눌려버릴 것만 같았다.

당연하다는 듯이 받았던 부모님의 애정도 없이 내가 동생을 잘 추슬러서 살아갈 수 있을까?

마이가 알면 「오라버니는 새끼 돼지처럼 마이가 수발을 들어줄게요. 무척 한심하기 짝이 없지만, 이 여동생이, 오라버니 응석을 받아주면서 평생 뒷바라지할 거예요」라고 말할지도 모른다.

반대라면 모를까, 동생에게 뒷바라지를 받는 처지는 받아들일 수 없다.

"정신 단단히 차려야지."

학교를 쉬고 곁에 있어주겠다는 마이를 억지로 배웅까지 해서 혼자가 됐다.

마음은 미리 잘 정리해 두자.

☆

“카이토!!”

“흐, 흐앗?! 안 잤어요, 안 잤습니다!!”

덜커덕 소리를 내며 열린 문과 자신의 이름을 부르는 목소리에 설핏 잠이 들었던 나는 반사적으로 몸을 일으켰다.

검사가 끝난 다음은 정말이지 할 일이 전혀 없었다. 대놓고 말하자면 너무 심심해서 못 견딜 지경이었다만, 병원 안 산책마저도 전과가 있는 나는 신용을 못 받는 처지니까.

선생님들 및 간호사님들에게서『도망치려는 거 아니죠? 아니죠?』같은 시선이 집중되는 터라 정신 건강상 병실에 틀어박힐 수밖에 없었다.

그다음은 특별히 관심도 없는 주간 드라마의 재방송 따위를 시청하며 시간을 때웠는데, 지금 막 온갖 졸음기가 한 방에 날아갔다.

“유토, 유토냐? 어휴, 이 녀석, 울기는 왜 울어. 귀한 미남 얼굴이 추남으로…… 안 바뀌는구나, 제기랄! 이런 얼굴로도 미남이라는 게 도대체 말이나 되냐, 치트 자식아.”

“카, 카이토. 하핫, 하하하. 진짜, 진짜로 카이토구나.”

거기에 서 있는 녀석은 틀림없이 내 절친, 카나자키 유토였다.

여전한 미남 얼굴은 쭈글쭈글 울기 직전인데도 건재했다.

“거참, 뭐, 내가 다른 사람으로 보이, 끄헉?!”

“대체 어디로 사라졌던 거야, 바보 자식아!!”

"너, 인마, 입원한 사람을 보통 때리냐?!"

완전히 방심한 채 힘을 풀고 있었던 복부로 주먹이 꽂혀 들었기에 소리 높여서 항의했다.

"시끄러워! 지난 1년, 어떤 심정이었는지 알기는 아냐!! 몇 대는 당연히 얻어맞아야지!"

"꺼헉?! 잠깐, 너, 끄윽."

일어서려고 침대에서 몸을 들어 올리는 내 목에 래리어트 비슷한 추가 공격이 들어오더니 곧장 초크 슬리퍼로 넘어갔다.

"마이도 엄청나게 걱정했었단 말이다! 시스콤 주제에 무슨 짓거리를 하고 다니는 거냐, 바보 자식아……."

"유토……."

"으윽…… 다행이야. 정말, 다행이야."

"아, 으음. ……오오, 유토여. 대뜸 눈물을 흘리다니 한심하구나. 자네에게 다시 한 번 기회를 허락하."

"카아이이토오~?!"

"아, 잠깐, 항복, 항복합니닷!! 노, 농담이잖냐!"

진심으로 화가 난 유토에게서 풀려날 때까지 나는 목에 둘러진 팔을 퍽퍽 때리는 신세가 됐다.

"후유, 이제야 풀려났네. 그나저나 유토, 네가 여기는 어떻게 왔어? 학교는?"

"오늘 아침에 마이한테 문자를 받았거든. 카이토가 깨어났다고. 그러니까 학교 수업은 도중에 빼먹고 왔지."

"음음? 마이한테 문자? ……이봐, 유토. 설마 내가 없는 동안에 우리 귀한 여동생님까지 네 독니를 박아 넣으려고 했다면 이 오라비는 기꺼이 수라가 되어 맞싸울 텐데, 죽고 싶은 거냐?"

"아이고, 왜 거기에 반응하는 거야. 척 봐도 시스콤이 악화됐구나. 아니지, 그냥 좀 뻔뻔해진 건가?"

"에잇, 시끄러워."

어젯밤 소동을 떠올려봐도 자각은 있었지만, 굳이 다른 사람한테 지적받고 싶지는 않다.

"안심해, 내가 평생을 다 바쳐 각별한 사이가 될 사람은 오직 시오리 한 명뿐이니까. 마이와 사이가 뭔가 달라지지는 않아. 알잖아? 나는 여자 친구한테 홀딱 반했거든."

"유토……. 저기……."

익살맞게 웃는 얼굴에서 어딘가 무겁고 딱딱하고 바위 같다는 인상을 받았다.

그 이유도 짐작은 간다.

"그래, 그렇구나. 이미 누가 사라졌는지 알고 있었구나."

"시오리 선배도, 사라져서 안 돌아왔댔지……."

유토의 여자 친구, 아키카와 시오리 선배는 한 학년 위의 예쁜 사람이었다.

우리와 알기 전부터 유토의 소꿉친구였고, 중학생 시절 유토가 고백할 테니까 도와달라고 말했을 때는 켄타 및 스에히코, 나를 포함해서 나머지 세 사람이 여러모로 준비를 진행한 적도 있었다.

사실은 여동생을 무척 좋아하는 시오리 선배와 몰래 동맹을 맺기도 했고.

그리고 선배의 이름은 어제 보았던 목록에도 실려 있었다.

"있잖아, 카이토. 마이한테 실종된 동안 기억이 없어졌다는 말은 들었어. 그렇다면 그날의 기억은 얼마나 기억이 나는 거야?"

"그날이라면……. 실종 사건이 일어났다는 날 말이지?"

"응, 그날."

"그날 기억 중 떠오르는 건 켄타랑 스에히코랑 바보 같은 잡담이나 하던 때까지……. 맞아, 유토가 상급생 층에 시오리 선배를 만나러 가서 몇 분쯤 지나야 돌아올까 셋이서 내기를 했어."

"……하핫, 그때 셋이서 그런 대화를 나눴었구나."

유토는 그리움에 젖은 표정으로 눈을 감았다.

"그 후에 일어난 일은?"

"……아니, 말을 듣기는 했는데 말야. 솔직히 대충 다음부터는 기억이 애매하더라고."

"그래, 그랬구나. 나는 지금도 분명하게 기억하고 있어. 갑자기 눈앞에서 빛이 번쩍이더니 마법진 안에 시오리 누나가 갇혀버렸고, 놀라서 눈을 동그랗게 뜬 얼굴이 점점 입자가 되어 사라졌지."

유토의 목소리는 평온했다. 저런 분위기로 자기 자신을 억누른 채 이야기할 수 있다는 것이 나와 유토의 사이에 놓인 1년의 차이를 대변해주는 것 같았다.

"미안, 카이토. 못된 부탁인 줄은 잘 알아. 처음 달려왔을 땐 온몸이 붕대투성이에 만신창이였는걸. 기억을 잃어버릴 만큼 무엇인가 괴로운 경험을 겪었다는 건 충분히 짐작할 수 있어. 그래도, 나는, 도저히……."

유토는 마치 스스로가 수치스럽다는 얼굴로 머리 숙였다.

"제발 부탁이야, 사라져 있던 기간의 기억을 꼭 떠올려주길 바라. 카이토, 어쩌면 네가 더 많이 괴로울 수도 있다는 건 알아. 그래도 켄타와 스에히코와 시오리 누나를 찾을 수 있는 어떠한 단서를, 작은 조각이라도 괜찮으니까."

"……괜찮아. 누가 부탁하지 않아도 나 역시 이대로가 좋다는 생각은 절대 안 들거든. 이따위 폭탄은 후딱 터뜨리는 게 두고두고 마음 편하지 않겠냐."

"카이토……. 미안하다."

"거참, 사과하지 말래도. ……다만, 음, 면목 없게도 시간은 좀 걸릴 것 같아."

잃어버린 기억은 나 역시도 물론 다시 떠올리려고 힘을 쏟았다.

마음을 가라앉히고자 혼자만의 시간을 만들었고 생각할 시간은 충분히 많았다.

그러나 아무리 다시 떠올리려고 더듬어봐도 어둠 속 기억의 실은 불현듯 뚝 끊어져버린다.

"몇 번이나 기억을 떠올리려고 끙끙댔는데 말이야, 도무지 아무것도 떠오르지를 않아. 미안하다."

"아, 아니야. 응, 나야말로 성급했어. 카이토가 혼자 의지로 떠올릴 수 있는 단순한 상황이 아니겠지."

절레절레 고개를 젓는 유토를 보면 약간의 죄책감이 솟아났다.

기억을 되찾는 데 망설임을 느끼는 자기 자신이 마음속에 있었기 때문이다.

떠올리려고 했다는 말은 거짓이 아니다.

뻥 뚫린 어두운 구덩이의 깊숙한 곳에 있는 무엇인가, 거기에서 끓어오르는 무엇인가가 나는 조금 무서웠다.

잊은 기억을 더듬는 내 손을 거머쥐고 곧장 암흑 밑바닥까지 끌고 내려가려는 듯한…….

『그러면 이어서【픽업 뉴스】코너입니다. 오늘은 게스트로 범죄심리학자, 쿠로이 선생님을 초대했습니다.』

조금 서먹해졌던 침묵의 자리에 텔레비전 소리가 병실에 울려 퍼졌다.

개인실에 비치된 텔레비전 화면에는 낯선 뉴스 캐스터와 유감스럽게도 정수리가 살짝 허전한 아저씨가 출연하고 있었다.

아마도 어느 틈인가 내가 시청 중이던 주간 드라마는 끝나버린 듯싶다.

채널을 바꾸려고 리모컨에 손을 뻗다가 말고 나는 움직임을 멈췄다.

『자, 이번 달에도 다시 또【전이 지원자】로 짐작되는 인물에 의한 안타까운 사건이 발생하고 말았습니다.』

"……전이 지원자?"

귓가에 들린 단어가 어째서인지 내 마음속에 불안의 덩어리를 만들어 냈다.

"맞아,【전이 지원자】. 정신 나간 범죄자 예비군이야."

"유토?"

또렷한 혐오감을 드러내면서 유토는 말을 내뱉었다.

좀처럼 본 적이 없는 태도였다. 분위기가 심상치 않아서 무슨 일이냐고 묻기를 망설이는 동안에도 텔레비전 너머에서는 대화가 이어졌다.

『다시금 일어나버린 비극. 막을 방법은 없었을까요. 여러 선생님들의 말씀을 들어보겠습니다. 먼저 쿠로이 선생님, 범죄 심리학의 관점에서 이번 사건을 어떻게 생각하십니까?』

『흠, 글쎄요. 【전이 지원자】로 짐작되는 인물에 의한 절도 및 기물 손괴와 같은 사건은 때때로 발생했습니다만, 살인에 이른 중범죄는 반년 전 묻지 마 살인 사건이 마지막입니다. 경찰은 이 살인마 사건과 실종 사건의 관계자 일람 및 화제가 됐던 【실종 순간의 영상】의 유출 등등 불상사를 수습하기 위해서 적극적인 방호책으로 【전이 지원자】들의 행동을 억제해왔습니다.』

『폐교해도 어쩔 수 없다는 인식이었던 후지노미야 고등학교를 국가에서 존속시키겠다고 공표했던 것도 대책의 일환이겠지요.』

『아, 뭐, 물론 당연한 판단이겠습니다. 해당 학교에서 일찌감치 전학 및 전근을 선택했던 인물들이 잇따라 【전이 지원자】의 표적이 되고 말았잖습니까. 뭐, 반대로 말하자면 그 무렵부터 【전이 지원자】들은 활동이 꽉 막힌 셈입니다. 학교의 경비 체재를 강화했고 관계자들 본인도 경계심을 곤두세웠죠. 그렇다 해도 강력한 경계 상태가 영원토록 지속될 순 없습니다. 사망자까지 발생한 사건으로부터 대략 반년, 여론도 수그러들고 경계가 풀어지는 때를 호시탐탐 노렸던 겁니다. 어쨌든 그들의 주장을 따르자면 궁극적으로는 뒷일을 전혀 아랑곳할 필요가 없죠. 그런 의미에서 그들은 【윤리관을 잃은 범죄자】가 아니라 【판타지 종교를 믿는 열렬한 신봉자】라고 표현할 수 있겠습니다.』

『신봉자란 말씀입니까?』

『맞아요, 맞습니다. 그야말로 전국 시대에 새롭게 부흥했던 종교처럼 숙원을 이룬 다음에 죽는다면 바라 마지않는 극락정토에 갈 수 있다는 이론이잖습니까. 실제로 이번 사건에서 범인은 자살했어요. 죽음이라는 최대의 억지력이 없는 상태에서 그들의 범죄 행위를 방비하기란 몹시 어려울 겁니다.』

『흐음, 그들이 바란다는【이세계 전이】, 최종 목적을 위해서라면 죽음마저 마다하지 않는단 말씀입니까?』

『뭐, 그들이 정말 이세계에 갈 수 있는가 여부는 당최 확인할 방법이 없지만 말입니다.』

거듭 고개를 끄덕이는 아나운서와 야유를 담아서 웃는 범죄 심리학자 선생님의 얼굴이 보인다.

지금 방송 내용에 대해 설명을 바라면서 유토를 돌아봤더니 유토는 살짝 눈을 감은 채 상념에 잠겨 있었다.

"……그렇구나, 아직 아무한테도 말을 못 들었다면 제대로 설명해줘야겠구나. 아니면 카이토도 위험해질 테니까."

그렇게 불온한 서두와 함께 유토는 말을 시작했다.

"그 사건 이후 많은 일들이 일어났어. 야단법석이 났고 이래저래 조사가 진행됐고. 그렇지만 원인은 규명하지 못하고 끝. 임시로 휴교 결정이 내려졌고, 그러다가 학생 및 교사들 사이에도 불안이 퍼져 나가서 학교를 떠나가는 사람이 여럿 나왔지. 애당초 2학년이 세 반 이상, 1학년과 3학년도 한 반 정도 인원수가 사라져버린 처참한 상태였는걸. 당연히 폐교 이야기도 있었지. 그러던 때 사건의 실황을 학생 누군가가 촬영한 영상이 인터넷에 유출됐어. 영상이 화제가 되는 바람에, 그게 계기가 돼서……. 많은 사람들이 죽었어.”

유토는 벌레라도 씹은 얼굴로 씁쓸하게 말했다.

“사람이 죽었다니……. 자, 잠깐만. 도대체 무슨 소리야. 왜 갑자기 사람이 죽어 나가는데?”

내용은 잘 모르겠는데 겨우 동영상이 사람의 죽음으로 연결된다는 말이 도저히 이해되지 않았다.

“맞는 말이야. 그래서 『전이 지원자』들은 제정신이 아닌 거지. 좀 기다려봐. 아마 잠깐만 찾아보면 나올 테니까.”

유토는 큼지막한 태블릿 단말을 꺼내 들고 잠시간 화면을 조작하더니 영상 하나를 재생시켰다.

내가 태블릿을 받아 들자 유토는 텔레비전의 음량을 낮췄다.

『여차, 좋았어. 이제 다 됐다.』

영상의 시작은 별다를 것 없는 평범한 교실이었다.

아마도 3학년 반이려나. 보아하니 낯선 학생이 책상 위에 지우개를 잔뜩 세워서 도미노를 만들고 있는 광경이었다.

『야, 성공할지 실패할지 내기나 하자.』『그럼 도중에 멈추는 쪽에 점심밥 1인분.』『뭐야, 그러면 내기 성립이 안 되잖냐.』『이, 이 자식들아! 내 역작을 갖고 장난치지 마랏!!』

재생되는 영상은 스마트폰으로 녹화한 듯 화질은 별로 안 좋았지만, 주변 분위기는 잘 전달해줬다.

다만 화기애애했던 장내는 곧 경악의 광경으로 변모한다.

그 현상은 어떤 전조도 없이 들이닥쳤다.

『아, 맞다. 옆에서 말고 의자 위쪽에 높은 위치에서 촬영해줘.』『알겠다, 못해도 절반 정도는 성공해달라고.』『쳇, 똑바로 봐라. 좋아, 어디 시작해, 으앗, 눈 부셔?!』『으아앗?!』

들린 말대로 의자에 서서 높은 위치로 이동했던 화면이 다음 한순간, 강렬한 빛에 감싸였다.

그 빛에 놀란 듯 촬영자는 덜커덩 소리를 내며 의자에서 굴러떨어졌다.

『아야야……. 뭐, 뭐야? 도대체 뭐야?』

촬영자가 일어서서 화면이 주위를 쭉 돌았을 때 주위 반 학생들은 빛의 마법진 안쪽에 갇혀 있었다.

『꺅! 뭐야, 왜 이래?!』『이게 뭐냐, 어, 벽?』『야, 무슨 장난질이냐. 공부하는 데 방해하지 마라.』『음? 뭐야, 이거. 나갈 수가 없잖아!!』

혼란에 빠진 교실 안에서 술렁술렁 목소리가 퍼져 나간다.

갇혀 있는 비율은 영상 속에서는 반 학생 가운데 열 명 정도였지만, 화면 한쪽에 보이는 복도에서도 역시 빛의 마법진 안에 갇힌 인원들이 있었다.

안쪽에서도 바깥에서도 쾅쾅 빛의 벽을 때리는 모습은 너무나도 필사적인 표정만 제외하면 마치 팬터마임 같았다.

그리고 갑작스러운 이변은 다음 단계로 이행된다.

그 사실을 알아차린 사람은 화면의 안쪽 귀퉁이에 있던 한 명의 여학생이었다.

『시, 싫어어어어어어어어?! 내, 내 손이이이이이?!』

큰 목소리가 터져 나왔을 때 화면이 흔들리며 여학생 쪽을 향했다.

마치 질 나쁜 SF영화의 한 장면 같았다.

여학생의 손끝이 엷은 푸른색 빛을 발하는 입자가 되어 위쪽으로 떠올라 사라져 간다.

한 사람이 알아차린 다음 그 현상은 더욱 확산됐다.

『뭐야, 거짓말이지. 이게 뭐야! 이게 뭐냔 말이야!!』『싫어! 싫어어엇!!』『내 손이! 다리가 사라, 누, 누가 살려줘?!』『추, 추워, 싫어. 뭐야, 이게. 내가 사라진다…….』

당혹에 찬 혼란은 공포의 도가니로 점점 양상이 바뀐다.

도미노를 만들고 있던 남학생도, 주위를 둘러싸고 있던 학생들도, 차례차례 몸이 입자로 바뀌어 간다.

『하, 하하. 뭐냐, 이게. 잠이 덜 깼나?』

그 한마디는 촬영자의 목소리였을까, 망연자실한 음성을 마이크가 포착했다.

마법진에 붙잡혀 있는 남학생, 지우개로 만든 도미노를 넘어뜨리려고 했던 남학생.

입자화 현상이 시작되고 채 1분도 지나지 않아 최후에는 머리만 남았다. 해상도 나쁜 영상 속에는 공포에 일그러지는 얼굴과 도움을 청하는 광경이 유독 또렷하게 남아 있었다.

빛의 마법진 안쪽에 있던 사람은 모두 한 사람도 빠짐없이 사라졌다. 이제 화면은 촬영자가 서 있었던 의자 위에서 아무도 가두지 못한 빛의 마법진을 비춘다.

마치 그것을 신호로 삼기라도 한 것처럼 우지직, 얇은 도자기를 억지로 짓뭉개는 듯한 소리와 함께 마법진이 빛의 벽째로 사라졌다.

비현실적인 광경은 끝을 고한 뒤 교실 안에는 정적이 돌아온다.

다만 사라져버린 학생들의 텅 빈 위치는 여전히 공허할 뿐.

『……아, 녹화, 멈춰야지.』

마지막으로 멍한 목소리가 들렸다. 그러던 중 조작 실수였을까, 영상이 자기 촬영용 전면 카메라로 전환되면서 망연자실한 표정의 촬영자를 비추며 영상은 끝났다.

"합성, 아니, 아니겠구나……."

그런 말을 입에 담는 와중에도 신기하지만 지금 본 영상이 가짜라는 생각은 들지 않았다.

구역질이 난다. 눈앞은 어찔어찔 현기증이 나고 이명이 멎질 않는다.

본 적이 있다, 이런 광경을. 나는, 본 적이 있다.

어디에서? 어디에서지? 어째서 이 광경을 보기만 해도 이토록 울고 싶은 기분이 들지?

마음의 공동에서 끓어오르는 이 얼어붙을 것 같은 감정은 뭐란 말인가?

"처음에는 다들 카이토처럼 가짜라고 생각했을 거야. 그렇지만 실종은 실제 발생한 사건인 데다가 곧 영상 감정사라는 사람까지 나타나서 동영상이 합성이 아니라는 말을 늘어놓았고……. 가짜가 아니라는 걸 우리는 이미 잘 알고 있었지만 말이야. 그야 나는 학교에서 직접 저 광경을 목격했으니까."

가늘게, 깊게 숨을 들이마시며 유토의 목소리에 의식을 기울였다.

영문을 알 수 없는 감정에서 한시라도 빨리 눈을 돌리고 싶었다.

"이 영상과 똑같이 시오리 누나가 사라졌어. 나는 아무것도 할 수 없었지. 무섭다고 살려달라고 외치는데도 아무것도 못 하고 지켜볼 수밖에 없었어. 지금도 꿈을 꿔. 시오리의 얼굴을 보고 목소리를 듣고 밤중에 몇 번이나 잠에서 깨어나지. 차라리 정신이 나가버리기를 바란 적도 있었어."

유토의 자조하는 목소리가 공허하게 울려 퍼진다.

"미안해, 이야기가 어긋났네. 이 영상이 인터넷의 바다에 유출되고 사라지지 않았던 탓에 엽기적인 실종 사건이 일본 전체에 널리 알려지게 된 거야. 수많은 사람들이 이 동영상을 보고 가짜라는 둥 합성이라는 둥 이야기하는 와중에 한 가지 소문이 나돌았어."

"소문?"

"응, 시시한 소문, 도시 전설처럼 허무맹랑하지. 그놈들은 이렇게 마법진에 붙들린 인간은 이세계에 소환되었다고 주장했거든."

또다시 덜컥, 심장이 뛰어올랐다.

내 마음속의 무엇인가가 아니라고 부르짖는다.

거기에는 전혀 어떠한 구원도 없다고 마음이 부르짖는다.

'제기랄, 아까부터 대체 뭐냐고……!'

이유를 알지 못하는 박동이 온몸에 피를 밀어 내며 몸속을 휘젓고 눈은 열기를 띠며 아찔해진다.

나는 힘겹게 몸을 추슬러서 억지로 아무렇지도 않은 시늉을 하며 유토의 이야기에 귀를 기울였다.

"거기까지는 별로 상관없어. 뭐랄까, 이세계든 어디든 간에 상식으로 가늠할 수 없는 무엇인가를 믿지 못한다면, 그날 그 장소에 있었던 우리는 자기 눈과 머리를 의심할 수밖에 없잖아. 그런데 다음 단계는 문제가 됐어."

"다음, 단계라니?"

"그들의 말에 따르면 전이 현상의 관계자, 그 자리에 있던 인간을 죽이면 레벨 업을 해서 죽은 뒤 이세계에 갈 수 있다더라."

"엥? 뭐라고?"

이야기가 갑자기 확 튀어 버려서 유토의 말이 이해되지 않았다.

"맞아, 응. 알아, 네 심정. 그렇지만 바보 같은 이야기를 믿은 바보들이 있었던 거야. 그놈들은 인터넷의 은밀한 곳에서 몰래 신자를 늘려 나가다가 결국 사건을 일으켰어. 화제가 됐던 동영상으로 특집을 만든 방송에 초대됐던 학생 한 명이 방송 관계자한테 칼에 찔려서 살해당했거든."

"……."

"게다가 사건 직후 경찰에서 동영상을 『합성이 아니다』라고 감정한 결과와 실종 사건의 관계자들 개인 정보가 유출되면서 그놈들은 한꺼번에 활동을 개시했어."

유토는 한 차례 여기에서 말을 멈추고 한숨을 돌린 뒤 다시 이야기했다.

"여러 장소에서 학교 소속이었던 관계자가 피해를 입었어. 점점 더 행동이 대담해졌지. 관계자의 개인 소지품을 갖고 있으면 전생 보너스를 잔뜩 입수할 수 있다며 날치기나 빈집털이를 감행하거나 폭력 사태에 유괴까지 저지르더라. 경찰에서 유출된 개인 정보 때문에 한동안은 온갖 만행을 저지를 수 있었지. ……카오리도, 사건에 휘말려서 지금까지 행방불명인 채 소식이 없어."

"카, 카오리가? 설마 시오리 선배의 동생 말이야?! 대체 어째서! 아무 상관도 없잖아!"

머릿속에 쾌활하게 웃는 조그만 여자아이의 얼굴이 떠올랐다.

살짝 조숙한 초등학생 여자아이는 아직 나이가 열 살도 되지 않았다.

시오리 선배와 누구 여동생이 더 귀여운가 입씨름을 벌였던 적이 있어서 잘 기억하고 있다. 항상 시오리 선배가 준 고양이 머리핀을 달고 다녔고 시오리 선배를 잘 따랐다.

"그놈들, 우리들 사건 관계자한테 점수를 매겨 놓았어. 예를 들어서 그날 그 장소에 있던 우리 『전이 대상 외』들은 100점, 형제자매는 70점, 부모님에게는 50점, 그 밖에도 피와 머리카락 따위도 분량에 따라 1점부터 5점이라더라. 하하, 정말로 바퀴벌레만 못한 쓰레기들이지."

"도, 도대체……. 경, 경찰은?!"

"행방불명인 채 진전이 없어. 단서도 찾지 못했고."

"큭, 그, 그래도! 찾지 못했다면 아직은 안 죽었을지도 모르잖아!!"

"알아. 난 아무리 많은 시간이 걸리든 간에 시오리 누나도 카오리도 찾아낼 거야. 절대 포기하지 않아. 그래, 알지. 알고말고. 아직 나는, 괜찮아."

으득, 어금니를 악물어 부술 것 같은 표정으로, 언젠가 들은 기억이 있는 목소리로 유토는 말을 내뱉었다.

눈 깊숙한 곳에 이글이글 타오르는 거무칙칙한 빛이 보인다.

파열 직전의 풍선처럼 조마조마한 유토를 보면 더 이상은 어떤 말을 해줘야 할까 알 수가 없었다.

명백하게 한계가 가까운 친구를 앞에 두고도 입을 다물 수밖에 없었다.

"아까 동영상과 개인 정보가 유출된 탓에 사람이 죽었다고 한 말은 이런 이유 때문이었어. 유출된 개인 정보는 얼굴 사진에 주소까지 들어 있어서, 금세 특정이 가능했고……. 살해당한 사람도 나왔어. 그런 상황이 벌어지고 나서야 겨우 국가와 경찰도 제대로 힘을 쓰더라. 이 도시의 경찰관 인원수가 대폭 증원됐고 학교는 폐교하지 않기로 결정됐어. 뭐, 벌레잡이 등은 한곳에 모아 놓고 싶었던 게 아닐까. 그만큼 모르는 사람이 봐도 알 만큼 경비도 강화돼서 사건 발생은 멈췄지만……."

유토의 시선은 다시 텔레비전을 향했다.

……그렇구나. 또 사람이 죽어 나갔구나.

"카이토, 굳이 말할 필요는 없겠지만. 마이를 잘 보살펴줘."

"당연하잖냐. 무슨 일이 일어나도 지켜줄 테다. 그따위 일당에게 상처 받도록 절대 놔두지 않아."

"육체적인 부분이 아니야. 그쪽은 오히려 카이토 너도 주의해야지. 내가 말한 건 정신적인 쪽이야. 카이토가 혹시 죽는다면 마이도 자살할 테니까. 단단히 각오하는 게 좋겠어."

"뭐? 아, 아니, 그래 보여도 마이는 심지가 굳은 녀석이야. 무슨, 자살이라니……."

"그런 건 나도 잘 알아. 그렇지만, 그래서 더욱 당부하는 거야. 카이토한테 안 좋은 일이 벌어지면 마이는 틀림없이 망가진다고 봐. 마이의 친구였던 두 사람, 기억해?"

"유키랑 사토미랑 말이지? 기억하는데……. 음?! 설마……."

두 녀석은 중학생 시절 인간 관계가 넓지 않았던 여동생이 처음으로 집에 데려왔던 친구인데.

수줍음 많은 마이가 분명하게 자기 입으로 「……친한 친구예요」라고 말한 상대인데.

"방금 말했잖아. 카오리『도』라고. 유키는 저번에 발생했던 묻지마 살인 사건 때부터 행방이 묘연해진 채 반년이 넘게 지났어. 방금 전 텔레비전에서 언급한 사건……. **피해자**였던 사토미는 이번 달에 막 살해당했지."

어째서, 어째서냐.

어째서 이딴, 내 여동생만 참담한 지경에 처해야 하나.

마이가, 내 동생이 도대체 뭘 했다고. 어째서 이리 괴로운 처지에 놓여야 한단 말인가.

부모님이 죽고, 내가 사라지고, 친구까지 잃어버리고.

아아, 정말이지, 어째서…….

"마이에게는 이제 카이토, 너밖에 남지 않았어."

마치 어딘가에서 본 적이 있는 것 같은 촌극인지라 욱신, 머리 깊숙한 곳이 쑤셨다.

내 마음속은 먹먹함과 자기 자신에 대한 한심함이 가득 차올랐고.

어째서인지 이런 감각을 익숙하게 느끼는 나 자신이 메스꺼웠다.

유토가 병문안을 오고 며칠 뒤, 빈둥빈둥 한가한 시간을 보내던 나는 마침내 병원이라는 이름의 우리에서 해방되었다.

"신세 졌습니다."

"아뇨, 무사히 퇴원하시게 되어 안심했습니다."

평일 오전이라서 마중을 나온 사람은 없다. 배웅은 주치의 마에노 선생님과 간호사분뿐이다.

마이는「오라버니가 길을 잃어서 엉엉 울면 불쌍한걸요」같은 엉뚱한 소리를 하며 마중을 나오려고 했지만, 첫날은 어쨌든 간에 학교까지 쉬면서 나를 마중 나오는 게 동생에게 좋다고 생각되지는 않았다.

따라서「게으름뱅이 오라버니가 침대에 누운 채 늑장이나 부려서 병원분들에게 민폐를 끼치지 않을까 걱정이에요」라든가「깜빡 물건을 놓고 왔다는 핑계로 간호사복 차림 여성을 끈적끈적한 시선으로 범할 작정이에요?」라든가「오라버니, 변태, 색골, 간호사 매니아, 음란 오라비를 둔 여동생은 대체 얼마나 더 참회해야 하나요」라든가 온갖 매도에도 견디…… 견딜…… 수가 없었습니다.

그야 무리입죠, 옛날부터 저 가자미눈을 마주 대하면 당할 도리가 없었단 말입니다.

게다가 독설까지 미묘하게 더 예리해졌고, 마지막 발언은 거의 끝까지 듣지도 못했다. 뭔가 이야기를 한 것 같기는 한데, 상심의 껍질 안쪽에 틀어박혔습니다. 훌쩍.

오히려 입원 기간 중 꼬박꼬박 학교를 보낼 수 있었던 것이 기적에 가까웠다.

그러니까 본래는 이른 오후에 퇴원 예정이었던 시간을 좀 앞당겨서 먼저 귀가하기로 결정했다.

집에 도착한 다음 마이에게 연락하면 설마 학교를 땡땡이치지는 않을 것이다. 삐쳐서 나중에 많이 툴툴거리겠지만, 괜찮다, 마이는 사과 젤리를 공손하게 갖다 바치면 어지간한 잘못은 용서해준다.

"이제부터 힘든 게 많겠지만, 아무쪼록 몸조심하세요."

"네, 잘 돌봐주셔서 감사했습니다."

마이가 갖다준 평상복을 입고 다른 짐을 가방에 욱여넣어서 어깨에 멨다.

나는 정중하게 인사를 마친 뒤 병원에 등을 돌리고 걸어 나아갔다.

하늘은 활짝 개었다. 저 맑고 푸르른 빛깔은 나의 마음속 결의처럼 당당했다.

이런저런 생각을 해도 이래저래 다 불안하기만 하다. 그렇지만 내 불안 따위는 아무래도 상관없다고 매듭을 딱 지어버리면 딱히 별것도 아니었다.

내 불안감 따윈 갖다 버리자. 내게는 꼭 지켜야 하는 대상이 있다.

"자, 일단은 평소 일상을 되찾아야겠지."

나 자신의 의식과 주위 세계의 사이에 있는 1년 이상의 간극.

바뀐 것, 바뀌지 않은 것, 아는 것, 알지 못하는 것.

한시라도 빨리 경험을 쌓아 올려서 내 기억 속 일상을 되찾는다.

마이의 곁에 머물며 내가 동생을 지켜준다.

소중한 사람을 잃지 않도록, 놓아 보내지 않도록.

다른 무엇인가를 신경 쓸 겨를이 없다. 실수를 저질러서 지키지 못하는 그딴 경험은, 더는 두 번 다시…….

더는 두 번 다시, 더는 두 번 다시……?

『대체, 우리는 어디에서 어긋났던 게냐…….』

『내 힘이 닿는 한 얼마든지 무엇이든지 해주겠다. 그야말로 세계의 절반일지라도 떠안겨주마.』

『그러니까, 부디, 나의 곁으로 와 다오, 부탁하마.』

"윽?!"

번쩍, 아프도록 강렬한 햇살에 눈이 부셨다.

눈앞으로 얼굴이 보이지 않는 누군가의 찰랑거리는 붉은 머리카락이 나부끼고.

그렇지만 그 환상에 손을 뻗으려고 한 다음 순간, 욱신거리는 두통의 빛 속으로 사라져 간다.

"……이것도 꽤 익숙해졌군."

발버둥 치고 있다. 내 안쪽에서, 잃어버렸던 내가 분명히 발버둥 치고 있다.

……왠지 몰라도 감각으로 알 수 있었다. 아득바득 전면에 나서고자 힘쓰고 있는 나 자신이 느껴진다.

유토를 위해서도, 마이를 위해서도, 또한 나 자신을 위해서도 기억을 어서 되찾아야 할 텐데. 도저히 나는 이 감각이 좋아지지가 않는다.

아니, 좋거나 안 좋은 문제가 아니다. 두려웠다.

나의 내면에서 부르짖는 소리는 정말로 자기 자신의 목소리가 맞는지 의문스러울 만큼 고통과 분노로 가득 차 있다.

어서 떠올려야 한다고 이성으로 생각하고, 어서 떠올리라고 과거의 자신이 소리 높인다. 그렇지만 마음 어딘가에서 두려워하고 있다.

정말 나 자신의 경험이 맞냐고, 어떤 끔찍한 일을 겪었냐고, 떨쳐냈었던 불안이 자꾸자꾸 얼굴을 내민다.

"그래도 방금 전 기억은 뭔가, 조금 달랐는데……."

증오라든가 분노라든가 악감정만 잔뜩 전해지던 평소와 달랐다.

방금 전에는 편안한 기분에 감싸일 수 있었고 사랑스러움과 애달픔이 가득 흘러넘쳤다. 그렇지만 마지막에는 역시 서글픈 기분이었고.

"거참, 정말 도대체 뭘 하고 다녔던 거야, 나는"

약간 부끄러운 애정의 여운을 느끼면서 스스로의 마음을 얼버무리고자 머리를 벅벅 긁는다.

그나저나 여자 모습을 떠올리며 서글픈 기분이 드는 이유가 뭘까, 기억을 잃은 동안에 내가 실연이라도 당했단 말인가.

"~~—!! 관둬, 관둬, 관둬!! 아, 젠장! 골 빠져 죽겠네."

바짝 마른 아스팔트를 밟아 디디며 잠시 멈춰 선 채 머리를 흔들었다.

"어머, 골이 빠지면 어떻게 살아?"

"응? ……아, 누구시더라……? 어라, 음."

"어, 뭐야, 반응이 왜 이래. 설마 잊어버렸어?! 나야, 나! 알잖아, 카와카미 쿠미코!! 『월간 유토피아』에서 기자로 일하는 사람!"

말을 건넨 인물은 카디건을 걸치고 검은 머리카락을 땋아 올린 어른스러운 여성이었다. 다만 당황하는 태도로 주섬주섬 가방에서 잡지를 꺼내 드는 정신없는 모습과 너무 안 어울리는 터라 뭐라고 말이 나오지 않았다.

여자는 화장과 머리 모양에 따라 변신할 수 있다고 예전에 어머니가 말했었는데, 좀 많이 심하다.

"아, 아하, 네, 네에. 카미카와 씨, 맞죠. 그럼요, 기억해요, 기억하죠."

"……너 말야, 거짓말하는 방법은 좀 제대로 익혀 두는 게 좋겠어. 이렇게 뻔히 표시가 나면 분노를 넘어서 살의가 마구 끓어오르니까."

"아뇨, 진짜로 안 잊어버렸어요. 다만 저번에는 시간도 밤이었고 저 자신이 평온한 마음이 아니었던 데다가 카와카미 씨도 지금이랑 전혀 차림새가 달랐잖아요. 솔직히 다른 사람으로 착각할 지경이었다고요."

"그야 당연하잖니! 잠복 마지막 날의 피폐한 모습이랑 힘 팍 줘서 전투 스타일을 갖추고 온 차림이랑 달라진 게 없다면 여자로서 엉엉 울어버릴 거야."

착각할 뻔했다는 말이 기뻤는지 풀어진 얼굴로 가슴을 펴는 나잇살깨나 먹은 여성.

외모뿐 아니라 알맹이도 화장을 안 하면 의미가 없을 텐데요. 이런 소리는 안 하는 게 좋겠죠. 알지요, 알고말고요.

"앗! 이게 아니라, 이게 아니라. 이런 얘기를 하려고 온 게 아니었지."

“아, 오늘은 이만 돌아가서 편하게 쉬고 싶은 기분이니까 다음에 날을 다시 정해서…….”

“아앙……?”

“예예, 무리겠죠, 넵.”

예리한 시선과 나지막한 음색에 위축된 나는 붙임성 있게 웃음을 지을 수밖에 없었다.

“이 시간이면 점심은 아직 안 먹었지? 대충 근처에 패밀리 레스토랑으로 가서 이야기 좀 하자. 아차, 먼저, 이거 써.”

“음? 마스크?”

받아 든 물건은 하얀 일회용 마스크였다.

“그래, 그리고 이거랑 이것도. 왜 이렇게 무방비한 차림새로 나돌아다니는 거야.”

“음? 아, 네?”

“자, 빨리 써, 써요! 위기감이 너무 없잖니!”

마스크 말고 선글라스에 니트 모자까지 건네받고 채근하는 대로 나는 수상쩍은 고전적 변장 차림새를 갖췄다.

“『전이 지원자』들 이야기 못 들었어? 푹 빠진 범죄자는 아예 제정신이 아니니까 신원을 들키면 틀림없이 너한테 공격을 감행할 거야.”

“……조, 조심하겠습니다.”

내 위기감이 아직 부족했던 것 같다. 그대로 끌려가서 근처의 가게에 들어갔다.

“일단 드링크 바 둘이랑 햄버그 라이스 세트 두 개요.”

“드링크 바 둘에 햄버그 라이스 세트 주문하셨습니다. 감사합니다.”

들어온 패밀리 레스토랑은 점심이라기에는 이른 시간대인데도 손님이 제법 많았다.

"어휴, 진짜 진지하게 조심하는 게 좋겠네. 요즘은 이 나라도 많이 위험하단 말이야. 자기 입장은 잘 알고 있잖니?"

"……이후 충분히 조심하겠습니다, 넵."

분명 정곡을 찌르는 충고였기에 아무 대꾸도 못한 채 머리를 수그렸다.

"뭐, 말은 이렇게 했지만, 너무 심각하게 걱정할 필요는 없을 거야. 빈틈없이 경호원도 붙어 있는걸."

힐끔, 카와카미 씨가 시선을 보낸 방향을 보면 어디에나 있을 법한 키가 큰 남자가 입구 부근의 자리에 앉아 있었다.

"아, 저기, 역시 저 사람이 저를 지켜주는 건가요?"

착각인가 싶어 넘겼는데 병원 앞에서 인사를 나눌 즈음부터 줄곧 이쪽의 상황을 살피는 듯한 기척이 느껴졌었다.

다만 악의가 안 느껴졌고 딱히 나에게 집중하는 게 아니라 내 주변을 감시하는 기척이었다. 눈에 보이는 범위에 있는 인물은 저 남자 하나뿐이며 그 밖에도 복수의 기척이 감지된다.

'……아니, 잠깐, 잠깐만. 나, 너무 태평하잖아. 악의는 안 느껴진다? 안 보이는 범위의 기척이 느껴진다? 뭐냐, 나, 중2병이 재발했나? 잠깐, 잠깐만, 잠깐! 흑역사 시절로 되돌아가는 건 진짜 감당이 안 된다고.'

지난 며칠간 어째선가 자연스럽게 떠오르는 근거 없는 감각이었다. 애써 머리를 흔들며 부정했지만.

그렇다 해도 현실에서는 진짜로 입구 부근에 웬 남자가 자리를 잡고 앉아 있잖은가.

"혹시 못 들었던 거야? 내가 말이야, 너를 기다리던 중에 저기에서 시치미 뚝 떼는 얼굴로 앉아 있는 아저씨한테 강제로 끌려 나갔던 적도 있었어. 그러고는 네 이야기를 기사로 쓰지 말라고 서약서까지 쓰게 만들더라."

"……아뇨, 왜 저한테 눈을 흘기세요."

가자미눈으로 쳐다보는 터라 시선을 외면했다.

"본명도 가명도 쓰면 안 된다, 평범한 인터뷰 기사도 안 된다. 귀환자가 나타났다는 사실 자체를 끝까지 감추기로 결정했나 봐. 『당신이 쓸 불필요한 기사 때문에 사망자가 발생하면 어쩔 작정이신지?』라는 말까지 듣고 기사를 쓸 용기는 나도 안 나더라고."

"……그러면 굳이 또 찾아온 이유가?"

후유, 한숨을 쉬는 카와카미 씨에게 질문했다.

"완전한 흥미 본위야. 이래저래 힘을 쏟았는걸, 기사는 못 쓰더라도 하다못해 이야기는 좀 듣고 싶어지지 않겠니?"

"아하, 일리가 있네요……?"

그렇게 대답하면서 나는 어떻게 할까 망설였다.

"어때? 3만 엔 몫의 이야기를 들을 수 있겠지?"

"아, 아하하하……."

두근두근 방긋이 웃는 카와카미 씨에게 일단 싹싹하게 웃어 답한다.

그나저나 기억이 없는 나는 도대체 무슨 이야기를 하면 됩니까?

☆

"흐아암……. 피곤해라……."

철썩, 뜨거운 물을 넘치도록 담아 들어온 집의 욕조는 하루의 피로가 녹아내리는 기분이라 무척 편안했다.

『기, 기억 상실~? 어라, 요컨대, 나, 완전히 헛수고였다는 말?』

『오히려 경찰한테 주목당하게 된 만큼 손해가 아닐까요?』

『크윽~~—…!! 좋은 조건의 단체 미팅까지 걷어차고 용을 썼는데, 진짜 용썼는데……!』

카와카미 씨와 대화를 나누고 헤어진 나는 당초의 예정대로 집에 도착한 다음 마이의 스마트폰에 연락을 넣었다. 전화로 직접 이야기할 용기가 안 났던 터라 간결하게 사실만 써서 문자 메시지를 보냈더니 속공으로 전화가 걸려 왔다.

전화 받기가 망설여져 가만있었던 결과는『겁쟁이 오라버니, 현관 앞쪽에 무릎 꿇고 앉아서 기다리세요. 돌아가면 중요한, 아주 중요한 이야기를 나누도록 해요♥♪』라는, 현실 도피를 하고 싶어지는 문자로 보답받았다.

이런 사연으로 생글생글 웃으며 피처럼 붉은 석양을 등지고 돌아온 여동생님에게 줄곧~ 설교를 들었습니다.

오늘 있었던 일을 송두리째 다 털어놓아야 했고 카와카미 씨와 만났던 것도 들켰다.

절대 영도의 시선이 내리꽂히는 가운데 나는「바보 오라버니는 유독 하반신만 훌륭하시네요」라든가「부스러기 오라버니는 여성을 상대하는 방법부터 배워야 해요. 아직 오라버니에게는 빠르다고요」라든가 「갸륵한 여동생답게 몹쓸 오라버니가 여성을 덮치는 짐승 오라버니로 전락하기 전에 하나부터 열까지 조려, 아뇨, 지도를 해드릴까요?」 등등 콕콕콕콕 마구 타박을 들었다.

공물로 사과 젤리를 준비하고 바짝 엎드려서 기다리지 않았다면 분명 아침까지 설교 코스를 밟았겠지.

"내일부터 학교인가……. 마이의 동급생이고 유토의 후배 신세가 될 줄이야."

나는 툭 중얼거리고 몸이 너무 너무 뜨거워지기 전에 목욕을 마쳤다.

잠옷으로 갈아입고 거실에 돌아오자 마이가 소파에 앉아 텔레비전을 보고 있었다.

"아, 오라버니. 뜨거운 물에 제대로 푹 들어갔다가 나왔나요? 어휴, 역시, 머리를 제대로 안 말리면 감기 걸린다고요."

"이 녀석 봐라, 됐거든. 내가 애도 아니고. 알아서 할 테니까 너도 목욕이나 해."

"그래야겠네요, 그럼 욕실은 제가 쓸게요. ……물을 더럽혀 놓은 건 아니죠? 쓰레기 오라버니."

"저기요, 진짜 이제는 좀 봐주시면 안 될까요? 오빠는 귀여운 여동생한테 이 이상 괴롭힘당하면 다시 일어날 수가 없는데요."

"흥이에요. 오라버니 잘못이니까 저는 몰라요."

새침한 표정으로 어린애 같은 소리를 하며 시선을 돌리는 마이.

으음, 이게 뭐야. 우리 집 여동생, 너무 귀여운데요.

내 급소를 쿡쿡 찌르는 귀여움인데 말입니다.

나는 욕실로 가는 마이를 배웅한 뒤 냉장고에 넣어 놓았던 캔 주스를 가지러 갔다.

거실에 돌아와서 따분함을 달래고자 텔레비전의 전원을 켰다. 흔한 사건 특집 버라이어티가 흘러 나왔다.

연예인과 전문가에 해설자 등이 모여서 재현 VTR을 보고 이래저래 대화 나누는 형식이다.

'……또 전이 지원자 관련 사건이 주제인가…….'

『……그렇다면 즉 용의자는 자살로 죽지 않았을 가능성이 있단 말씀입니까?』

『예, 자살 방법으로 자신의 목을 칼날로 베어 가르는 것은 상궤를 벗어났으니까요. 자살 수단의 대부분은 목매기, 그다음은 높은 곳에서 뛰어내리기와 이른바 연탄 자살이죠. 뻔히 괴로울 방법으로 자살할 이유가 없지 않겠습니까.』

『그럼 피해자 여학생이 최후의 저항으로 찌른 거예요? 와아, 불쌍해라…….』

『아니, 그래도 뭐냐, 범인 말이에요. 약물도 썼다면서요? 진짜 정신이 이상해졌던 게 아니었겠어요?』

『어쨌든 간에 가슴이 미어지는 사건입니다. 하다못해 피해자【사이토 사토미】양의 영혼이 안식을…….』

뚝, 나는 텔레비전의 전원을 껐다.

"……이만 잘까."

캔의 내용물을 쭉 들이켜고 거실을 나와 「난 먼저 잔다~」라고 말을 건넸다.

마이가 「네에~」 대답하는 말을 끝까지 듣고 나는 2층의 자기 방으로 올라갔다.

1년 이상이나 주인이 없었던 방 안쪽은 내 기억대로 여전히 깔끔함을 유지하고 있었다. 어머니가 길렀던 식물이며 아버지의 취미였던 오토바이와 마찬가지로 마이가 애지중지 관리해줬음을 알 수 있었다.

"……."

나는 이불을 덮고 전등을 끈 뒤 눈꺼풀을 닫고 마음을 가라앉혔다.

그리고 내가 잃어버린 기억의 파편을 찾아 헤맨다.

지난 며칠간 습관화된 과정이었다. 잠들기 전에 이렇듯 기억의 소재지를 찾아 나선다.

깊이, 깊숙이, 자신의 내면으로 가라앉아서 바닥을 찾아 쭉 잠긴다.

그 바닥에는 무엇인가 절대로 잊어버려서는 안 되는 무엇인가가 있을 테니까.

몹시 소중한 무엇인가가.

그렇지만 아무리 깊이 잠겨서 들어가봐도 바닥에 다다르지 못하고 머지않아 수마에 붙들려서 의식을 놓아버리게 된다.

오늘도 내 손은 아무것도 붙들지 못한 채 둔화되는 사고만 잠 속으로 녹아 들어갔다.

"……. ……으, 음? 마이……?"

"……."

꾸벅꾸벅 졸다가 결국 완전히 잠에 빠지기 직전, 등의 옷자락을 꼭 붙잡는 감각에 아주 살짝 의식이 떠올랐다.

내가 쓰는 것과 달리 조금은 비싼 샴푸의 냄새가 난다.

옆으로 누워서 자고 있었던 나는 목만 움직여 등 방향을 돌아보려다가 관뒀다.

나는 어느 틈인가 이불 속으로 몰래 들어와 있는 마이에게 뭔가 말을 건네주지도 못한 채 다시 눈을 감았다.

제2장 남겨진 사람들

『자, 자아, 미나리스랑 슈리아랑 슬슬 일어나자~. 시간도 많이 없거든~.』

"응, 으응……?"

"아읏, 으……?"

어딘가 저 멀리서 저와 슈리아의 이름을 부르는 목소리가 들리며 철썩, 얼굴에 차가운 액체의 감촉이 느껴졌습니다.

찌릿거리는 싸늘함은 마치 신경을 물방울이 타고 드는 것 같았습니다.

"……여, 여기는……."

여전히 멍한 의식으로 뜬 눈.

마주 보는 위치에 쓰러져 있는 슈리아의 흐릿하게 멍한 눈동자와 시선이 마주칩니다.

몸을 일으켜서 주변을 둘러보면 이곳은 마치 꿈속에 들어온 듯 현실감이 없는 장소였습니다.

넓은 정육면체의 방 안, 불순물이 없는 새하얀 우유색의 벽.

의식은 또렷하고, 다만 마음은 여전히 멍한 채.

눈앞에 서 있는 스물네댓쯤 되었을 하얀 여성을 봅니다.

새하얀 머리카락에 새하얀 피부, 새하얀 수도복. 어깻죽지에 살짝 걸치는 머리카락 끝은 양털처럼 곱슬곱슬합니다.

저희는 여성의 모습을 일별한 뒤 자기 자신을 내려다보며 몸 상태와 장비를 확인했습니다.

『자, 자아, 자자, 자네들은 감금되었다네! 이 장소에서 탈출할 방법은 단 하나! 여러분은 이제부터……. 앗, 잠깐, 잠깐, 잠깐만?! 뭘 하려는 거야?!』

챙, 갑작스럽게 나타난 백색 사슬이 몸을 휘감아서 제가 세차게 휘둘렀던 검은 도중에 기세를 잃어버렸고, 슈리아가 꺼내 들었던 나이프는 쨍강 소리를 내며 바닥에 떨어졌습니다.

"뭐겠어요, 눈앞에 정보를 가진 적이 있다면 일단 덮치는 게 맞잖아요?"

『어째서 적 판정이야……?!』

"자기가 먼저 감금이라는 말을 하였어요. 슈리아와 미나리스 씨는 급해요. 협박해서 바깥으로 나가는 게 가장 빠른 길이어요."

빨리, 빨리 나가야 할 텐데…….

어서 주인님을 구하러 가지 않으면, 주인님이, 주인님이!!

『미, 미안, 소소한 농담이었어! 농담이라니까~!!』

"헛소리 말고 나가는 문을 열어요!!" "카이토 님을 구해야 해요!! 방해꾼은 가만두지 않아요!!"

제가 마력을 최대한까지 담은 얼음의 창을 발사했고, 슈리아는 바닥에 떨어져 있는 나이프에 마력의 실을 뻗어서 호를 그리며 날렸습니다.

『와, 와아. 이 아이들, 어떡한담. 눈이 회까닥 돌아갔어. 아무리 사연이 있더라도 이번 대 용사의 능력에 너무 침범됐잖아……!!』

그렇지만 빙글빙글, 전혀 중력의 영향을 받지 않는 듯 가볍게 공중을 날아서 공격을 피해버립니다.

『타임, 타임~?! 뭐야, 이 아이들, 재미도 없고, 무섭거든?! 토와, 살려줘~!!』

그 순간, 딸깍, 톱니바퀴를 돌리는 소리와 함께 새하얀 천장이 비취색으로 물들었습니다.

『아이고, 이런, 이래서 처음부터 내가 나서겠다고 말했잖나. 자네의 향락벽은 설명자로서 부적격하니까.』

"……앗?! 대체 무엇이어요?!"

눈앞에 있는 여성의 머리카락이 천장과 같은 비취로, 옷은 옅은 녹색으로 물들었고 가루눈처럼 연녹색의 입자가 흩날립니다.

고양이처럼 변덕스럽고 쾌락주의자 같은 분위기는 온데간데없이 흐르는 물처럼 차분하고 시원한 분위기가 감돌았습니다.

말투며 목소리도 달라져서 마치 완전히 다른 사람으로 바뀌었다는 인상을 받습니다.

『자, 다만 제대로 대화를 나누자면 어쨌든 한 번은 제압을 마쳐야 말을 들어주겠군. —바람이 불어닥쳐 가쇄를 불러들인다.【링크, 스필 윈드】.』

"아읏, 무, 무엇이어요?!"

"흐윽?! 이것, 은, 큭……!!"

분명 경계했는데도 눈앞의 여성이 날린 마법에 어떤 저항도 못한 채 제압당했습니다.

치밀하게 마력을 엮어 구성한 마법은 마치 쐐기를 박아 넣은 것처럼 몸의 요소를 푹, 푹, 푹, 정확하게 억눌러서 강제로 바닥에 앉게 만들었습니다.

저도 슈리아도, 주인님에게 전에 배웠던 정좌 자세를 강요당합니다.

저항하고자 마력을 쥐어짜서 적의 마법을 튕겨 내려는데도 어째서인지 마력은 모여들다가 말고 온몸을 스륵스륵 돌아다닐 뿐 컨트롤이 되지 않았습니다.

"크, 으윽! 이게! 어째서……!"

본연의 신체 능력을 발휘하여 일정 자세를 강요하는 불가사의한 마법으로부터 빠져나가려고 시도했지만, 파훼를 위해 완력을 끌어올리자마자 곧 제압당해버렸습니다.

『아, 이게 【합기】라고 불리는 기법 중 하나라네. 이 세계의 마법에 기본 이념을 짜 맞춰서 만들었지. 신체적으로도 마법적으로도 힘의 치우침을 균일화시키는데……. 지금 자네들이 해제할 수 있는 난이도가 아니니까 일단은 반항하지 말고 대화의 자리를 갖는 게 어떨까?』

빙긋 웃는 얼굴로 저 여성은 위압감을 드러내고 있습니다.

아마도 힘의 격차는 증명됐다며 고자세로 으름장을 놓는 발언이었습니다. 그리고 그 평가는 어쩔 도리가 없도록 올바름을 깨달아야 했고.

다만, 힘의 격차는 포기해야 할 이유가 되지 않습니다.

"으, 아아아아아아아아아아아!!" "흐으으으으으으으으으으으윽!!"

『앗?! 이런, 안 되지. 자네들, 관두는 게 좋아. 억지로 내 기술에서 벗어나려고 들면 반동 때문에 몸이 상할 거야. 마력의 흐름을 무리해서 어그러뜨리면 혼에 흠집이 난다고. 괜히 아픔만 겪을 뿐이다만?』

삐걱, 삐걱삐걱, 자신의 몸속에서 부하를 받는 위치가 아픔의 비명을 지릅니다.

그딴 소리는 아무래도 좋아. 나의 몸 따위는 아무래도 좋아.

그토록 강하게 느껴졌던 주인님과의 연결이 내 안쪽에서 느껴지지 않아.

어서 도우러 가자, 도우러 가야 해, 어서 빨리 도우러 가야 하는데!!

"고작, 이따위, 방해 때문에에에에!!" "카이토 님을, 구하러 가야 하여요!!"

『흠, 이상한걸. 세계를 넘어서까지 정신에 작용할 만큼 이번 용사의 능력이 남아 있진 않았을 텐데……. 아하, 어쩌면 혼의 연결 작용 때문에 그 남자의 죽음과 자신들의 죽음이 연동된다고 생각하는 건가? 음, 자네들을 너무 얕잡아 봤으려나.』

""끄앗.""

뚜둑뚜둑, 불가사의한 구속이 풀리는 동시에 격한 통증이 솟아 푹 엎어졌습니다.

강렬한 통증 때문에 눈이 아찔거리고 새카맣게 물든 시야.

그럼에도 저희는 바닥에 손을 짚고 조금이라도 몸을 일으켜 세우고자 기를 씁니다.

자꾸 흐려지는 의식을 되잡아준 것은 바닥에 턱 쓰러져서 피를 흘리고 있던 주인님의 모습.

『아이고, 이런, 진짜 자력으로 구속을 풀어낼 줄은. 곤란한데. 그나저나 전혀 합리적이지 않구나. 만약 당장에 바깥으로 나갈 수 있다고 쳐도 지금 상태로 자네들은 대체 무엇을 할 작정이지?』

“이런 곳에서 쓰러져 있을 순…… 없단 말입니다…. 주인님의 능력을 무효화할 수 있는 상대가, 서둘러야, 빨리…….”

“카이토 님이, 사라져버려……. 슈리아의 안쪽 어디에도 안 보여요……. 어서, 어서 만나러 갈 거예요…….”

아직, 아무것도, 어떤 보답도 못 해드렸습니다.

도움받고, 구원받고, 힘을 받았는데.

피 웅덩이 속을 함께 걸었고, 복수의 과실을 함께 먹었고.

받기만 했을 뿐 아직껏 아무것도 보답을 못 했는데.

저희는 다 죽였는데도, 주인님만 목적을 못다 이룬 채 죽는다는 것은…….

『……음? 자네들, 잠시 멈추게나. 역시 그 남자와의 연결이 소실됐다고 생각하는 건가? 그렇다면 그 남자와 자네들의 죽음은 연동되지 않는다는 논리가 도출되잖은가. 뭔가 이상하군. 행동 원리의 앞뒤가 맞지를 않아. 으음, 이해하기 어렵…… 음? 아, 이보게, 기다리게나. 설명 역할은 내가 수행하는 게 적임일세. 루나는 너무 어린애 같지. **메테리아**, 혼이 손상된 자네는 자꾸 감정적으로 울컥거리니까 설명에는 안 어울리는 데다가 다른 자들도 모두 성격에 난점이 있잖은가? 아니, 이래선 좀, 우격다짐…….』

『시끄러웟~!! 토와코는 머리는 좋은 주제에 왜 자꾸 바보짓만 하는데?! 루나도 똑같아, 두 사람 다 뻔히 알잖아. 모르는 게 이상하잖아! 여자애니까~!!』

딸까닥 소리가 나고 이번에는 천장의 색깔이 짙은 분홍색으로 바뀌어 물들었습니다.

또한 눈앞의 여성 역시 천장과 같은 색깔로 머리카락과 복장의 색이 바뀌고, 그에 따라 옅게 빛나는 연분홍색 입자가 흩날립니다.

휙휙 팔다리를 흔들면서 짜증을 내는 여성은 또다시 분위기가 확 바뀌어버린 모습.

그러나 곧바로 다시 딱 소리가 울리며 이번에는 오른쪽 벽이 비취색으로 바뀌었고, 톡 하고 눈앞의 여성에게서 나뉘어진 것처럼 다섯 살 정도의 어린 소녀가 나타납니다.

소녀는 마치 여성이 다시 어려진 듯한 외모를 지녔는데, 다만 머리카락과 의복은 비취색이었습니다.

『음, 으음, 음!! 자, 메테리아, 벌써 자네의 감정적인 면이 나왔구나. 내 성별과 설명 능력에는 관계성이 없지. 나는 언제나 논리적으로 대화를 진행…….』

『아~ 진~짜아~ 여자애의 마음은 논리가 아니란 말야!! 바보야, 바보 멍청아, 이 멍텅구리야~!!』

『자, 자네는…… 또 나를 바보라고 부르는 건가?』

『감정이 확 치솟은 상대한테 논리를 따져서 말해 봤자 아무런 소용 없잖아! 이제 토와코는 방구석에 가서 구경이나 해! 얼른! 얼른! 얼른!!』

『아, 잠깐, 이, 이러지 말게! 이런 대우는 대단히 달갑지 않군!』

저항하려다가 결국 등을 떠밀리며 소녀는 방구석으로 쫓겨났습니다.

『자, 먼저 회복부터 시켜줘야겠네요. ―미소 짓는 물방울이여,

【천사의 고리, 청색의 치유】.』

분홍색 머리카락의 여성이 뻗은 손에서 사용된 마법은 바닥에 쓰러져서 못 일어나고 있었던 저희의 머리 위쪽에 빛의 고리를 만들었습니다.

그 고리의 안쪽에서 떨어지는 엷은 물색의 입자가 저희 몸에 빨려 들어갈 때마다 조금씩 몸이 치유됩니다.

『근육 조직의 파열은 금방 나아도 영혼에 난 상처까지 치료되려면 조금 더 시간이 걸릴 거예요. 먼저 대화를 나눠주시면 안 될까요? 괜찮아요, 저희는 당신들의 적이 아니랍니다. 아무쪼록 부탁드리겠어요, 제 이야기를 잠시 들어주시겠어요? 카이토 님을 구하기 위해서라면 저희는 손을 맞잡을 수 있잖아요?』

"그래도, 그래도요! 서둘러야 한단 말이에요!! 여기에서 꾸물거리면, 어쩌면 카이토 님은 벌써 살해당했을지도……. 아뇨, 분명히 이미……. 아아, 아아아. 싫어, 싫어, 싫어요. 싫단 말이에요오오오!"

두 귀를 부여잡은 채 오열을 터뜨리는 슈리아.

『거참, 자네들이 이렇게 무사한 이상 그 남자도 아직 죽지는 않았다니까.』

"당신이 대체 뭘 압니까!! 이미 주인님과 연결되었던 관계는 사라져 버렸다고요! ……아아, 주인님이 안 계시는 세계 따위, 차라리……."

어이없어하며 말하는 비취색 머리카락의 소녀에게 버럭 고함지르자 소녀는 우스꽝스럽다는 듯이 웃음소리를 냈습니다.

『하하핫, 바보 같은 소리는 말게나. 자네들을 죽게 내버려 둘 수는 없다네. 고작 세계를 사이에 뒀단 이유로 자네들의 연결이 사라져버릴 정도였다면 나는 자네들을 구출하는 데 찬성하지 않았을 거야. 자기 자신의 내면을 자알 들여다보는 게 좋겠군.』

"저희의……." "내면을 말이어요……?"

그 말을 듣고 저희는 자신의 내면을 신중하게 살폈습니다.

거기에 있는 것은 뻥 뚫린 구멍, 어둡고 어두운 구멍.

본래는 분명 저 자리에 있었던 검푸른 불꽃이 사라져버렸고, 손을 집어넣어도 불타기는커녕 싸늘하게 얼어붙는 것 같아서.

"아무것도 없어……. 아무것도, 무엇 하나도……." "텅 비었어요. 어둡고, 춥고, 아무것도 없어요……."

어두움. 암흑입니다.

다시, 또다시 나 홀로.

그때, 왕도의 노예상에게 묶여서 지내야 했던 거뭇한 독방에 있을 때와 완전히 똑같은 상황.

……똑같다? 복수의 불꽃이 눈에 안 띄는데도, 그때와?

『연결이 사라졌다? 바보 같은 소리 말래도. 아무러면 『신역』의 힘이 이렇게 쉬이 사라질 리가 있나.』

두근, 자그마하게, 그러나 분명하게 맥이 뛰었고.

그럼에도 역시나 찾고 또 찾아도 눈에 보이지를 않기에.

보이지는 않는데도 열기를 느꼈습니다.

"아, 아아, 있어요, 있습니다." "있었어요, 약하고, 작고, 보이지는 않아도, 진짜……."

저는 꽉 부르쥐었던 두 손을 가슴에 파묻어 울었고, 슈리아는 자신의 얼굴을 비비적거리며 울음을 터뜨렸습니다.

남아 있었습니다. 제대로 틀림없이 이곳에, 이 몸의 깊숙한 밑바닥에.

『토와코의 말대로 두 분의 안쪽에도 연결이 남아 있습니다. 게다가, 여러분들의 관계는 그분의 힘을 받아서 만들어진 연결에 불과합니까?』

"아닙니다!!" "그럴 리 없잖아요!!"

『그렇다면 생각해주세요. 지금 상태에서 카이토 님을 구하기 위해 무엇을 하면 되는가.』

"그, 그렇지만! 서두르지 않으면 그 여자한테 주인님이……!"

『괜찮습니다. 저쪽 세계로 넘어가신 이상, 이쪽 세계에서 간섭할 수 있는 존재는 없습니다.』

"저쪽, 세계……?"

『두 분은 더욱더 많이 강해져야 할 필요가 있어요. 그분이 돌아왔을 때 걸리적거리는 짐덩어리가 되지 않도록. 카이토 님을 농락하려고 드는 음모에서 벗어날 수 있도록.』

"도대체, 무슨 소리를……."

『먼저 가르쳐드리죠, 이 세계의 이면을. 왕녀란, 성녀란, 마왕이란, 용사란 무엇인가를. 무엇을 위해 이러한 역할이 만들어지고 말았는가, 모든 비밀을.』

분홍색 머리카락을 흔들거리며 말한 뒤 여성은 입매를 꾹 다물고 원통함을 견디는 모습으로 눈을 내리깔았습니다.

『그리고, 신을 죽이러 가죠. 원흉 전부를 끊어 내기 위하여. ……맞아요, 죽여야 해요. 저에게 카이토 님을 죽이라 시킨다는 게, 말이 되나요. 말도 안 됩니다. 그 쓰레기 여자, 고블린 분뇨 구덩이에 빠뜨려서 숨통을 틀어 막아버리겠습니다!』

그렇지만 다시 눈 떠서 초점이 없는 눈동자로 앞쪽을 보고 말하는 모습은 분노로 가득 차올랐습니다.

마치 불현듯 정신이 나간 사람처럼 저주 비슷한 말을 자꾸자꾸 반복합니다.

『거참, 이래서 내가 설명하겠다고 말했던 건데. 미안하구나, 저 녀석은 혼이 불안정한 상태이기 때문에 가끔 이렇게 이상해진단다. 다음 내용은 내가 이어서 설명해주지.』

아이고, 이런, 탄식하며 앞으로 나선 인물은 비취색 머리카락의 소녀.

『뭐, 일단은 저자들을 먼저 깨워야 할 테지만. 아무튼 이쪽에서도 나름대로 이번 대의 용사가 생존했다는 확인은 마쳐 놓았으니까 안심해도 괜찮아.』

"아, 레오네 씨……."

그렇게 말한 뒤 소녀가 가리킨 위치에는 정신을 잃은 채 레오네 씨가 쓰러져 있었습니다.

☆

루나리아 법국, 극동의 항구 도시.

잘 정비된 수로와 중후한 벽돌의 거리가 아름답게 펼쳐져 있는 이 도시는, 지금은 이곳저곳에서 파괴의 증거로 불길과 연기가 피어오르고 있다.

"크하하하핫, 이리도 나약한 종족이 있단 말인가!! 역시 우리들 마족이야말로 지고의 종족!!"

소리 높여서 웃는 마족 남자는 뒤틀린 두 개의 뿔과 박쥐처럼 검은 날개를 흔들거렸다.

힘을 과시하고자 커다랗게 벌린 두 팔에 마력을 집중시킨다.

"쳇, 마력의 기세가 영 별로군. 이게 대결계라는 헛짓의 힘인가? 진짜로 성가시군."

짜증스럽게 혀를 차는 마족 남자.

그를 상대하는 루나리아 법국의 병사들은 대결계를 거치고도 이토록 강대한 힘을 구사하는 마족을 앞에 둔 채 식은땀을 흘리고 있었다.

"젠장, 어째서 이런 남쪽 도시에! 마족은 멀리 북쪽에서 침공을 개시하는 게 아니었나?!"

"원군은 아직인가?! 본국의 성기사단은?!"

"버텨라! 버텨야 한다!!"

기습적 습격을 받은 도시의 경비병들은 초전부터 붕괴됐었다.

전략상 요충지도 아닐뿐더러 단지 관광지에 불과한 도시였기에 충분한 병사가 있을 리 없었다.

얼마 못 가서 지휘 체계가 무너졌지만, 그럼에도 병사들은 주민을 지키기 위해 원군이 도착하리라 믿으면서 사력을 다해 저항했다.

"크, 괴물 녀석들! 후광 결계진을 쓴다!"

""""예엣!!""""

"흥! 뭐냐. 이따위 결계는 종잇장만 못하다, 벌레 놈들아."

성스러운 기도에 의해 구축된 녹색과 청색이 섞인 빛의 장벽은 일순간이나마 마족이 날린 마법과 맞서 대항했지만 날카로운 금속음과 함께 부서지며 흩어졌다.

"""크아아아아아아아아아아악!!"""

마법의 여파에 떠밀려 날아가서 경비병들이 바닥을 구른다.

"하하핫!! 역시 내 마음대로 되지 않는가! 네놈들을 모조리 다 죽이고, 이 도시를 거점 삼아서 대결계의 요체 어쩌고도 싹 날려버려주마. 그리고 내가 진정한 마왕으로……."

"성스러운 물은 마를 꿰뚫는다, 『수류섬(水流閃), 성류(聖流)』."

퍼석, 소란 가득한 전장의 복판에서 그 소리는 몹시도 크게 울려퍼졌다.

하얀빛을 발하는 수창이 하늘을 달려서 마족 남자를 등 뒤로부터 꿰뚫고 사라진다.

이후에 남은 것은 가슴에 거대한 구멍이 뚫린 채 놀라서 눈을 커다랗게 부릅뜬 마족 남자뿐.

"……뭐, 뭐냐?! 쿨럭!"

수인 이상으로 몸이 강건한 마인이라도 몸체에 큰 구멍이 뚫리고 살아남을 만큼의 강자는 적다.

힘을 잃은 시체는 지면을 향해 낙하해서 풀썩 소리를 냈다.

"여러분, 용케 버텨주셨습니다. 안심하세요. 루나리스 님의 위광이 비치는 한 마족에게 패배를 겪는 날은 결단코 오지 않습니다."

흐르는 물처럼 맑은 목소리의 음색과 함께 나타난 자는 성녀 메테리아 로렐리아였다.

하얀 신관복을 몸에 걸치고 백자 지팡이를 손에 든 모습에서는 마치 후광이 비치는 듯한 장엄함이 느껴졌다.

"오, 오오, 오오오오오오오! 성녀님, 성녀님이다!!"

"로렐리아 님이 와주셨다!! 아, 역시 루나리스 님은 우리를 내버리지 않으셨도다!!"

한 박자의 공백 이후에 끓어넘치는 환성이 울려 퍼졌다.

안도와 기쁨의 목소리가 울려 퍼지는 가운데 병사 한 명이 빈사의 중상을 입은 동료를 짊어지고 앞에 나섰다.

"메테리아 님, 메테리아 님!! 살려주십시오! 이 녀석, 이 녀석을!! 지난달에 막 아이가 태어났건만!!"

"……진정하세요. 괜찮아요, 살아 있는 한 전원을 살려 보이겠습니다. 널리 울려 퍼지는 음률은 치유의 하얀 물결. 『수유(水癒), 물방울의 파문』."

가만가만 달래듯 말한 메테리아가 지팡이를 휘두르자 수면에 물방울을 떨어뜨린 것처럼 파문이 퍼져 나간다. 그 파문에 닿은 인간은 상처가 순식간에 사라졌다.

거의 다 죽어 가던 병사도 온몸의 상처 부위가 아물어서 점점 안색에 혈색이 돈다.

"아, 아아, 감사합니다! 감사합니다!! 성녀님, 루나리스 님, 귀한 자비에 감사드립니다!! 으, 으으으읏!"

병사는 울며 전우를 끌어안았다.

"네, 네녀어, 꺼흑, 성녀어……!!"

"어머나, 생각보다 더 튼튼하군요. 방금 전 일격에 죽으리라 생각했습니다만."

커다랗게 구멍이 뚫렸었던 마족의 몸은 억지로 봉합했는지 살점이 훤히 드러나 보였지만, 출혈이 멎었을 뿐 아니라 비록 만신창이일지언정 자기 힘으로 일어서기까지 했다.

"하등한, 인간 따위가……?!"

그때였다, 소란의 발생을 감지한 다른 마족들도 모여들었다.

"저 여자는 뭐냐? 이봐, 저 녀석, 인간 따위한테 당해버렸어. 창피하군." "동지가 꽤나 혹독하게 낭패를 봤군." "보나마나 방심한 채 인간을 갖고 놀았을 테지. 해충 따위야 냉큼 쓸어버리는 게 제일인데도." "아하하하하핫, 저 여자애, 살점이 맛있겠다~♪"

"아, 아아, 마족이 이리도 잔뜩……!"

병사 하나가 무의식중에 뱉은 절망의 목소리는 곧 다른 병사들에게 전염됐다.

몸 어딘가에 마물과 같은 특징을 각각 지니고 있는 모습은 병사들에게 정말이지 공포의 상징과 같은 위력을 발휘한다.

"네년도 이제 끝장이다, 고작 인간 따위가 이 많은 숫자를 상대하기는 불가능하……."

"『수뢰구(水牢球), 성류박(聖流縛)』."

툭, 가만히 중얼거리듯 메테리아가 마법의 이름을 읊은 순간, 공중에 나타났던 마족들의 몸을 성수의 밧줄이 결박시켰다.

"뭐, 뭐냐, 이게!" "큭, 이게 성수인가." "설마, 이 몸의 힘으로도 구속을 깨뜨릴 수 없다니?!" "끄그극. 뭐냐, 이 물. 찌릿찌릿하군."

"대단히 슬프게도 지금 전 다소 기분이 언짢습니다. 더 이상 소중한 도시를, 소중한 신자를 상처 입히도록 놓아둘 순 없습니다. 어서 신의 위광 앞에서 엎드리십시오."

"오, 오옷! 이리도 강한 힘이라니……." "정말 신성한 빛이구나……."

메테리아의 마력이 응축되고 있는 지팡이의 머리는 노래하듯 딸랑, 딸랑, 방울 울리는 소리를 퍼뜨리며 후광처럼 비치는 순백의 광채를 내뿜는다.

"크게 울리는 하얀 종을 종각에 매달겠습니다. 많이, 더 많이 바치겠습니다."

"이럴 수가?! 인간의 몸으로 이토록 큰 마력을 다스린다니!!" "말도 안 된다, 말도 안 된다, 말도 안 된다, 말도 안 된다!!" "성녀!! 신의 하수인 따위!!" "아아앗, 거, 거짓말이다, 저런 건 거짓말이야!!"

그 마력의 빛은 마법에 뛰어난 마족들에게도 역시 경악과 공포의 대상이었다.

흘러가는 맑은 물처럼 입술이 읊조리는 영창은 지팡이의 방울 소리에 맞춰 하나의 곡조를 이루었다.

"모든 것에 심판을 내리겠습니다. 방울이 맺혀 떨어지는 물방울에 닿아서, 맑은 물을 휘감는 빛에 감싸여, 사악한 것들을 억제할 수 있기를."

터져 나가려 할 만큼 마력이 응축되며 깜빡거리던 빛이 정점에 다다르는 순간, 메테리아가 제 손에 들린 지팡이를 휘둘렀다.

압도적인 마력에 힘입어서 구속되어 있는 마족들의 머리 위쪽에 찬란하게 빛나는 수정으로 만들어진 종이 나타난다.

"—축복의 종은 세 번 울린다. 『수정종(水晶鐘), 파뢰(波雷)』."

그 말이 메테리아의 입에서 흘러나오는 순간, 공중에 나타났던 모든 종이 소리를 울렸다.

그와 동시에 종의 주변을 둘러싸는 위치에 대략 사람 한 명 길이의 물 바늘이 나타났다.

그리고 다시 또 종이 울린다. 모든 바늘은 아래쪽에 있는 마족들을 꿰뚫었고.

"꺽?!" "끄윽!!" "크윽!!" "히약?!"

세 번째 종이 울렸을 때 수정의 종에서는 마족들의 몸을 꿰뚫고 박힌 물 바늘을 향하여 하얀 벼락과 같은 빛이 떨어졌다.

"""""캬아아아아아아아아아아아아아아아아아?!"""""

물 바늘을 매개로 마족의 몸속에서 마구 날뛰는 성스러운 마력의 벼락은 마족의 몸속을 세포 하나까지 완전히 불살라버리며 전부를 재로 바꿔 놓았다.

"어, 어떻게 이런……. 어떻게 이런 터무니없는……."

눈앞의 여자에게 어떤 발톱 자국도 남기지 못한 채 사라져 가는 동포를 목격하고 마족 남자는 무릎 꿇었다.

"……정말이지 마족이란 것들은 끝까지 방해만 되는 생물입니다. 언제나 언제나 저와 카이토 님의 밀월이 멀어지는 짓만 벌이죠."

저벅, 저벅, 걸어서 마족의 눈앞에 선 메테리아는 무표정하게 마족 남자를 내려다봤다.

"자, 루나리스 님의 자비를 받아 신의 곁으로 돌아가세요."

"괴, 괴무…… 크, 꺼억, 괴……!"

그 이마를 메테리아가 날린 수창이 꿰뚫었고 이번에야말로 마족 남자는 완전히 숨통이 끊어졌다.

“오, 오오오오오오! 오오오오오오오오오오오오오!!” “해냈다, 해냈다고!!” “살았어, 우린 살았다!!” “아아, 역시 신께서는 우리의 곁에 계신다! 로렐리아 님, 루나리스 님, 만세!!”

와아아아아아아아아아아아아아아아아아!! 귀가 아프도록 거대한 환성이 도시에 울려 퍼진다.

이제 남은 것은 마족이 끌고 온 마물과, 그리고 훅 불면 날아갈 약소 마족뿐.

“자, 여러분. 도시에서 사악한 자들을 쫓아냅시다! 만물은 루나리스 님의 자비에서 비롯된 것, 그분의 위광을 널리 퍼뜨립시다!”

메테리아는 그야말로 성녀와 같은 미소를 짓고 병사들을 고무했다.

사기가 오른 병사들은 차례차례 마물과 힘 약한 마족들을 쓰러뜨렸고, 머지않아 전투의 소리가 멎음에 따라 도시에는 환희로 가득 넘치는 목소리가 대신 터져 나왔다.

“…….”

다만 한 사람, 평온하지 않은 심중을 달래고 있는 메테리아만을 제외하고.

『그러면, 정말 실행해도 되겠나?』

아아, 또 같은 꿈이구나.

카이토 님을 원래 세계로 보내드렸던 이후, 매일 밤 반복해서 꾸는 꿈. 전혀 겪었던 바가 없는 장면.

『어젯밤, 루나리스 님이 신탁을 내리셨습니다. 카이토 님을 이단으로 지정하라는 지시가 있었지요.』

『흠. 뭐, 이번 용사는 상당히 강한 신역의 힘을 보유하고 있기 때문일 테지. 그 남자는 잘만 한다면 그녀에게 쓸 창이 될 수 있으니까. 그녀도 필사적이지 않겠나. 어떤 수단을 동원하든 간에 이 세계에서 쫓아내고 싶어 못 견딜 지경일 거야. 그렇다 해도 그토록 큰 힘을 획득해버린 이상, 원래 세계로 돌려보내는 것도 배알이 뒤틀릴 테지. 그 너무나 높은 자존심이 허용할 리가 없어. 즉 그녀에게는 용사를 죽이는 것 말고 선택지가 사라진 셈이다.』

주위 풍경은 하얗게 부예서 잘 보이지 않고, 알아볼 수 있는 것은 저와 또 한 명의 여성이 대화를 나누고 있다는 상황뿐.

『자네에게는 불행한 이야기가 될 테지만, 자네와 그 남자가 맺어지기는 대단히 곤란함을 인정하는 게 좋겠군.』

꿈속의 제 앞쪽에서 어깨를 으쓱거리는 여성은 카이토 님을 원래 세계로 보내드리려고 했을 때 주위에 들러붙은 짐승들을 낚아채서 사라진 여자와 꼭 닮았습니다.

다만 그때와 달리 머리카락은 짙은 에메랄드그린으로 물들었고, 몸에 걸치고 있는 루나리아 교의 수도복 비슷한 차림새도 옅은 녹색의 빛깔을 띠었습니다.

『……저는 더 이상 루나리스 님을 믿고 살아갈 수 없습니다. 지시에 복종할 수도 없습니다. 그렇지만 한계가 느껴집니다. 날이 갈수록 더욱 강하게, 제가 점점 더 변질되고 있다는 느낌을 받습니다.』

『흠흠, 알겠군. 역시 독점도 하지 않겠다는 뜻인가. 아무튼, 이쪽에서 먼저 제안해 놓고 좀 민망하네만, 완전한 술식도 아닐뿐더러 성공한들 완전하게 백업이 되진 않는다만? 어쨌든 혼의 조작은 신의 힘이 작용하는 영역이잖나. 생전이었다면, 뭐, 아슬아슬하게 어떻게 손을 쓸 수도 있었을 텐데. 지금의 나는 그 정도가 한계로군. 지금 당장에 상황을 바꿀 수 있을 만한 효과는 기대할 수 없다만?』

『상관없습니다. 이대로 가면 저는 분명히 제 진심을 이용만 당하겠지요. 수단을 가릴 여유가 없습니다. 여기에 조금이라도 반역의 성공 가능성이 존재한다면…….』

도저히 이해되지 않는 광경.

성녀인 제가 절대로 꺼내지 못해야 할 말들.

이것은, 뭐죠? 도대체, 뭐죠?

『흠흠, 괜찮네. 나는 이런 자세를 좋아하거든. 어딘가의 누군가에게 자신이 조종당하는 처지는 마음에 들지 않는다는 심정에 동감하니까. 그렇지만, 마지막으로 확인차 묻겠어. 이것은 혼을 분할하는 술법이라네. 아마도 자네의 혼은 그녀에게 지금보다 더 빨리, 더 쉽게 침식당할 거야. 어떠한 사태가 벌어졌을 때 복제된 혼을 덮어씌워서 영향을 제거하는 방법은 아마 유효할 테고, 성공하면 추후 간섭도 배제할 수 있게 되겠지. 그러나 혼을 덮어씌우지 못하도록 자네의 몸에 남게 될 혼이 변질된다면…….』

『그 부분은 걱정 없습니다. 설령 얼마나 많이 변질되더라도 소중한 마음은 바뀌지 않습니다.』

제 의문은 아무것도 해결되지 않은 채 본래부터 부옜던 세계는 더욱 색깔을 잃어버립니다.

그렇게 저는 강한 곤혹감에 휩싸여 눈을 뜹니다.

『저는 카이토 님을 사모합니다. 어떠한 일을 겪더라도 저의 이 마음만큼은 절대 불변입니다.』

꿈속에서 단언하는 저는 부정할 도리도 없이 분명히 저였으니까요.

"메테리아 님, 메테리아 님?!"

"으, 헉! 하아, 하아……."

눈을 뜬 곳은 교회 지부의 방이었습니다.

살짝 어깨를 흔들면서 이름 부르는 자는 본국에서 데려온 수발 담당의 시녀입니다.

"많이 안 좋은 꿈을 꾸셨나 봐요. 당분간 휴식을 취하시는 게 좋지 않을까요? 제국과 수인국에서 보낸 원군도 도착한 상황이고요, 너무 무리한 활동은 자제하시는 것이……."

"……쉬이 여유를 부려서는 안 됩니다. 만에 하나라도 법국에서 유지하는 대결계가 붕괴되는 사태는 용납할 수 없으니까요."

법국의 중심에서 대륙에 펼쳐져 있는 대결계를 떠받치는『신성 결정』.

마족의 능력을 대폭 저하시키는 대결계가 사라진다면 이곳 대륙의 북부, 수인국의 바다를 건넌 너머에 있는 마족들의 나라에서 힘이 약한 마족까지 대군을 편성해 밀려닥칠 겁니다.

그런 사태를 용납할 수 없는 이유가 지금의 제게는 존재합니다.

'카이토 님을 또다시 이 세계로 불러들이기 위해『신성 결정』과 제

물이 될 마족들이 필요합니다. 아아, 마왕은 대체 얼마나 더 저를 방해할 셈인지……!'

우선 왕국의 국력을 약화시키는 단계부터 시작할 작정이었는데 이래서는 계획을 부득이하게 다시 구성해야겠습니다.

의미 불명의 꿈도 그렇고, 어째서인지 요즘 들어서 뚝 멎어버렸던 루나리스 님의 신탁도 그렇고, 저의 불안과 조바심은 자꾸 늘어나기만 합니다.

"앗? 메테리아 님?"

"읏, 아뇨, 미안해요. 잠시 생각을 좀 했습니다. 오늘 중에 이 도시를 떠나 최전선으로 가지요."

우려되는 사안은 많고 해야 할 일도 많습니다.

그럼에도 저는 카이토 님을 향하는 마음을 가슴에 품은 채 오늘도 열심히 살아갑니다.

카이토 님과 맺어지게 될 그날을 믿으며.

☆

오를레아 왕국, 왕성에 있는 비밀 훈련장.

"이제 끝났습니까?"

말도 안 된다, 말도 안 된다, 말도 안 된다.

나는 영웅이 될 남자, 가갈란드잖은가? 한데도.

"자, 일어나세요. 아니면 이만 포기하겠습니까?"

이 결과는 뭐냔 말이다, 이 상황은 뭐냔 말이다.

"……저번 세계에서 파티의 일원으로 여행을 했던 전사라니까 제법 강하기를 기대했습니다만, 안타깝게도 욕심이 조금 지나쳤나 봅니다."

은실 같은 머리카락이 햇살이 흔들린다. 휙, 휘두른 가느다란 검이 공기를 베어 가른다.

왕녀의 검술 선생을 맡아달라는 제안이 어느 도시의 경비 대장으로 있었던 내게 들어왔을 때는 도대체 무슨 농담이냐며 어리둥절했다.

실전에서 발휘할 실력이라면 누구에게도 안 뒤진다고 자신했지만, 평민인 내가 왕족의 선생을 맡는다는 게 웬말인가.

애당초 단아하며 가냘픈 미인이라고 소문 자자한 왕녀가 검술을 배운다는 말 자체가 차마 믿기지 않았다. 그러나 물론 왕족의 요청을 거절할 도리가 없었던 터라 의아함을 품은 채 이렇듯 왕도까지 왔고, 아울러 지금 일단은 역량부터 가늠하기 위해 치렀던 대련에서.

나이도 얼마 안 되는 왕녀(계집) 앞에서 나의 자랑이었던 검은 맥없이 튕겨 나갔고 꼴사납게도 바닥에 엉덩방아까지 찧고 말았다.

"체격은 괜찮은 편이고 꽤나 단련한 흔적도 보입니다만, 기술적 측면에서는 우리 기사단의 인원보다 몇 단계는 떨어지는군요."

'이럴 수가, 이럴 수가, 이럴 수가, 이럴 수가?!'

이해 불가능한 현실임에도 도저히 입을 열어서 말할 순 없었다.

이유는 알지 못하겠으나 뜻밖의 기회를 받았던 나는 뜨겁게 달아오른 가슴으로 이곳을 찾아왔다.

왕족과 직접 친분을 쌓을 기회가 어디 흔하겠는가. 이곳에서 왕족의 눈길을 끌 수 있다면 나의 영달은 약속된 것이나 마찬가지다. 요즘은 마족의 활동이 활발해지는 상황인 만큼 어쩌면 용사의 일행으로 참가할 수도 있지 않았을까.

일전에 선발됐던 용사는 온몸을 백은 갑옷으로 두른 채 얼굴마저 안 보여주는 녀석이었다. 그런 차림은 겁쟁이라는 증거다.

귀족 출신의 망할 상사가 용사 선발의 의식에 나가려 했을 때 방해만 하지 않았더라면 분명히 내가 용사가 되었을 텐데.

'그렇다, 내가 이곳에서 발탁되어야……. 그따위 용사, 어차피 전장에 나서면 금방 죽는다. 그다음은 내가 용사다, 영웅이다. 이 나라에서 가장 위대한 영웅이 된다!!'

기필코 이뤄 내리라! 아니, 나의 역량으로 못 이룬다면 오히려 이상하잖은가!

왕녀님을 성심성의껏 상대함으로써 신뢰를 쟁취하고, 그렇게, 내가, 나야말로…….

그때, 살랑살랑 풍기는 다디단 꽃내음과 함께 자신의 목소리가 들렸다.

—아리따운 공주님과 검을 겨뤄서 패배하는 남자 주제에 영웅이 될 수 있겠나?

"아, 아아……!!"

이상과 현실을 괴리시키는 한마디는 머리를 눈 깜짝할 사이에 들끓게 했다.

'말도 안 된다, 말도 안 된다, 말도 안 된다!! 내가 이따위, 이따위 패배가 말이 되는가!!'

"웃기지 마라아아아아아아!!"

정신을 차렸을 때는 허리에 매달아 둔 자신의 검을 뽑아 들고서 왕녀에게 냅다 휘두르고 있었다.

‘이, 이런?!’

말도 안 되는 만행. 그러나 당황했을 때는 이미 늦었다.

날을 세우지 않은 두껍고 투박한 직검이 휘둘러졌고—.

“『감수(甘受)[프리마 섬]의 꽃』.”

일순간에 먼지로 화했다.

그리고 나는 그 아름다움에 눈길을 빼앗긴다.

“어? 뭐가, 아……?”

옅은 분홍색으로 물든 꽃잎을 가득 담아낸 한 송이 커다란 꽃.

도대체 언제 나타났는지도 못 알아차릴 만큼 갑자기 검 앞에 나타난 꽃에 부딪혀서 칼날이 미끄러졌다. 그렇지만 그 순간, 마치 검은 모래로 돌아가는 것처럼 은색 가루가 되어 발밑에서 산을 만든다.

그리도 힘껏 휘둘렀건만 남은 것은 달랑 자루만 남아 우스꽝스러운 검뿐.

“너무 약한데, 당신.”

싸늘한 시선으로 나를 주시하면서 내뱉은 말은 내 마음에 찬물을 끼얹었다.

침착함을 되찾아 방금 전 평소의 자신답지 않게 사려가 없었던 만행을 떠올리자 아질하게 현기증이 나는 기분이었다.

국가 반역죄. 공주에게 칼을 휘두른 발칙한 죄인. 일가친척의 목이 효수될 테고 왕성의 일실에서 내 복귀를 기다리고 있는 아름다운 아내는 사람들이 눈을 감게 만드는 처참한 꼴이…….

최악의 상상들이 머릿속을 마구 헤집는다.

"제, 제가, 잠시 정신이……! 아닙니다, 아니란 말입니다! 알레시아 님! 잠시 마가 끼었던 겁니다……! 결단코 공주님을 해치려는 의도 따위는!!"

무릎 꿇은 채 공포와 혼란이 지배하는 머리를 필사적으로 수그린다.

"……고개를 들어 올리세요, 가갈란드."

그 싸늘했던 시선이 내리꽂히리라 생각하면 두려웠다. 도저히 고개를 들어 올릴 자신이 없다.

그러나 이대로 가만히 있는 것조차 용납되지 않는다.

나는 천천히 고개를 들어…….

"……아."

눈앞에 마치 다른 사람처럼, 천사처럼 자비로운 미소를 머금은 너그러운 소녀가 있었다.

"염려 마세요, 나라에 헌신해준 전사를 아무렇게나 내치지는 않습니다. 가갈란드, 당신처럼 애국심 가득 넘치는 백성이 바로 나라의 버팀목입니다. 당신과 같은 사람이 바로 나라를 지켜주기를 바라는 마음이에요."

"오, 오오……. 황송합니다!"

'사, 살았, 살았나?'

최악의 상상과는 다른 전개였기에 잔뜩 긴장했던 마음이 조금이나마 풀어졌다.

곧잘 소문으로 들었던 마음씨 곱고 가녀린 모습, 나쁘게 말한다면 단호해지지 못하는 나약한 소녀의 모습이었다.

"그러나, 가갈란드. 지금 당신에게는 용사가 될 만한 자격이 부족합니다. 현재 지닌 바 힘으로는 왕국의 적이 나타났을 때 벌어질 전투에서 속절없이 목숨을 잃어버리고 말겠지요."

소녀는 서글프게 고개를 가로저었다.

"당신에게, 왕가에 전해 내려오는 비법 중 하나를 하사하겠습니다."

그렇게 말한 뒤 내민 것은 한 알의 커다란 씨앗 비슷한 물체.

"실례되오나, 이것은 대체……?"

"이것은 세계마저 바꿀 힘을 지니고 있는 씨앗입니다. 이 씨앗 덕분에 나는 힘을 얻었죠."

"이 씨앗 덕분에……."

그렇게 대답하고 도자기처럼 아름다운 소녀의 손바닥에서 씨앗을 건네받았다.

자신의 손에 놓인 씨앗을 본다. 이 씨앗에는 마력처럼 신비로운 매력이 깃들어 있는 듯 느껴졌다.

'이 씨앗으로, 왕녀님께서 강해졌다……? 어떻게, 가당찮은……. 아니! 그렇다면 방금 전 왕녀의 무력은 대체 무엇이었나? 누가 보아도 이상하잖은가. 만약 이 씨앗 덕택에 왕녀님께서 그토록 강해질 수 있었다면, 이 씨앗을 내가 복용한다면…….'

꿀꺽, 저절로 군침이 넘어갔다.

"하, 하사하겠다는 말씀은, 즉, 이 씨앗을 제가 복용해도 되는 겁니까?"

"그럼요, 씹어 부수지 말고 이대로 삼키도록 해요. 이 씨앗에는 대정령님의 힘이 깃들어 있답니다. 씨앗이 몸속에 흡수되면 당신의 힘을 비약적으로 끌어올려줄 겁니다. 당신은 우리 오를레아 왕국을 온갖 적으로부터 지켜 내는 호국의 영웅이 되는 거예요."

"제, 제가, 호국 영웅이……."

"자, 아무것도 주저할 이유가 없답니다. 당신은 선택받았는걸요."

실로 감미롭게 들리는 속삭임과 함께 내 입꼬리가 치켜 올라갔다.

"넷! 제 몸과 명예를 다 바쳐 나라를 지키겠노라 맹세하겠습니다!"

그렇게 나는 병량환 정도 크기의 씨앗을 삼켰다.

그 순간, 온몸을 불사르는 듯한 통증에 털썩 엎어져서 온몸을 부여잡았다.

"끄윽, 카아아아아아아아아아아아아아악?!"

뜨겁다, 뜨겁다, 뜨겁다, 뜨겁다, 뜨겁다, 뜨겁다!!

몸 전체가 재구성되는 듯 통증을 동반하는 열의 감각에 사고가 하얗게 물들어 간다.

나는 차마 견디지 못하고 정신을 잃었고, 마지막까지 고개를 들어 올리지 못했다. 알레시아 왕녀의 얼굴도 미처 확인하지 못했다.

☆

"가갈란드, 이것은 대정령님께서 바라시는 시련입니다. 『세계수의 씨앗』의 힘에 패배하지 않도록 버텨보세요."

나는 다정하게 미소 짓고는 여전히 정신을 잃고 괴로이 신음하는 가갈란드를 앞에 둔 채 시녀를 불러들였습니다.

"자, 가갈란드를 방까지 옮겨드리세요."

가볍게 손뼉을 치자 훈련장 한쪽에서 멍한 눈으로 대기하고 있었던 시녀 한 사람이 앞에 걸어 나와서 가갈란드의 거구를 혼자 안아 듭니다.

우람한 근육질의 거한인 가갈란드를 딱히 단련을 쌓은 듯 보이지도 않는 시녀가 들어 올리는 모습은 남들이 보면 **다소** 이상할까요.

'뭐, 상관없겠지요. 얼마 전 기사단장 기더트를 장악함으로써 왕성 내부의 인간은 전부 나의 손안에…….'

"이런, 어이구, 진짜 고약한 왕녀님이라니까. 거기, 당신도 같은 생각이지 않나?"

"『…….』"

성 안으로 들어가는 시녀를 바라보던 때 대단히 무례한 발언과 함께 나타난 자는 척 봐도 수상한 풍모를 지닌 엘프였습니다.

엘프, 엔디미어가 사람을 얕잡아 보는 미소를 짓습니다. 곧이어 본인의 옆쪽에 얼굴조차 안 보이도록 온몸을 풀 플레이트 갑옷으로 두르고 서 있는 살짝 몸집이 작은 인물의 어깨에 오른팔을 둘렀습니다.

"엔디미어!! 그 지저분한 손을 지금 당장 치우세요!!"

"어이쿠, 무서워라. 그렇게 과민 반응해서 고함지르면 품성을 의심받을 텐데?"

내가 무영창으로 발사하는 사탕만 한 크기까지 압축한 불 구슬은 엔디미어의 왼쪽 어깨를 향해 정확한 궤도를 그렸습니다. 그러나 저자의 어깨를 쳐서 꿰뚫기 전에 급격하게 속도가 떨어지면서 궤도가 바뀌어 엔디미어의 손바닥 위에 내려앉았고, 마치 화력이 다한 듯 피지직 꺼져버렸습니다.

여전히 변함이 없는 여유작작한 작태가 짜증을 몹시 불러일으키지만, 그럼에도 손을 치워 내겠다는 목적은 충분히 달성한지라 더 이상 마법을 날리지는 않았습니다.

“거참, 엘프는 적이 아니라는 걸 뻔히 알잖아. 나한테도 살짝 사근사근하게 굴어줄 순 없나?”

“나는 엉터리 농담을 싫어합니다. 내가 사랑을 쏟을 대상은 이 나라에 사는 인간들뿐. 적이든 아니든 인간이 아닌 괴물에 대한 혐오는 다른 문제입니다. 메스껍다고요. 인간이 아닌 피가 뒤섞인 자가 이곳에 가만 놔두고 용납하는 것만도 파격적인 대우라고 생각하십시오.”

“이런, 어이구, 좋은 정보들 잔뜩 가르쳐줘도 매몰차네.”

과한 언사로 모욕해도 마치 버드나무에 부는 바람처럼 엔디미어는 받아넘깁니다.

저런 태도도 넓은 도량이 아닌 우리를 얕잡아 보기 때문에 비롯되는 여유임을 알고 있기에 더더욱 불쾌해서 견딜 수가 없었습니다.

‘……아뇨, 진정합시다. 저런 역겨운 생물에게 짜증 부린들 무슨 소용이겠습니까. 지금은 일단 수행해야 할 과제를 생각해야겠지요…….’

“아무튼 엔디미어, 가갈란드의 아내 말입니다. 미미냐라고 했던가요? 그 여자에게도 씨앗은 잘 먹였습니까?”

“물론, 빈틈없이 해치웠다고. 『오오, 미미냐 양, 아니, 미미냐 님. 그대는 용사 파티에 영입할 만한 소질이 있구려. 사실 그대의 남편도 비슷하게 소질을 인정받아서 영웅이 되기 위하여 실행하려는 방법이 있는데 말이지, 해볼 텐가?』라고 말해줬더니 당장에 덥석 집어삼키더라니까♪”

마치 당시를 재현하려는 듯 광대 같은 모습을 연기합니다.

"그래서 말야, 뭐, 오늘 임무는 다 끝난 마당에 섭섭한 소식이 있군. 내가 잠깐 좀 멀리 다녀오게 됐어."

"……무슨 뜻입니까?"

"무슨 뜻이긴, 오늘부로 잠시 이별이란 말이지. 좀 성가신 일거리가 생겨서, 아니, 생길 것 같거든. 여기에서 느긋하게 시간을 보낼 상황이 아니게 됐단 말씀이야. 그런고로 의리 가득한 나는 마지막 인사말도 잊지 않고 건넨 다음에 얼른 떠나갈 작정이지. ……잘 지내, 가짜 대용품 주제에 제법 재미있는 여자라 지루하지는 않았다고."

"큭, 기다……!"

키히힛, 마치 **요괴**와 같은 웃음소리를 터뜨리며 자기 그림자에 잠겨서 사라져버렸습니다.

"~~~~!! 피가 뒤섞인 생물은 이렇다니까요!!"

이 세계는 인간을 위한 세계인데, 대체 왜 이렇듯 인간도 아닌 작자들이 제멋대로 활보하는지.

"……뭐, 아무튼 이제 드디어 저희 사이에서 방해꾼이 사라졌군요."

"『…….』"

아무도 남지 않은 이곳에서 나는 묵묵히 말이 없는 갑옷 여성에게 손을 뻗었습니다.

그리고 가까이 잡아당겨서 꼭 끌어안았습니다.

"**라무네시아 언니**, 안심하세요. 꼭, 제가 꼭 이루어 낼 테니까요."

단장 치인의 꿈

어두운 밤은 무서웠다.

달님이 보이지 않는 밤에는 언니의 이불 속으로 들어가면 안심할 수 있었다.

"으응~ 역시『대상 외』라서, 게다가 그냥 혈연관계에 불과해서 딱히 특별한 구석은 없나 보구나."

언니, 언니는 어디에 있을까.

언니가 없으면 밥이 맛없어. 혼자서는 머리카락을 예쁘게 묶을 수 없어.

언니, 언니…….

나 말이야, 언니를 위해서라면 힘낼 수 있어. 정말이야, 아직 버틸 수 있어.

"자, 카오리. 오늘도 같이 힘내자. 괜찮아, 아프지 않아. 금방 끝낼 테니까."

어두운 방, 좁은 방, 살짝 곰팡내 나는 방.

응? 언니야, 어디에 있어?

응? 언니야, 어디에 가버렸어?

나, 열심히 열심히 참을 거야. 꼭 참을 거야. 언니를 찾아낼 수 있다면 뭐든지 다 참을 거야.

그러니까 부탁할게, 언니.

돌아와서 꼭 안아줘. 머리를 쓰다듬고 또 사랑한다고 말해줘.

"시오리 언니를 찾아내기 위해 오늘도 열심히 해보자."

응? 언니야.

☆

춥다, 어둡다, 싸늘하다, 더럽다.

어째서? 어째서 내가, 이따위 방에 갇혀 있어야 하지?

"으음, 이 아이도 못쓰겠구나. 역시 『대상 외』는 『대상 외』라니까. 마력 시험지에도 기대했던 만큼 큰 반응은 안 나타났고 말이죠. 아니, 애당초 소양이 없기 때문에 대상 외 취급이었을까……. 어휴, 뭔가 잘 안되네요. 역시 『대상 외』가 아니라 『실패자』를 조달해야 진전이 좀 있을까요."

"『……아, ……에, ……시…… 야…….』"

자신의 입에서 도저히 자신 같지가 않은 쉰 목소리가 새어 나왔다.

아니, 이미 목소리가 못 된다. 단지 공기가 새어 나갈 뿐 말소리가 아니었다.

왜냐하면 예전에 벌써 내 목은 망가졌기 때문에.

"아, 괜찮아. 체력이 있는 만큼 카오리를 써서는 못 할 실험도 가능하니까 너는 무척 큰 도움이 됐거든. 미약하기는 해도 평범한 사람에게는 소용없는 마력 시험지에 반응도 나타났는걸. 아, 확실히 선조님이 말씀은 옳았구나. 쿠히힛, 이 녀석이고 저 녀석이고 나를 바보 취급했겠다, 아무것도 모르는 얼간이들이. 자기한테 소질이 없단 이유로 질투나 하고, 꼴좋다.”

징그러운 미소를 지은 채 웃는 소리가 노이즈와 뒤섞여 들려온다.

그렇구나, 꽤 오래전에 귀도 망가졌구나.

“히히힛, 후우……. 자, 오늘도 실험을 시작하자. 네 소질이 뛰어나다면 마지막에 흡수할 수 있는 마력도 많아질 거야. 기쁘지 않아? 너는 나를 대마도사가 만들어줄 초석이 될 수 있다고.”

그렇다, 그렇다, 그렇다, 그렇다!!

망가뜨렸다, 망가뜨렸다, 망가뜨렸다!!

전부, 전부, 전부, 이 자식이 망가뜨렸다!!

어째서, 싫어, 도대체 왜 이런 처지가…….

“자, 오늘은 이런 의식을 시험해볼까. 성공하면 정령을 볼 수 있는 눈을 갖게 된다더라. 뭐, 현실의 시야는 잃어버리게 된다지만, 어차피 이따위 추한 세계를 보는 눈은 너한테도 필요 없잖아?”

싫어, 싫어, 싫어, 싫어어어어어어어어어어어어어어어어어어!!

“『……아, ……읏, ……아…….』”

살려줘, 누가 살려줘요!!

마이! 사토미! 누구든 와줘요!!

여기에서 꺼내줘! 아빠! 엄마! 집에 돌아가고 싶어요!!

“자, 아무것도 무서워할 필요는 없어. 의식을 시작하자.”

누가…… 살려줘요…….

☆

“제길, 제길, 제길, 제길!! 아아아아아아아아아아아아아아악!!”

돈을 아낌없이 퍼부어 만든 지하실.

간신히 목적과 아주 가까운 곳에 도달했는데도 겨우 한 걸음, 직전까지 와서 배반당할 줄이야.

“망할 바보가! 도대체 무슨 짓거리를 벌이는 건데!”

어두컴컴한 방 안쪽, 사람들 눈이 있는 동안에는 억눌러 놓았던 노여움이 족쇄를 잃어버림으로써 자유롭게 마구 날뛴다.

“살아 있을 가치도 없는 밥버러지 주제에! 그렇게 죽이면 안 된다고 당부했는데! 무슨 짓거리냐고! 제길, 제길, 제기랄!!”

감정을 벽에 발길질하며 쏟아 냈지만, 그럼에도 수습이 되지 않아서 주먹을 쥐고 세차게 벽을 후려친다.

지끈지끈하는 아픔과 열이 다소나마 펄펄 끓었던 머리에서 손으로 옮겨 오는 듯싶었다.

“후우……. 칫, 연구 계획을 재고할 필요가 있겠군……. 죽어버리면 신체에서 영혼이 떨어져 나가. 조금이라도 잔재가 남아 있을 때 실험할 수 있는 만큼 실험을 진행해야지…….”

벅벅 머리를 긁은 다음, 푹 한숨 쉬고 연구실의 문을 열었다.

복도로 나온 뒤 오른편에는 위층으로 연결된 계단.

왼편에는 마주 보는 위치에 적색, 청색, 황색, 녹색까지 네 가지 색깔의 문을 설치한 방이 있었다. 그중 적색과 청색의 두 방에는 입소자를, 황색 방에는 시체를 들여놓았다.

그 황색의 문을 열자 완전히 핏기가 사라져 있는 소녀의 시체가 시트에 덮여 있었다.

"……자, 우선 무엇부터 손을 대볼까요."

선뜩한 피부를 만져보고 탄력을 잃은 눈꺼풀을 엄지손가락으로 열어젖힌다.

빛이 사라진 소녀의 눈은 공허를 바라보고 있다. 목이 기울어지는 반동으로 새하얀 입술이 살짝 벌어졌다.

"재료도 쉽사리 대체품을 구할 순 없단 말이죠, 실험은 계획적으로 진행해야 해요."

수행할 만한 과제를 머릿속에 하나하나 떠올리면서 시체로도 가능한 것과 시체로는 불가능한 것으로 분류를 해 나간다.

풀썩, 시트를 벗겨 내고는 엷게 미소 지었다.

"자, 힘내서 해치워보죠, 사토미♪"

사람이 아닌 물건이 되어버렸다는 사실을 나타내주는 온몸의 백색.

살짝 칼날을 박아 넣어서 배를 커다랗게 절제한 자국이 있는 것 말고는 보존 상태는 나쁘지 않아 보인다. 그러나…….

"……와아, 과연 한 번은 전이의 대상이 됐던『경험자』라고 인정해줄 만하네요! 시체인데도 대상 외 녀석들보다 훨씬 더 짙은 잔재가 남아 있어요!"

녹색과 물색이 얼룩얼룩 뒤섞인 액체를 온몸에 뿌리자 붉은 입자가 둥실 떠오른다.

이런 수준의 마력 반응이라니, 근처에 있기만 했던 대상 외 인간보다 진한 반응이다.

유감스러운 부분은 만약 살려서 데려왔다면, 영혼이 남은 상태였다면 예의 대규모 마술의 정체에도 더욱더 가까이 갈 수 있었을 것이라는 아쉬움일까.

"후, 후후후! 기필코 해명해주겠어. 분명히 있을 거야. 영상 속 마법진 너머로 갈 방법이, 마력으로 가득 찬 공간이!"

딸각딸각, 마술 각인이 새겨져 은색으로 빛나는 도구를 손에 들고 입꼬리를 끌어 올린다.

할짝, 흥분을 핥아 먹듯이 자신의 입술도 혀로 핥았다.

그렇다, 손에 넣으리라. 태고의 마술사들이 손에 넣었던 진짜 마법을.

마법이 쇠퇴하고 마술사가 명맥을 잃고 세계의 마력이 엷어져서 아주 자그만 기적마저도 행사할 수 없는 이 세계.

이런 세계에서도 나는 기어이 마력의 소질을 획득했다.

이 몸에는 재능이 가득하다. 영화를 자랑했던 마술사들의 새로운 선조로 자리매김할 재능이!

☆

"아아아아아아아아아악!! 안 돼, 안 돼!! 이것도 안 돼!!"

찍찍, 찍찍, 찍찍, 책상에 아무렇게나 잔뜩 놓여 있었던 종이에 커다랗게 × 표시를 긋는다.

그리고 펜과 함께 손바닥을 책상에 내리치고는 책상 위의 종이를 꾸깃꾸깃 쥐어 잡았다.

"아아아아아아아, 어째선데, 어째선데, 어째선데, 어째선데!! 뭔가, 뭔가가 딱 한 걸음 모자라다고!!"

까득까득, 두뇌를 쇠사슬로 감아 조르는 듯한 불쾌감은 해답이 이제 멀지 않은 곳까지 다가왔음을 알기 때문이었다.

겨우 한 걸음 남았다는 조바심이 갈증을 더욱 부추긴다.

"어째서! 뭐가, 뭐가 부족한 건데!!"

실험으로 수집한 데이터를 분석해봐도 전부 다 의도했던 결과를 거두지는 못했다.

갖은 위험을 무릅쓰고 확보한 피험체들 역시 더 이상은 써먹을 수가 없었다.

"……역시, 안 되는 거야. 『전이자』의 관계자도, 전이를 허락받지 못한 『대상 외』도, 전이를 벗어났던 『경험자』의 시체도, 결국은 부산물에 불과하잖아."

그래, 이렇게 된 이상 진짜를 사용할 수밖에 없다.

처음부터 부족한 자를 이용했기 때문에 결국 부족한 결과밖에 안 나왔다.

"……자, 하나하나, 착실하게 작업을 진행해볼까요."

그래, 마치 하느님이 준비해준 것처럼 좋은 타이밍에 한 남자가 나타났다.

달리 생각하면 지금껏 실패를 겪은 덕분에 단 한 명뿐인 남자를 보람 없이 낭비할 우려도 사라지는 셈이다.

조금 더, 조금 더 연구하면 이 세계에 구멍을 뚫을 수 있다.

그렇게 하면 이 세계에서 고갈되어버린 마(魔)의 힘이 다시 되살아난다.

동시에 새어 나오게 될 영역 바깥의 힘을 내 소유로 만들면 나를 정점으로 하는 신화의 시대가 재현된다.

"나는 세계 제일의 마술사가 된다! 쿠히힛, 아무도 나를 따라잡지 못해. 고대의 피를 각성한 나만이 이 세상에서 유일무이하고 절대적인 마술사가 될 거야!! 쿠히히, 하하하핫!!"

그래, 평범한 인간을 초월하여 새로운 무대로 올라가자, 아하하하핫!!

제3장 전부는 돌아오지 않는 일상

내가 병원에서 퇴원한 지 2개월이 지났다.

시기는 추운 한겨울, 건조하고 쌀쌀한 공기에 살이 에이는 계절.

염려했던 것과 달리 새로운 생활은 생각보다 훨씬 무난하고 조용한 시작을 맞이했다.

부 활동도 위원회도 피해서 학교를 다닌 내게는 딱히 알고 지냈던 후배가 없는 데다가 반 변경은 3학년으로 올라갈 때 한 번뿐이라는 사정도 있어, 학교에 아는 사람이라곤 유토와 마이밖에 없었다.

실종 사건 당일, 내가 속해 있었던 2학년 3반 학생은 거의 전원이 사건에 휘말렸다.

생존한 일부 예외는 마법진이 출몰하기 직전의 빛에 놀라서 넘어지거나 한창 달려가던 중이었다거나 운 좋게 마법진 안에 갇히는 신세를 면한 녀석들뿐이었다.

그날 웬일로 지각이 아슬아슬하게 달려왔다던 마이도 역시 그 덕분에 마법진에서 벗어날 수 있었다는 듯하다.

그렇지만 운 좋게 살아남은 두세 명의 반 친구들도 이미 살해당했기 때문에 다시 만나지는 못한다.

내가 돌아오기 1개월 전에 발생했던 살인 사건.

마이의 친구 사토미가 살해당했다.

그리고 그보다 반년 더 앞서서 발생했다는 집단 묻지 마 살인 사건.

마치 미리 계획한 것처럼 실종 사건의 관계자를 노리는 묻지 마 살인 사건이 다수 발생했고, 그 피해자 중에는 앞서 살아남았던 반 친구들도 있었다. 마찬가지로 마이의 친구 유키도 행방불명이 됐다.

이제 옛 2학년 3반의 학생은 나와 유토뿐이다.

결국 지금 학교에 내가 알고 지냈던 학생은 거의 다 없어졌다. 따라서 모교인데도 거의 전학생 비슷한 처지였던 나는 얼마간 질문 세례를 받게 되리라고 멋대로 생각했었다.

특히 내가 실종됐던 기간에 어떻게 지냈는지 다들 관심이 있을 것이라고.

그렇지만 얄팍한 예상과는 다르게 학교에서 내게 사건에 대해 묻는 학생은 없었다.

『다들 많든 적든 지난 1년 사이에 안 좋은 경험을 했잖아……. 실종 중 카이토의 기억이 없어졌다는 사실도 혼란을 피하기 위해 처음부터 미리 전달했거든.』

유토가 살짝 그늘진 미소와 함께 설명했을 때 나는 자기 자신이 부끄러워졌다.

어째서 나는 이리도 생각이 부족하냐고.

학교 측의 배려일까, 마이와 같은 반 옆자리에 앉게 된 나는 이렇듯 주위 사람들의 배려도 있어서 반에 적응하는 데 딱히 오랜 시간이 걸리지는 않았다.

나를 평범하게 대해주는 새로운 반 친구들에게 감사하면서 나는 차츰차츰 조금이나마 바뀐 일상으로 돌아갈 수 있었다.

“좋아, 그러면 저번에 본 시험지를 돌려주마. 각 과목의 시간까지 자기 답안지를 잘 확인해 둬라.”

아침 조회 시간, 커다랗게 울려 퍼지는 담임의 목소리와 함께 희비가 엇갈리는 비명이 교실에서 터져 나왔다.

“수학 마지막 문제요, 깜빡 실수를 했던 것 같거든요. 점수를 보려니까 조금 울적하네요.”

그렇게 내 옆자리 여동생님이 우등생다운 발언을 꺼냈을 때 나의 심장은 쿵쿵 뛰고 있었다.

“어, 어어, 그렇구나.”

이름순으로 금방 호명을 받아 시험지 다발을 받아 들고 자리로 돌아온다.

시험 점수가 동생한테는 보이지 않게 자연스럽게 숨기며!

“오라버니? 왜 그러세요?”

“미안, 잠깐 화장실 갔다 올게.”

쓱, 자취를 감춰 교실을 뒤로했던 나는 종이 다발을 거머쥔 채 화장실로 향했다.

열려 있는 가장 가까운 개인실에 뛰쳐 들어가서 자물쇠를 걸고 혹시나 기도하는 마음으로 답안지를 살폈다.

“으허억…….”

그러나 나는 다섯 과목, 다섯 장의 종이가 선고하는 비정한 현실 앞에서 하늘을 우러러봤다. 화장실이니까 하늘은 안 보인다만.

‘큰일 났다, 이거 들키면…….’

『오라버니……. 마이는 무척 슬프답니다. 오라버니가 진짜로 바보 오라버니가 되고 말았어요.』

마이가 한숨 쉬면서 말하는 모습을 상상하다가 몸을 부르르 떨곤 낙제 점수를 받은 답안지를 구겼다.

이 점수가 발각된다면 나는 1개월 후 추가 시험까지 주말을 포함하여 매일같이 철저한 감시 체제 속에서 마이에게 공부를 강요당하게 될 것이다.

일말의 자비도 없을 테지. 새로운 생활에 적응하느라 정신이 없었다는 변명은 일절 통하지 않는다.

우리 집 여동생님은 몸을 튼튼히 단련하기 위해 언월도 도장에 다녔기 때문인지 자기 마음속에서 심판이 완료되면 인정사정없는 스파르타를 웃는 얼굴로 강제하는 마귀가 된다.

한번은 중학생 시절 게임에 너무 빠졌던 탓에 낙제 점수를 받아버렸을 때, 아버지와 어머니의 중재마저 웃는 얼굴로 조목조목 논파하면서 일절 타협을 받아들이지 않았었다.

덕분에 추가 시험은 쓸데없이 만점이었고.

"훗, 그러나 동생아. 결국 동생은 오라비를 못 당하는 법이란다. 그리고 나는 어느 ㅇ구 군처럼 들킬 가능성이 있는 장소에 증거를 남겨 두지는 않아."

혼자 악역의 표정을 지은 채 나는 찍찍 답안지를 찢었다.

변기에 넣어 흘려보내도 막히지 않을 만큼 갈기갈기 찢은 다음에 한 장 분량만큼씩 나눠서 물을 내린다.

"……증거 인멸, 완료."

혐의로 벌을 내리지는 못할지니.

아무리 마이가 의혹의 시선을 보내더라도 증거가 없는 한 마이는 심판에 나서지 않는다.

우리 집 여동생님은 절차 부분에서 융통성이 없단 말이지.

「화장실이 휴지가 없어 부득이하게」라고 핑계를 대면 「에티켓이라는 개념을 배워볼까요, 오라버니」라며 혼나는 수준에서 끝날 것이다.

나는 유유히 화장실에서 나온 뒤 왕이라도 된 듯한 기분으로 교실에 돌아왔다.

"오라버니, 어서 오세요."

자리에 돌아왔을 때는 아침 조회는 다 끝났고 1교시 수업이 시작되기까지 대략 5분쯤 남은 시간이었다.

"애고, 못살아. 난감하더라니까, 갑자기 배가 아파서 말이야. 게다가 휴지가 없어 어쩔까 싶었더랬지."

"그런가요? 정말 큰일이었네요. 그래서 답안지를 대신 썼다는 말씀인가요? 유감 오라버니?"

"음?"

그러나 자리에 돌아와서 마이에게 듣게 된 말은 예상외의 구박이었다.

'위, 위험하다. 뭔가 위험해. 이런 분위기는…….'

줄줄 흐르는 땀과 함께 불길한 예감이 마구 팽창한다.

"어머, 오라버니. 왜 그러세요? 갑자기 땀을 흘리고."

"아, 아니. 뭐냐, 거 뭐냐. 난방 상태가 좀 이상한가 봐!"

"그렇지는 않을 텐데요. 오라버니, 지난주에 업자분들이 막 방문해서 수리를 마친 참이잖아요. 교실 온도는 딱 적당하게 맞춰져 있어요.”

“그, 그런가? 하하, 이상하네.”

훗, 얼버무리며 웃는 나를 궁지에 몰아넣는 마이의 한숨 소리.

“착한 여동생은 오라버니를 관대한 마음가짐으로 지켜봤어요. 오라버니가 여성분 괴롭히기를 좋아하는 변태여도, 여동생에게 음흉한 마음을 갖는 변태여도, 유별나게 다리 곡선에 집착하는 변태여도 평생 돌봐드릴 작정이에요.”

수수술렁술렁?!

“우오오와아! 잠깐, 기다려. 무슨 소리를 늘어놓는 거냐?! 제발 이러지 마! 오빠의 이미지가 엄청나게 난리 나니까! 저기 봐, 옆자리에 나카무라 군이라든가 괴물을 보는 눈으로 책상을 막 떨어뜨리잖냐! 우리 반 다들 이쪽을 보고 막 술렁거리잖아!!”

“처참한 시험 점수를 숨기기 위해 공공시설이 망가질 수도 있다는 생각도 않고 답안지를 화장실 변기에 집어넣는 오라버니의 이미지 따위야 토사물 범벅의 음식물 찌꺼기가 되는 게 차라리 좋지 않을까요?”

앗, 눈치챘구나.

망했다, 응, 폭삭 망해버렸어…….

고고고, 귀기마저 감도는 마이의 모습은 완전히 심판 태세로 들어갔다고 단언할 수 있겠다.

“그리고 이 참담한 점수……. 후우, 너무나 슬프네요. 조무래기 악당으로 타락해버린 오라버니에게는 잘 어울리는 점수인지도 모르겠지만요.”

"헉?! 어째서 내 답안지가 거기에?!"

괴롭게 한숨을 쉬며 마이가 손에 들어서 보여주는 종이는 지금 막 물속의 저편으로 사라졌을 텐데!!

마이는 살랑살랑 점수가 보이도록 흔들고 있다.

"설마 오라버니가 이러한 짓을 벌일 줄은 생각하지 못했어요. 그래도 일단 죄책감에 눈물이 날 것같은 마음을 꾹 참고 선생님께 답안지 복사본의 복사본을 받아 봤더니……."

천연덕스럽게 대사를 읊다가 거기에서 또 마이는 거창하게 한숨을 쉬었다.

"마이의 오라버니는 타락 오라버니가 되어버렸어요. 코앞만 보고 얍삽하게 구는 오라버니가 너무나 가엾어요."

"가, 가엾다 여긴다면, 자, 자비를 베풀어 살살 봐주는 방법도 있지는 않을까 오빠는 생각하는데, 음, 괜찮지 않을까."

가엾다 말하면서 슬슬 분노를 내비치는 마이에게 기도하는 마음으로 말해봤지만.

"오라버니, 점심시간에는 공부 계획을 세우죠."

그리고 무정하게도 수업 개시를 알리는 띵~동~ 종소리.

"……아아, 작별이구나. 나의 안녕했던 날들아."

아무래도 나의 공부 삼매경 나날은 확정되어버린 듯싶다.

"끄극, 더는 무리야, 좀 봐줘라……."

그리고 그러던 어느 휴일 날, 나는 유토의 집에서 죽기 살기로 수

학 공부를 하고 있었다.

혼자 지내는 유토의 집은 도내의 고급 맨션 중 한 곳이었다.

유토는 「가족은 없어」라고 말했었다. 이른바 복잡한 가정 사정이 얽혀 있는 듯했다. 초등학생을 마칠 무렵에 어머니가 돌아가신 이후 쭉 아버지의 도움을 받아 생활했다고 들었다.

그렇지만 아버지와 관계는 양호하지 않은 것으로 짐작된다.

유토에게서 아버지의 이야기를 들은 것은 켄타와 스에히코와 함께 처음 방문했을 때뿐이다.

"……뭐, 이 정도로 풀이가 되면 일단 수학은 괜찮겠네. 아마 시험은 통과할 수 있을 거야."

"진짜로?! 만세! 해냈드아!!"

잠시간 꾹꾹 동그라미를 표시하는 소리가 들린 뒤 드디어 유토가 합격 판정을 내려주자 나는 저절로 주먹을 불끈 쥐어서 들어 올렸다.

센터 시험 직전인데도 「괜찮아, 공부는 그냥 요령이니까」라며 시원스럽게 웃고 내 공부를 봐준다는 게 고맙기는 한데, 그건 그거다.

하룻밤 벼락치기파에 속하는 나는 조금이라도 공부 시간을 줄이고 싶은 족속이니까.

아자! 승리의 포즈!!

"그럼 다음은 사회 공부 차례야, 카이토."

"엥……."

"엥? 뭐가 엥이야. 이쪽도 요란하게 낙제점이잖아? 미안한데 이번만큼은 카이토를 편들어줄 수가 없거든? 마이한테 협박…… 부탁받았으니까."

약간 핼쑥한 얼굴로 눈을 피하며 유토가 말했다.

저기, 여동생아. 거의 완벽한 미남이신 내 절친의 어떤 약점을 거머쥐었니.

“뭐, 어쨌든 무작정 주입만 해도 효율이 나쁘겠지. 커피라든가 뭔가 달달한 간식이라도 사다 줄 테니까 잠깐 휴식하자.”

“오, 커피는 눈 마크가 달린 녀석으로 부탁한다.”

“……괜찮은데, 그거 커피가 아니잖아.”

쓴웃음을 지으며 방에서 나가는 유토를 배웅하고 탁, 문이 닫히는 소리를 들었다.

아무도 남지 않은 방에서 빙글빙글 숫자가 회전하는 머리를 식히기 위해 접이식 탁자에 펜을 내려놓고 책상다리를 한 채 널빤지 바닥에 털썩 드러누웠다.

‘마이…… 괜찮으려나.’

째깍째깍 울리는 시계 소리가 멍한 사고를 회전시킨다.

오늘 마이는 비명에 갔던 사토미의 100일 법회에 참석했다.

본래 일가친척만 모여 치르는 자리였지만, 사토미의 부모님 두 분께서 「마이라면 괜찮아」라며 참석을 허락해줬다.

“…….”

아침에 허전함과 슬픔이 묻어나는 얼굴로 웃고 집을 나섰던 마이의 표정을 떠올린다.

“으으, 관둬, 관두자. 이렇게 된 이상 유토의 약점을 나도 틀어잡아주마!”

얍, 몸을 일으켜 세운 난 유토의 집을 수색하기로 결심했다.

마이를 따라 나까지 침울하게 굴면 안 된다. 무리해서라도 마구 법석을 떨고 집에서는 마이가 평소처럼 행동할 수 있게 받아줘야지.

"자, 자자, 자아. 고럼 우선은 여기부터 뒤져보실까요. 저번에 못 찾아냈던 야한 책을 발굴해주지."

예전에는 당연하게 저질렀었던 평소와 같은 바보 짓거리.

그렇지만 역시 난 정말이지 생각이 없는 놈이었다.

"……."

유토의 방 안을 보았을 때 목소리도, 사고도, 전부가 다 사라졌다.

이곳은 마치 무엇인가를 가두어 놓는 감방 같았다.

벽에 벽마다 부착된 신문 기사, 인터넷 기사, 게시판의 글, SNS의 정보, 잔뜩 붙어 있는 얼굴 사진 및 그 얼굴을 칠해 뭉개려는 듯이 적색의 펜으로 커다랗게 그은 × 표시.

괴롭다, 웃기지 마라, 도대체 왜, 절대 포기하지 않아, 어째서.

어째서, 어째서, 어째서, 어째서. 도대체 왜 이런 참사가 벌어졌냐고. 찢어지는 목소리로 애달피 부르짖는 외침이 들려오는 것 같았다.

여기에는 내가 알지 못하는 1년간의, 그리고 지금도 역시 계속되고 있는 유토의 아픔이 가득 들어차 있었다.

이곳은 내가 심심풀이로 들어가도 되는 장소가 아니다.

나는 문을 닫으며 얹은 주먹의 위쪽에다가 이마를 대고 눌렀다.

"어쩌다가, 이런 비극이 벌어진 거냐……."

아무도 없는 상황에 의지하여 나는 혼자서 약한 소리를 내뱉었다.

잠시 후 유토가 돌아왔다. 사다 준 간식을 먹고 한숨을 돌린 다음에 또 공부를 시작했다.

결국 나는 방 안을 보고 말았다는 말은 하지 못한 채 아무것도 없었던 것처럼 시간을 보냈다.

달리 어떻게 하면 좋을지 도저히 알 수가 없었기 때문이다.

“아, 슬슬 병원에 갈 시간 아니야?”

소설을 읽는 유토의 옆에서 묵묵히 문제를 푸는 사이에 시계가 이미 오후 3시를 지났음을 알려줬다.

“이런, 벌써 시간이 이렇게 됐나. 확실히 조금 서두르는 게 좋겠네.”

나는 지난주 예약했던 병원의 진찰 시간을 떠올리고 서둘러 귀가 준비를 시작했다.

“집에 돌아가면 꼼꼼하게 복습해. 보충 학습에 시달리고 싶지 않으면 말이야.”

“걱정 말래도. 이번에도 낙제점 받고 또 맨날 마이한테 스파르타를 당하면 내 마음이 못 버틴다고. 오빠의 위엄을 되찾아야지.”

“어휴, 시스콤 녀석.”

“시스콤 아니거든, 이 정돈 보통이거든.”

그렇게 받아치고 나는 현관문을 열었다.

“조심해서 가, 카이토. 치료 잘 받고.”

“엉, 내일 또 학교에서 보자.”

유토의 집을 나온 뒤 나는 사람들이 오가는 길을 느릿느릿하게 걸어서 병원으로 향했다.

목적지는 내가 이송됐었던 병원의 정신과, 그곳에서 입원했을 때 주치의를 맡은 마에노 선생님이 소개해준 의사 선생님이 기다리고 있다.

병원을 다니는 이유는 아직 돌아오지 않는 기억을 되살리기 위한 단서를 찾기 위해서다.

"이 녀석아, 내가 잊어버린 너(나)를 떠올린다면 유토한테 도움이 돼 줄 수 있을까?"

실종되었다가 돌아왔다는 날부터 내 안쪽에서 마구 날뛰며 줄곧 삐걱삐걱 쇠사슬을 뒤흔들고 있는 무엇인가에게 말을 건넨다.

그렇지만 당연히 대답 따위야 돌아올 리가 없었고.

그럼에도 나는 알 수 있었다. 이렇게 질척질척 녹아 마그마처럼 열기를 뿜는 나를 떠올려 봐야, 분명히.

……희망에 찬 대답을 듣지는 못하리라.

"『그래, 자네는 깊숙하고 따뜻한 장소에 있다네.』"

눈을 꾹 감은 암흑 속, 마에노 선생님과 같은 병원에 있는 정신의학의 권위자라는 할아버지가 느릿한 목소리로 말을 건넨다.

책상에 놓인 메트로놈의 소리, 사뿐히 풍기는 희미하고 달콤한 꽃향기.

자연스레 마음이 평온해지는 공간.

「항상 문진과 대화뿐이면 지겨울 테지?」라며 지난 몇 차례의 카운셀링은 최면 요법이라는 방법으로 진행됐다.

그렇지만 솔직하게 말해서 더 나은 효과가 있다고 말하기는 어려운 상황이었다.

“『따르릉, 전화 소리가 울리는군. 전화를 받아볼까. 자, 누군가의 목소리가 들릴 거야.』”

정신과 의사 선생님의 목소리에 맞춰 상황을 상상한다.

그렇지만 여기쯤 왔을 때부터 점점 들려오는 말을 자신의 상상이 따라가지 못하게 된다.

“『들려오는 것은 자신의 목소리……. 목소리에 귀를 기울인다. 그 목소리가 잊어버렸던 자네에 대해 말해준다.』”

아, 안 되겠다. 도저히 상상이 되지 않는다.

『잊어버린 기억』을 의식한 순간 곧바로 내 마음속 밑바닥에 갇혀 있는 예전의 내가 얼굴을 내민다.

『아니잖냐』라고. 『그게 아니잖냐』라며 소리 지른다.

이렇게 옛 자신의 목소리를 듣고, 냉정한 자신이 이래서는 무리라고 상상을 싹 지워버린다.

왜냐하면, 너무나 많이 다르니까.

이토록 평온한 심정에는 들어맞지 않는다.

이딴, 짓눌려버릴 듯 어두운 불꽃을, 이래서는 절대 떠올릴 수 없다.

“……선생님, 죄송합니다. 역시 저는, 도저히…….”

조용히 말하고 눈을 뜬다. 방 안에는 정신과 선생님과 그리고 마에노 선생님이 있었다.

물론 마에노 선생님은 외과 의사이지 정신과 담당은 아니었지만, 처음에는 내가 다쳤던 곳의 상태를 점검해줬고 이후에도 이렇게 진료를 받는 날이면 함께 참석했다.

무안해서 말을 못 잇는 나를 보고는 정신과 담당 선생님이 살짝 난처해하는 표정을 지었다.

"그런가, 흠, 역시 우케이 학생한테는 최면 요법은 상성이 조금 안 좋은가 보군."

가만히 말한 뒤 선생님은 똑똑 흔들리는 메트로놈의 바늘을 멈췄다.

"죄송합니다."

"아니, 괜찮아, 우케이 학생. 이런 요법은 당사자의 자질에 의지하는 부분이 크거든. 서두르지 말고 천천히 진행하자고."

내가 머리 숙이자 마에노 선생님은 툭 어깨를 살짝 두드려줬다.

"마에노 선생의 말이 옳아. 오늘 치료는 이만 마치도록 하지. 여유롭게 마음을 먹고 진행하세. 괜히 서둘러 봐야 별로 좋은 일은 없을 테니까."

정신과 선생님은 온화한 목소리로 나를 위로해줬다.

"네……. 그럼 또 오겠습니다."

"조심히 가요, 다음 주에도 이 시간에 맞춰 기다리죠."

"몸조리 잘하게나, 우케이 학생."

나는 기껏 애써줬는데도 어떤 진전도 보이지 못한 민망함에서 눈을 돌리며 마에노 선생님과 정신과 담당 선생님에게 머리 숙인 뒤 1인 병실을 나왔다.

미안한 마음과 이해할 수 없는 감정의 수렁으로 자신의 다리가 잠겨 들어간다.

어째서일까, 의문을 느끼는 한편 내 마음속에 분명히 생겨나는 것은 마에노 선생님에 대한 뚜렷한 혐오감.

때때로 감지되는 마에노 선생님의 눈은 어째서인지 할짝, 뱀의 혓

바닥처럼 마음을 쓸어 만지는 감촉과 함께 어딘가 씁쓸하고 익숙한 기분을 느끼게 했다.

이를테면 내 마음속에서 절규를 지르고 있는 옛날의 내가 조금이나마 동요하게 만드는.

……그런 부류의 익숙함을.

"음? 마이?"

"아, 오라버니."

진찰을 마친 뒤 병원을 나왔더니 문 근처에서 교복을 입은 마이가 기다리고 있었다.

"왜 여기에……."

"왜긴요, 당연히 마중을 나온 거예요. 뻔히 보고도 모르겠어요? 오라버니는, 오라버니를 걱정하는 동생의 마음을 제대로 좀 알아주셔야 해요."

뾰록, 살짝 볼을 부풀리며 마이는 귀엽게 눈을 치뜨고 나를 흘겼다.

"아하, 미안해. 고맙다. 그런데 너도 혼자서 괜히 돌아다니지는 마, 위험하니까."

"걱정 안 하셔도 경찰분들이 빈틈없이 보호해주고 계세요. 봐요, 저기에도, 저쪽에도."

마이가 손가락으로 가리킨 방향에서 검은 정장을 입은 누님이 살랑살랑 손을 흔들어준다.

그렇게 말하자면 나 역시 검은 옷 아저씨라든가 형님이라든가 따라다니는 것 같기도 하고, 그게 아니더라도 경찰관이 잔뜩 몰려든 지금 이 도시라면 어디에 가든 이런 부류의 사람들을 목격할 수 있다.

과도하다 생각될 만한 경찰관 증원으로 도시는 조금 묘한 상황이 됐지만, 어쨌든 덕분에 치명적인 사건은 발생할 것 같지가 않았다.

그럼에도 역시 걱정되니까 조심하라고 말하면 결국 부메랑처럼 그 말이 되돌아와서 자신에게 푹 박히게 되는 광경이 눈앞에 훤히 보이는지라, 나는 항복 표시로 살짝 손을 들어 보였다.

"그러면 돌아가죠. 음, 착한 동생은 팔이 아파요."

그렇게 말한 마이가 아마도 저녁 식사 재료가 들어 있는 봉투를 내밀었다.

"예예, 얼마든지 들어드립죠."

내가 쓴웃음 짓고 봉투를 한쪽 손으로 받아 들자 마이는 비어 있는 다른 쪽의 내 손을 아주 당연하다는 듯이 붙잡고 걸음을 뗐다.

꽉 쥐인 손의 차가운 감촉에 나는 걸어가면서도 낯빛이 흐려졌다.

돌아온 이후 쭉 어디에 가든 마이는 항상 내 손을 붙든다.

손을 붙잡는 게 외출할 때에 한정되는 행동이 아니라 학교 교실 및 집 안에서도 갑자기 손을 잡거나 팔을 끌어안거나 뭔가 접촉이 훨씬 늘어났다.

물론 딱히 싫지는 않다. 오빠의 마음에는 대단히 점수가 높다. 다만…….

'쭉 이렇게 지낼 순 없잖아…….'

돌아올 듯 돌아오지 않는 기억도 나의 고민 중 하나였다.

그러나 마이의 상태도 어떻게든 손을 써야 한다는 생각이 든다.

낮에 유토의 방을 목격했을 때 마냥 외면만 해선 안 됨을 깨달았다.

그 때문에 더욱더 마냥 이대로 내버려 둬선 안 된다고 각오를 다진 뒤 나는 한 발자국만 걸음을 내디뎠다.

"……있잖아, 마이. 이제 좀 자제하는 게 좋지 않겠냐?"

"네? 무슨 말씀이세요?"

알쏭달쏭하다는 표정을 짓고 쏙 올려다보며 고개를 갸웃거리는 마이.

아니, 음, 귀엽기는 한데 말이야. 지금은 딴청 부리면 안 되잖아요.

그 몸동작에서 거절의 뜻을 느끼면서, 그럼에도 나는 말을 이었다.

"어린아이가 아니니까 걸어 다닐 때마다 손을 붙잡는 건 조금, 알잖아? 이상하잖냐?"

그렇게 말한 뒤 시선을 움직여서 살짝 붙잡는 힘이 강해진 손을 내려다봤다.

친애의 표시라고 말하기에는 너무나도 절실하고 강한 감정을 지니고 있었기에.

"별로요? 안 이상한데요. 단둘만 남은 남매인걸요."

나를 바라보는 마이의 눈은 어딘가 병적이라 할 만큼 그윽하고 어두웠기에…….

"그래도 말야, 마이……."

"안 돼요!! ……싫단, 말이에요. 오라버니는, 마이와 손을 붙잡아야 해요."

꽉, 손을 붙드는 힘이 더욱더 강해졌다.

미아가 되지 않도록 어머니가 아이의 손을 단단하게 붙잡는 것처럼.

'……아니, 이건 분명히 미아가 됐던 아이가 두 번 다시 떨어지지 않겠다고 어머니의 손을 붙잡는, 손길이야.'

"손을 붙잡고 다니면 이제 다시는 헤어지지 않아도 돼요. 이렇게 뻔한 이치도 이해를 못 하는 건가요? 바보 오라버니."

"마이……."

고개 숙이고 작게 중얼거리는 마이에게 나는 더 이상 어떠한 말도 건넬 수 없었다.

"……자, 집에 도착하면 밥을 먹고 공부해요. 추가 시험은 만점으로 합격해야죠, 오라버니."

"그, 그래."

무엇을 어떻게 말해야 하나.

닿기만 해도 마이가 망가져버릴 것 같다. 나는 대답을 찾지 못한 채 다만 입을 다물었다.

"오라버니, 공부를 시작하죠."

집으로 돌아와서 재까닥 저녁 식사를 마쳤다.

미묘하게 요리가 서투시던 어머니의 피가 아니라, 묘하게 솜씨가 좋고 취미가 많은 분이었던 아버지의 피를 이어받은 마이의 요리는 맛있었다.

식사를 끝내고 잠깐 쉰 다음, 2층 마이의 방으로 이동해서 공부에 집중하기로 했다.

내 방과 비교해서 언제 들어와도 깔끔하게 정돈됐을 뿐 아니라 좋은 냄새가 나는 동생의 방에 저절로 감탄이 나오기는 한다만…….

"아니, 공부는 괜찮은데 말야. 차림새가 왜 이래?"

"네? 이상한가요?"

어리둥절하며 마이가 고개를 갸웃거린다.

딸각, 도수가 없는 패션용 안경이 자그맣게 소리를 냈다.

집 안인데도 옅은 노란색 정장을 입었고 평소에는 넓적다리 높이에서 머리카락 끝부분을 묶어서 매는 물색의 리본을 가슴 근처에다가 묶어 놓았다.

그래, 어째서인지 평소에 항상 세 걸음 뒤를 조용하게 따라서 걷는 요조숙녀 미인 여동생이 늠름하고 세련된 커리어 우먼으로 변신했다.

그나저나, 언제 갈아입었던 거야. 어디에서 갈아입은 거야.

"아니, 뭐, 이상하진 않은데. 오히려 잘 어울리는데."

"오라버니의 취향은 파악이 다 끝났어요. 지난주에 막 구입한 『유능한 여교사의 24시간, 비밀의……』."

"자, 자자, 자아, 공부를 시작해볼까?!"

나는 아무것도 듣지 않았다. 어떤 질문도 하지 않았다. 응.

"그런 불순한 책, 마이는 탐탁지 않아요. 걱정 마세요, 오라버니를 타락시키는 책은 마당에서 전부 태웠으니까요."

"안 들리는데, 안 들리는데요……!"

아무 말도 들리진 않았지만, 왠지 마음의 땀이 눈에서 흘러내렸다.

"그렇지만 마이는 융통성 없는 사람이 아니에요. 한창때 남자가 어쩔 수 없이 짐승 같은 욕망에 시달린다는 것은 잘 알아요. 그러니까 착한 여동생이 오라버니의 취향에 맞는 복장을 입어줬어요. 기쁜가요?"

"제발 부탁이니까 좀 봐주시면 안 될까요?! 도대체 이 수치 플레이는 뭐냐고!"

예쁘게 솟은 가슴을 팔로 안아 들면서 여동생이 내 수치심을 폭발시킨다.

여동생한테 야한 책을 들키고, 야한 책 소각 통보를 듣고, 취미와 취향을 분석까지 당하고 만, 나는 도대체 어떻게 하면 됩니까?!

"그럼 오라버니, 공부를 하죠."

"……예이."

빙그레 미소 짓는 마이의 말대로 나는 울면서 책상 앞에 앉아야 했다.

"흠흠, 꽤 노력했네요, 오라버니. 합격이에요."

"끝났다아!"

간신히 합격 판정을 받고 샤프펜슬을 떼굴 굴리면서 책상에 푹 엎드렸다.

"역시 오라버니예요. 상으로 쓰다듬어줄게요. 쓰담쓰담."

나는 저항할 기력도 없어 여동생이 원하는 대로 머리를 쓰다듬게 놔뒀다.

귀여운 동물을 쓰다듬는 듯한 손길이라서 내가 강아지냐, 불퉁거리려다가 관뒀다.

왜냐, 지금 마이라면 「네, 오라버니는 바보 강아지예요. 맨날 귀엽다, 귀엽다, 놀아주고 마이가 평생 곁에서 뒷바라지할 거예요」라고 말할 것 같다. 게다가 아주 진지한 얼굴로.

"네, 이제 마지막으로 한 장만 더 시험지를 풀어볼까요?"

"헉?!"

그러나 딴생각을 하던 때 또다시 천연덕스러운 얼굴로 마이가 새로운 적을 나에게 떠맡겼다.

"괜찮아요, 오라버니. 한 번만 더 버티면 돼요. 아자아자♪"

어라, 뭘까. 진짜 귀엽게 격려해주는 여동생의 얼굴이 어째서인지 눈물 때문인가 악마처럼 뒤틀려 보이는데?

이상하구나, 평소에는 별로 보여주지도 않는 최상급의 미소인데 말이야. 어째서일까.

"그럼 마이는 잠깐 야식을 만들러 갈게요."

나의 여동생은 그렇게 웃는 얼굴로 나를 혼자 남긴 채 1층으로 내려갔다.

"……뭔가, 마이 녀석, 스파르타의 정도가 더 심해지지 않았나……?"

끼익, 의자 등받이에 체중을 싣고 등을 젖혀서 천장을 본다.

"으음, 제기랄, 어떻게 된 거냐고……."

자신밖에 없는 방 안쪽은 너무 조용해서 공부의 피로도 외면한 채 저절로 말이 새어 나왔다.

내가 돌아온 이후 쭉 마이는 상태가 이상하다.

아니, 내가 실종되기 전과는 상황이 많이 달라졌다. 마이 본인도 상응하는 변화를 겪는 것은 당연하다고 생각한다.

그러니까 내가 문제라고 여기는 부분은 바로 변화의 방식이었다.

'어떻게 생각해도 나한테 너무 붙어 다니잖아……. 뭔가 금이 간 유리잔 같달까.'

오늘 병원에서 돌아오던 길을 떠올린다.

꼭 붙든 마이의 손바닥에서 떨림이 전해지는 느낌을 받았다.

그 떨림은 마치 몸을 베어 가르는 싸늘한 겨울의 색을 띤 괴물 같았다.

어떻게 손을 쓰려고 한들 오히려 마이를 상처 입히게 될 포학한 짐승.

억지로 마구 뛰어들었다가는 그 괴물이 구할 방법이 없도록 마이를 망가뜨릴 것 같다는, 그런 예감이 들어서 못 견디겠다.

어떻게든 방법을 찾아야 할 텐데, 어떻게든 방법을 찾고 싶은데.

무엇을 어떻게 해야 금이 간 동생의 마음을 채워줄 수 있을지, 나는 알 수가 없다.

"흐아……. 뻔한 방법이지만 결국 시간에 맡길 수밖에 없나……? 엇, 으앗?! 이런!"

그때, 열심히 상념에 빠져 있던 때 뒤쪽으로 체중을 너무 과하게 실은 몸의 균형이 무너져서 의자 아래로 굴러떨어지고 말았다.

그 순간, 갑자기 세계가 느릿해지는 느낌과 함께 사고가 냉정하게 돌아가기 시작한다.

쓱, 손가락만 바닥에 짚은 손이 거의 아무런 소리도 안 내며 나의 몸을 받쳐줬다.

"위, 위험해라……. 응? 이게 뭐냐, 얼룩?"

자세가 무너져서 낮아진 시야로 서랍의 손잡이 움푹 파인 곳 안쪽에 있는 거뭇한 얼룩을 포착했다.

아래에서 들여다보지 않는 한 보이지 않을 위치에 묻어 있는 얼룩을 목격한 순간, 어째서인지 심장이 덜컥 뛰었다.

그 얼룩의 색깔이 웬 영문인지 불길한 느낌과 함께 머릿속을 깊숙이 자극한다.

3단짜리 서랍장 한가운데, 유일하게 열쇠가 달린 서랍.

"……음, 열쇠 숨기는 장소가 안 바뀌었다면……. 찾았다."

연필꽂이 아래에 놓인 열쇠를 집어서 잠긴 서랍에 집어넣었다.

호기심이 아니었다. 뭔가 심각한 이유가 떠올랐던 까닭도 아니었다.

그러나 어째서인지 서랍 안쪽을 꼭 확인해야 할 것 같았다.

콱, 서랍 손잡이의 움푹 파인 부분을 붙잡은 손가락에 작은 바늘이 꽂히는 듯한 느낌에 휩싸였다.

주위를 어두운 자색을 띤 연기가 둘러싸고 있는 것 같은 감각이 들어 정신을 차렸다.

이게 무슨 짓인가 생각하면서, 그럼에도 손에는 힘이 들어간다.

"……음? 엉?"

그리고 찰칵 소리를 내면서 열린 서랍에.

처음에는 이게 무엇인지 알 수가 없었다.

"이, 이게……. 거짓말이지? 도대체, 뭐야……."

너무나 현실감이 없는 물건이 거짓말 같아서.

환상이라고 믿고 싶어서, 무심코 손에 집어 든 물건이 지독하게 번뜩거려서.

저항할 도리도 없이 눈앞이 새카맣게 물든다.

머리 꼭대기에 뚫린 구멍으로 차갑고 끈적끈적한 기름을 들이붓는 듯한 아찔함.

입속이 마비된 듯 혀에 이상한 감각이 치달리고, 느껴지는 모든 것을 부정하고 싶어서 견딜 수가 없었다.

"……마이, 너, 도대체……."

바짝바짝 마른 입에서 새어 나와 떨어진 말에 대답은 없다.

내 손에 붙들려 있는 물건은 흔한 나이프 한 자루.

……까맣게 마른 인간의 피가 잔뜩 들러붙은 나이프 한 자루다.

☆

"마이 아씨, 마이 아씨. 잠깐만 거기 앉아서 대화를 좀 나눌깝쇼?"

"네? 갑자기 말투가 왜 이래요. 무슨 할 말이 있나요? 오라버니."

어느 날 밤, 나는 목욕을 하고 나온 뒤 곧바로 거실 소파에 앉아서 나지막한 높이의 탁자 맞은편에 앉도록 손가락질했다.

마이는 목욕 중 젖은 머리카락을 마른 수건으로 감싸 말리면서 어리둥절한 얼굴로 되묻는다.

희미하게 상기된 얼굴과 옅게 땀이 배어난 피부, 살짝 습기를 빨아들인 얇은 재질의 물색 잠옷이 마이의 균형이 잡힌 몸매를 더욱 강조했다.

세상의 더러움을 모르는 듯 보이는 순한 표정과의 괴리가 한층 더

넘쳐나는 매력을 연출한다.

"……어휴, 어쩔 수 없네요. 마이는, 남자 고등학생의 생태도 분명하게 이해하고 있어요. 다른 주민분들에게 민폐를 끼치지 않도록 예쁜 여동생의 몸을 음흉한 개처럼 쳐다봐도 용서할게요."

그렇게 말한 뒤 고개를 절레절레 저은 마이는 내가 지정한 바닥이 아니라 소파 옆쪽에 바짝 붙어서 앉았다.

"뭐래, 아니거든? 일단 제대로 앉아, 여고생. 그리고 설교를 할 작정이니까 네가 앉을 자리는 옆쪽이 아니라 정면이라고."

피가 이어진 여동생이기에 말도 안 됩니다.

아무리 미소녀이고 세상에서 제일 귀여워도, 오빠의 자격이 사라질 만한 사태를 일으키지는 않는다는 말씀.

"흐으으음, 오라버니? 설마 이렇게 예쁜 여동생한테 매력이 없다는 말씀이에요?"

삐쳐서 살짝 어린아이 같은 말투로 되묻는 마이.

정면에 앉으라는 말은 아무렇지도 않게 못 들은 취급이다.

"이 녀석아……."

요즘 들어서 점점 많아지고 있는 마이의 『어리광 모드』.

옛날부터 흥분해서 기분이 고양되거나 반대로 침울하고 지쳤을 때면, 평소에는 독설로 덮어 가리고 있는 외로움을 잘 타고 어리광 부리고 싶어 하는 성격이 솔직하게 드러났다.

이미 잘 아는 사실이었지만, 마이는 정신 부분이 몹시 불안정해졌다.

본래는 나와 함께 카운셀링을 받자고 말하고 싶었다.

명백하게 도를 넘어섰다고 판단되는 나에 대한 의존심도 그 영향을 받았을 테지.

"……그런 게 아니니까 걱정 마. 진짜 귀여운 여동생이야, 너는."

가느다란 바늘 위에 얹은 와인잔 같은 동생을 보고 살짝 망설이다가 나는 대답했다.

그러나! 그건 그렇다 치고, 지금 주목해야 할 부분은 미소녀의 자태가 더욱 발전 중에 계시는 동생의 용모가 아니다. 내가 방금 목욕을 마쳤다는 것과, 여동생이 갓 목욕을 마쳤다는 사실에 주목해야 한다.

참고로 우리 집은 평범한 독챗집이라 욕실이 두 개나 있지는 않다.

"그런데 말이다, 마이. 오늘 행동은 확실하게 아웃, 아웃이라고!"

"아웃요? 뭐가 말이에요?"

"우리 집 욕실은 혼욕이 아닙니다! 시치미 뚝 떼는 얼굴로 들어오지 마!"

그렇다, 처음에는 원피스 타입 수영복을 입고 욕실에 돌입했었다.

본인이 말하기를 『지금까지 겪지 않았던 비일상적인 경험 에 기억을 자극받을 수도 있잖아요』, 이어서 『오라버니가 여동생을 덮치는 변태가 아니라면 아무 문제도 없을 텐데요?』라며 웃고는 끝까지 밀어붙였다.

그러나 지금 돌이켜보면 그때 단호한 태도로 거절하는 게 맞았다.

한 차례 허락한 이후 매일같이 욕실에 난입해서는 며칠마다 투피스 수영복, 비키니, 그리고 오늘은 큼지막한 목욕 수건을 두른 채 들어왔다.

이미 주저해도 될 상황이 아니었다, 뭐든 한도가 있는 법이니까.

“옛날에는 아무것도 안 걸치고 같이 목욕했잖아요. 남매니까 문제없어요.”

“문제가 있습니다, 동생아! 부끄러움은 대체 어디로 갔답니까!”

“안, 되나요?”

“안 됩니다!!”

자기 행동이 어떻게 보이는지 싹 계산을 마친 몸동작으로 서글프게 눈을 내리깐 마이에게 더 이상은 좋지 않다고 잘라 말했다.

“후유, 어쩔 수 없군요. 더 혼나고 싶진 않으니까 마이는 이만 자야겠어요.”

“엉? 앗, 이 녀석. 기다려, 도망치지 마!”

너무나 당당한 도망 선언에 잠깐 정신이 멍해졌다.

손을 붙잡으려고 허둥지둥 손을 뻗어도 마이는 쏙 피해버렸다.

“도망치는 거 아녜요, 내일은 저랑 영화를 보러 가기로 약속했죠. 그러니까 늦잠을 자지 않도록 일찍 잘 거예요. 그럼 오라버니, 안녕히 주무세요.”

꾸중 들을 상황을 딱 틀어막고 쌩하니 거실에서 나가버린다.

“……흐아아아아아아아.”

조용해진 거실에서 나는 거하게 한숨 쉬었다.

묘한 탈력감에 사로잡힌 채 기다란 소파에 몸을 푹 눕혔다.

그날, 마이의 방에서 서랍 안쪽을 보고 말았던 이후 2주일.

까맣게 마른 피투성이 나이프가 무엇인지 나는 여태껏 추궁하지 못했다.

나는 아무것도 못 본 것으로 했고, 아울러 마이에게 들키지 않게 조심하는 게 고작이었다.

방치해도 될 만한 문제가 아닌 줄 알고 있다. 하지만 만약 지금 마이에게 나이프의 정체를 캐묻는다면 애써 되찾아 가고 있는 일상이 이번에야말로 정말 돌이킬 수 없도록 망가져버릴 것 같았다.

그렇게 수수방관하는 동안 조금씩, 조금씩 마이는 비탈길을 내려가고 있었다.

뚝뚝, 자기 마음속 자그마한 톱니바퀴를 떨어뜨리며.

'젠장, 한심하구나! 동생 하나도 제대로 붙잡아주질 못하다니…….'

"아버지, 어머니. 나는, 어떡해야 할까."

불단에 놓인 아버지와 어머니의 얼굴 사진에 물어봤다.

사라진 뒤에야 비로소 알게 되었다, 부모님 두 분이 자신들을 얼마나 든든하게 받쳐주었는지를.

나 혼자서는 의지할 데가 너무나 없었기에 어떻게 하면 좋을까 가늠도 하지 못한다.

망설이고 망설이고 망설이다가 결국 아무것도 하지 못할 뿐.

그때 따르릉, 집 전화가 울렸다.

"……여보세요."

"『아, 밤늦게 실례합니다. 저는 이즈카 지서의 오니시라는 사람입니다만, 우케이 카이토 학생 맞습니까?』"

전화를 건 사람은 경찰이었다.

맞습니다, 대답을 하자 가볍게 안면이 있는 젊은 형사님은 조금이나마 편한 말투로 용건을 전달했다.

"『우케이 학생, 내일 시간은 괜찮나? 사실은 미야가와 씨가 상층부랑 끈질기게 교섭을 벌여서 결국 성공했거든. 저번에 요청한 건, 드디어 상층부에서 허가가 떨어졌어.』"

기분 좋게 전해주는 소식은 그런 내용이었다.

두 형사님과 처음 만났을 때는 이래저래 복잡한 마음이었지만, 입원 중 자주 병문안을 와준 덕분에 대화를 나누는 동안 얼마간 마음을 열 수 있었다.

"……그런가요."

미야가와 씨와 오니시 씨에게 부탁을 하나 했었다.

경찰이 압수한 물건, 내가 학교에 나타났을 때 착용하고 있었다는 물건들.

사건의 증거품이기도 한 까닭에 내게 돌려주지 않고 입원 중 비닐봉투에 넣어서 보여줬었다.

너덜너덜 여기저기가 베여 찢어진 얇은 가죽 갑옷과 빛을 먹어 치우는 듯한 짙은 검은색을 띤 망토.

그 물건들을 봤을 때 내 몸에 이상한 감각이 치달렸다.

어쩐지 몹시 소중하게 아꼈던 물건처럼 느껴졌다.

그래서 반쯤 무리인 줄 알면서도 나는 두 형사님에게 증거품을 돌려받을 순 없는지 부탁했다.

분명 기억을 잃어버리기 이전 나에게는 소중한 물건이었을 테니까 기억을 되찾는 데 도움이 되리라 기대했다.

"『아, 역시 내일 당장은 좀 갑작스러운가?』"

"……죄송합니다, 내일은 외출 약속이 있어서요."

"『사과할 필요는 없어. 갑자기 꺼낸 얘기잖아. 다만 이런 일 처리는 빠를수록 좋을 테니까 서둘러 전화한 거야.』”

“다음 주말에는 받으러 가겠습니다. 미야가와 형사님에게 제가 감사드린다고 전해주세요.”

“『알았어, 잘 전해줄게. 나야말로 밤늦게 불쑥 미안했다, 편히 쉬어.』”

딸깍, 서로 인사를 나눈 뒤 수화기를 내려놓았다.

“~~—크, 무슨 짓거리냐, 난……!”

그리고 나는 죄책감에 휩싸여 제자리에 주저앉았다.

미야가와 씨와 오니시 씨는 지금도 발생하고 있는 『전이 지원자』의 사건 조사에 착수했다고 들었다.

『얼간이가 많아서 정말 난감합니다, 아니, 진짜로요』라고 불평하며 바삐 일한다던가.

바쁜 와중에 애써줬는데도 나는 스스로 한 부탁을 뒤로 미뤄버렸다.

게다가 여동생의 걱정 때문에 버거우니까 더 이상 고민거리를 늘리고 싶지 않다는 게 이유였다. 이게 전부다.

어린애 투정에도 정도가 있다.

“……후우, 자자.”

나는 묵묵히 거실 전등을 끄고 2층에 있는 내 방으로 돌아갔다.

끼익, 삐그덕대는 침대에 눕자 질 좋은 침구가 몸을 감싼다.

딱 적당한 반발감과 폭신함이 몸에 들어가 있는 힘을 빨아들이자, 조금이나마 긴장을 풀 수 있었다.

알뜰살뜰 모은 용돈을 홀라당 써서 구입한 보람이 있다.

“…….”

마음을 가라앉히고 자기 내면을 들여다보며 잃어버린 기억을 찾는 것.

마이의 방에서 나이프를 본 이후, 잠들기 전 줄곧 반복해왔던 습관도 중단했다.

비록 마이만큼은 아니라 해도 여유가 없는 지금 내 정신 상태로 질척질척한 감정을 끌어안고 있는 나 자신과 대면하기에는 솔직히 벅차다.

전등을 끄고 나는 아무것도 생각하지 않고자 이불을 뒤집어썼다.

그렇지만 분명 오늘도 잠시 지나면 마이가 방에 들어와서 침대로 파고들 것이다.

그리고 다음 날 아침이면 내가 눈치채지 않도록 방을 나간다.

'눈 감고 3분 만에 곯아떨어지면 잠이 아니라 기절에 가깝다는 말을 들었던 적이 있구나…….'

그렇게 나는 어디에서 들었는지도 모를 소리를 떠올리며 몹시 빠르게 잠에 들었다.

무엇인가 일이 있어도 알아차리지 못하도록 깊이 잠들기를 기원하면서.

☆

『이봐, 네 녀석, 언제까지 넋 놓고 다니려는 거냐.』

꿈속, 맞아, 이곳은 꿈속이다.

한없이 펼쳐지는 어두운 공간, 갖가지 형태의 왕관이 곳곳에 떠올라 있다.

이토록 알기 쉬운 비현실이 존재할까. 그렇게 생각하는 나 자신을 인식했다. 이왕에 꿈을 꾸려면 밝은 내용이 좋았을 텐데.

하다못해 꿈에서는 어떤 불안도 속박도 없는 편안함을 누리고 싶다.

『네 녀석은 대체 무엇을 하고 있나.』

마치 이곳의 공간 전부에 자기 자신이 녹아드는 감각.

그리고 어두컴컴하고 까만 상자의 안쪽에서 울려 퍼지는 것은 남자의 목소리.

빛이 새어 들어올 빈틈 따위는 도저히 없는 이 장소에서, 그러나 남자의 윤곽은 몹시 선명했다.

그림자 베일을 뒤집어쓴 것처럼 얼굴이 안 보이는 남자가 어둠 너머에서 투박한 옥좌에 다리를 꼬고 앉은 채 나를 내려다본다.

몸의 선은 가늘고, 변성기를 맞이하기 이전의 소년처럼 살짝 앳된 목소리에서, 자기 자신이 절대 강자임을 믿어 의심치 않는 자의 울림이 묻어났다.

'……누구냐, 너는.'

드라마나, 영화일까. 뭐, 어딘가에서 본 등장인물의 이미지일까. 어딘가에서 만난 적이 있다는 기분이 든다.

얼굴도 안 보이건만 만난 적 있다는 기분이 든다는 상황 자체가 무척 이상하지만, 자신의 꿈 속에서 세세하게 앞뒤를 따지는 것도 이상할 테지.

『나는, 나다. 네 녀석의 일부이자 네 녀석의 힘이며 네 녀석이 끌어안은 죄업의 형상이다.』

'으아앗, 진짜 끝내준다. 중2병 지수가 완전 높잖아.'

꿈은 잠재의식의 표출이라는 말을 들었던 적이 있거든. 프로이트 선생님한테는 절대 진단을 받고 싶지 않구나, 이래서야.

이렇듯 흑역사는 끝없이 내게 들러붙는다.

뭐, 의미 불명의 울적한 꿈보다는 중2스러운 꿈이 차라리 살짝 낫지 않으려나.

『흥, 나 자신의 앞에서도 의뭉을 떨어 허식으로 꾸밀 줄이야. 기억을 놓아버렸는데도 아주 고집이 세군. 뭐, 본래 나의 주군은 도피하는 버릇이 있었더랬지. 이런 반응은 처음부터 예상했다만.』

거들먹거리며 코웃음 치는 자칭 나의 일부는 아무래도 수치심으로 나를 죽이러 온 듯싶다.

이봐, 도대체 뭔 꿈이냐. 아니, 내 머리는 대체 뭔 등장인물을 만들어 낸 거냐.

『그딴 푸념에는 관심이 없다. 잘 듣거라, 나 역시 이제는 기다리다 지쳤다. 어서 전부를 떠올리고 나를 해방해라. 걸음을 멈출 여유가 너에게는 없단 말이다.』

……잘은 모르겠는데 아마 이 녀석도 내게 기억을 되찾으라고 말하고 싶은가 보다.

『눈을 감다가 맞이하게 될 것은 더욱더 깊은 절망이다. 네 녀석도 충분히 잘 알 텐데.』

후, 제기랄, 내 꿈인 주제에. 지금의 나는 마이의 상태 때문에 이미 버겁단 말이다.

괜찮잖아, 잠깐은 나 자신의 문제를 뒤로 좀 미뤄 놓아도.

그럼에도 틈날 때마다 기억을 되찾고자 노력 중이라고. 더 이상 무엇을 어쩌라는 말인데.

『……네 녀석의 안쪽에서 부르짖는 네 녀석이 가엾어 못 견디겠군. 이토록 부르짖는데도 외면하는 데야.』

알아, 안다고. 전부 다 안단 말이다!!

매일매일 매일매일, 장난치지 말라고, 떠올리라고, 잊지 말라고!

진짜로 외면하고 싶어도 어찌할 방법이 없을 만큼 매일같이 목소리가 들려온단 말이다!

『알고 있다면 더는 나를 실망시키지 마라. 더 주저했다가는, 네 녀석은.』

그림자 베일의 너머, 보이지 않는데도 남자는 분명 웃었다.

비웃음 짓고 나를 쳐다본다.

『또 소중한 사람들을 잃게 될 테지.』

제4장 톱니바퀴 떨어지는 소리

"자, 오라버니. 어서 일어나세요. 준비 마치고 나가야죠. 어서요, 빨리, 어서어서요."

"흐암, 응응응? 마이냐? 잠깐, 오빠는 아직 졸리다……. 하다못해 알람 시계님이 허락해주는 동안은 잠을 재워줘라……."

기우뚱기우뚱 몸이 흔들리기에 살짝 한쪽 눈을 떴을 때 보인 시계는 오히려 학교에 가는 날보다 이른 시각.

"어머, 안 돼요, 오라버니. 이렇게 잠만 퍼자면 이미 충분히 구제불능인 몹쓸 오라버니가 쓰레기 오라버니로 추락한다고요. 착한 여동생은 소중한 오라버니가 타락하게 놔두지 않을 거예요. 언제나 여동생을 배려할 줄 아는 한 단계 성장한 오라버니가 되어주세요."

"……."

"여동생의 말을 무시하는 오라버니는, 이렇게 할 거예요."

"흐갸앗?! 아, 아, 악, 허끅!"

꾸구욱, 뺨을 꼬집는 통에 이상한 소리가 나온다.

그렇게 바늘에 낚인 생선처럼 끌려가다가 침대 바깥으로 쫓겨나오자 손이 떨어졌다.

꼴사납게 자세가 허물어져서 나는 바닥에 세게 부딪쳤다.

"그럼 마이는 예쁘게 입고 나올 테니까 오라버니도 빨리 준비를 마쳐주세요."

"예이."

가벼운 걸음걸이로 방을 나가는 마이를 지켜보다가 일어섰다.

"……좀 이상한 꿈이었지."

멍한 머리에 남은 꿈의 내용이 입속에 뭔가 씁쓸한 무언가를 자극한다.

"끙, 되게 답답하네! 이제 됐어, 오늘은 아무 생각도 안 하련다!"

요즘 들어서 여러모로 생각이 너무 많았던 게 잘못이다. 애초에 머리도 안 좋은 주제에 괜히 분위기 잡고 고민해 봤자 답이 나올 리 없잖아.

오늘 하루는 마이의 방에서 나온 나이프도, 잃어버린 기억도 전부 생각하지 않겠다.

머리를 텅 비우고 여동생과 데이트를 마음껏 즐기도록 하자. 그래, 결정했다.

"『오라버니, 아침 식사 준비 끝났어요.』"

"지금 간다~."

나는 아래층에서 들리는 목소리에 대답한 다음 잠옷을 벗고 외출복 소매에 팔을 집어넣었다.

"흐아…… 멋진 영화였어요. 진짜 감동적이었어요."

"엥, 진심? 감동적? 방금 영화가?!"

와글와글 사람들 많은 거리에서 우리 집 여동생님은 베레모와 패션 안경을 쓰고 원피스에 카디건을 걸쳐서 입은 잠행 스타일, 나는 모자에 선글라스를 쓴 사복 차림이었다.

학교에서 멀리 떨어진 곳에 외출할 때의 변장 스타일이다.

이런 차림으로 무려 세 시간이나 고양이랑 다람쥐가 장난치는 장면만 꽉 들어찬 영화를 하염없이 봐야 했던 나는 건물을 나오자마자 불쑥 튀어나온 여동생의 감상이 경악스러웠다.

어라, 방금 전 영화, 진짜 첨부터 끝날 때까지 고양이랑 다람쥐가 마냥 장난만 치다가 끝난 영화였거든?

진짜로 스토리는 아예 있지도 않았다고. 달리 말하자면 홈 비디오의 호화판이랄까, 저런 거.

게다가 쓸데없이 세 시간을 넘는 대작이어서 도대체 무슨 의도로 만들었나 짐작도 안 갔다.

"오라버니는 감수성을 더욱 갈고닦아야겠네요. 드물게 보는 명작이었다고요."

그런 반면에 여동생의 얼굴을 보면 한 점 불만도 없이 진심으로 감동했다는 느낌이 전해졌다.

도저히 인정할 수 없지만, 뭐라 따진들 본인은 수긍하지 않을 테니까 아무런 말도 안 한다.

티켓을 샀을 때 매표소 담당 직원분이 불쌍해하는 표정을 지은 이유도, 영화를 보는 관람객이 우리뿐이었던 이유도 더 이상 궁금해하지 않겠다. 응.

"자, 아직 시간도 빠르겠다, 적당히 어디 들렀다 갈까?"

"펫 숍! 펫 숍에 가죠, 오라버니."

"예예, 공주님 분부대로 합죠."

우리는 번화가의 빌딩 지대를 빠져나와서 많은 매장이 입점해 있는 쇼핑몰로 향했다.

오늘도 손은 꼭 붙잡아야 했기에 마주 엇갈린 사람에게 「커플 귀여워~」라는 말까지 들었다.

응, 남매지만 말이야, 기쁘구나. ……나는, 시스콤이 맞나 봐.

"어서 오세요~."

"오라버니, 오라버니. 여기요. 다람쥐가 있어요, 다람쥐요! 아앗, 여기에는 새끼 고양이예요."

무척 좋아하는 조그만 동물 영화를 보고 최고조로 고양된 마이.

자기 자신을 미처 다스리지 못하고 말투 및 몸짓에서 들뜬 분위기가 드러나는 우리 집 여동생이 엄청나게 천사 같다.

응, 역시 시스콤이구나, 나는.

"이 아이는 지난달에 막 태어났답니다. 만져보시겠어요?"

"괜찮아요?"

"네, 살며시 쓰다듬어주세요."

점원분에게 권유를 받은 마이는 기뻐하며 작은 새끼 고양이를 품에 안았다.

"오라버니, 오라버니. 여기 보세요. 이렇게 조그맣고 보들보들 폭신폭신해요. 너무 귀여워요. 어, 어떡하죠, 오라버니."

응, 새끼 고양이는 물론이지만 너야말로 어떻게 해야 할까 싶네. 귀여워라.

이제 시스콤이어도 좋아, 난.

한동안 어쩔 줄을 몰라 하면서 귀여운 새끼 동물을 예뻐해주는 귀여운 마이를 내가 또 예뻐해줬다.

"하읏, 최고였어요. 새끼 고양이에 어린 강아지에 햄스터에 다람쥐에……."

"그래그래, 나도 즐거웠어."

"오라버니, 팬시 숍에 가죠. 귀여운 여동생은 인형을 갖고 싶어졌어요."

"아, 잠깐, 잠깐만 기다려봐!"

다시 손을 붙들린 채 남자에게는 약간 문턱이 높은 예쁘장한 매장 안으로 끌려 들어갔다.

안쪽은 까르르까르르 떠들어 대는 여학생 및 커플로 활기가 가득했다.

"음, 으음."

나쁜 행동은 딱히 안 했는데도 까닭 없이 느껴지는 죄책감이랄까, 거리감이랄까.

아마도 이런 이유가 아닐까, 결국 남매일 뿐 가짜 인싸라는 자각이 진짜 인싸들의 공간에 있는 현실을 고통으로 느끼게 만든 게 아닐까.

"오라버니, 이상한 생각에 잠겨 있는 얼굴이네요?"

"응? 마이? 윽."

뒤쪽에서 어깨를 두드리기에 고개 돌렸더니 뭉클, 솜이 가득한 천의 감촉이 뺨에 닿았다.

"여동생은 알고 있답니다. 이런 표정을 짓는 오라버니는 시시한 걱정거리를 붙들고 있을 때의 오라버니예요. 이런 말 들어봤죠? 바보가 혼자 고민한들 아무런 소용이 없다고요. 오라버니는 마이만 보고 살아가면 돼요. 알겠어요?"

"으윽, 으읏, 으으음."

내 얼굴 높이까지 들어 올린 양 인형의 앞발을 써서 뺨을 꾹꾹 누른다.

쏙, 인형 뒤쪽으로 얼굴을 내미는 마이.

아아, 뭘까. 이 행복의 감촉.

뭐냐고, 너무 귀엽잖아.

역시 시스콤이 된 것은 내 문제는 아니다. 틀림없다.

이어서 개구리와 소 모양의 장갑 인형으로 뻐끔뻐끔하거나 이런 저런 머리핀을 달아서 거울에 비춰 보거나 하며 「아아, 이것이 인싸구나」하고 생각했다.

남매? 아니, 아니지. 괜찮다고. 나는 지금 확실하게 일류 인싸니까.

당연하지, 이렇게 귀여운 여자애랑 데이트를 하는 거잖아? 동생이지만. 그래도 상관없잖아?

"그나저나 오라버니, 한 군데 더 들르고 싶은 가게가 있어요. 같이 가주실 거죠?"

"그럼, 물론이지. 어디든 따라가주마."

"다행이에요. 그럼 저기요, 같이 들어가죠."

"응? 도대체 무슨, 가, 게……."

『란제리 숍, 어큐티아』.

마이가 가리킨 곳에 분홍분홍하고 빤짝빤짝하고 요란요란해서 남자를 거절하는 가게가 있었다.

둥실둥실 행복한 기분 필터가 충격을 받아 덜커덕 떨어졌다.

"아니, 싫어."

"어머, 무슨 일이에요? 갑자기 정색을 하곤. 얼굴 생김새가 평범한 것도 타고난 재주니까 신경 쓸 필요는 없어요, 오라버니. 자, 들어가죠."

"아니, 안 간다니까! 저기에 들어갈 수 있는 남자는 진짜 강자뿐이야. 뭐냐, 도대체 왜 오빠를 사지로 끌고 가려는 거니? 오빠를 끌고 들어간 다음 저 가게에서 무엇을 살 작정이니?"

"요즘 가슴이 한 사이즈 커져버렸어요. 잠잘 때 착용할 브래지어를 새로 장만할까 싶었거든요."

"아~ 아~ 아~."

"그런데 이왕이면 오라버니의 취향에 맞는 속옷을 고르는 게 좋잖아요?"

"안 들린다고 어필을 하면 적당히 멈춰줘야지?! 규칙 위반은 좋지 않아!"

"오라버니, 투정 부리면 안 되잖아요. 몹쓸 오라버니가 되어버린다고요?"

"여동생에게 자기 취향의 속옷을 가르쳐주는 오빠라니, 몹쓸 오라버니를 넘어서 성범죄자(오빠) 소리를 듣고 다니겠네!!"

결국 나와 마이의 공방은 내가 버텨서 이길 때까지 계속됐다.

역시 여동생과 데이트 따윈 하는 게 아니었다.

데이트가 아니라 정확하게 외출이라고 호칭하는 것이 옳았다고 나는 절감했습니다.

"드링크 바 1인 주문하셨습니다. 드링크 코너는 저쪽에 마련되어 있사오니 자유롭게 이용해주세요."

난방이 가동되는 패밀리 레스토랑 안. 간신히 한숨을 돌린 나는 드링크 코너에서 멜론 소다를 컵에 따라다가 자리로 돌아왔다.

여성용 속옷 전문점이라는 마경에 끌려 들어갈 뻔했던 나는 가까스로 동생을 뿌리치고 이렇듯 도망치는 데 성공했다.

한 시간쯤 걸린다고 하길래 그동안 이제까지 샀던 인형이며 자잘한 물건들을 들고 시간이나 때울 겸 자리를 잡았다.

"……그나저나, 한 시간이라……. 아무래도 좀 길구나."

남자의 속옷 고르기와 똑같이 봤다간 된통 당한다는 것은 잘 안다만, 속옷 구입에 한 시간이라니 대체 어디에 뭔 시간을 쓰는 걸까.

"한가하구나."

"오호, 오호라. 역시 학생이네. 하루하루 힘겹게 싸우는 기업 전사가 바라 마지않는 대사를 대놓고 자랑하는구나."

"아, 카와카미 씨. 안녕하세요."

탁자에 쏘옥 몸을 숙인 채 빨대로 쪽쪽 멜론 소다를 마시고 있던 나에게 말을 건넨 사람은 정장 차림의 카와카미 씨였다.

은은하게 풍기는 향수 냄새에 불현듯 카와카미 씨는 어른 여성이구나 생각을 했다.

"두 달 만에 뵙네요. 오늘도 무슨 취재로 나오셨어요?"

"맞아, 맞아. 하나도 재미없는 아이돌 특종이 목적이었어. 게다가 엉터리 정보에 헛걸음질을 한 직후라서 내가 사알짝 기분이 안 좋아. 그러니까 맛있는 밥 사줄래?"

당당하게 맞은편 자리에 앉은 카와카미 씨가 늠름한 미소를 짓더니 터무니없이 부조리한 요구를 들이밀었다.

"아니, 갑자기 뜬금없이 대체 웬 억지세요! 나잇살 먹은 어른이 학생을 갈취하지 말아주시죠."

"아, 언니~ 립 스테이크 세트요. 라이스 듬뿍!"

"안 듣는구나……. 게다가 은근슬쩍 제일 비싼 메뉴잖아……."

여전히 막무가내인 여자였다.

뭐, 처음 만났을 때 빌린 3만 엔은 돌려줘도 안 받아줬으니까 나도 진심으로 싫어서 한 말은 아니었다.

"아무튼, 너는 도대체 이런 곳에서 뭘 하는 거야?"

"동생 쇼핑에 짐꾼이요. 그러다가 한 시간쯤 휴식 시간을 받았고요."

"동생이랑 데이트? 와, 뭐랄까, 진짜 서글픈 청춘을 보내는구나."

푹, 말로 된 나이프가 꽂혀 든다.

"칫, 시끄러워요. 뭘 모르시네요. 제가 진짜로 인싸거든요. 인생의 승리자라고요. 저렇게 귀여운 여동생이랑 데이트를 할 수 있는 저한테 서글픈 청춘을 보낸다는 게 말이나 돼요?"

"엥, 그래도 동생이잖아? 여자 친구는 아니잖아?"

"……."

애써 부렸던 허세는 싹둑 잘려 나갔다. 눈앞의 여성은 망설이지 않고 나이프를 쿡쿡 찔러 넣는다.

진짜 뭔데, 이 사람, 싫다.

"뭐, 알겠어. 그나저나 기억은 좀 어때? 뭔가 떠올랐어?"

"……딱히 떠오른 게 없는데요. 카와카미 씨한텐 유감스럽게도."

"어라? 왜 화가 났을까?"

"화 안 났습니다. ……다만, 음, 지금은 기억 떠올리기 활동은 자숙 중이거든요."

"응? 왜? ……무슨 이유로?"

나는 쭈글쭈글 뭉친 빨대의 종이봉투에다가 컵에 맺히는 이슬을 손가락에 묻혀 떨어뜨렸다.

"……솔직히 이제는 딱히 안 떠올려도 될 것 같아서요. 딱히 떠올린다고 뭐가 달라질 것 같지도 않고요."

꾸불꾸불 움직이는 빨대 봉투를 쳐다보려니까 이렇게 약한 소리가 뜻밖에도 술술 입 밖으로 흘러나왔다.

말로 표현했더니 『아, 이게 내 본심인가』 싶어 가슴에 쿵 와닿았다.

이러쿵저러쿵 이유를 갖다 붙였다만, 요컨대 나는 떠올리는 게 무서웠을 뿐이다.

유토를 위해, 형사님들을 위해, 사건 해결을 위해, 이래저래 생각하면서도 자신의 내면에서 다른 사람처럼 몸부림치고 있는 무엇인가를 받아들이는 것이 무서웠다.

"그쪽보단 지금은 동생한테 집중하고 싶거든요. 지난 1년간, 동생 녀석은 갑자기 외톨이가 되어 내내 줄곧 괴로운 시간을 보냈잖아요. 이제야 제가 돌아온 탓에 정신이 많이 불안정해졌어요. 제 기억은 나중 문제죠, 나중 문제예요."

어쨌든 간에 이렇듯 입에 담은 말 역시 진심이었다.

지금 마이한테는 나밖에 없다. 내가 가장 우선시해야 할 대상은 바로 마이였다.

"흐음, 그런가? 그렇지만 동생이 걱정되면 더 열심히 기억을 떠올리는 게 좋지 않으려나."

"네? 왜요?"

"당연하잖니? 정신이 많이 불안정하다며. 그런 상태에서 기억 상실이라는 폭탄을 품은 오빠가 곁에 있으면 동생은 자꾸 걱정돼서 마음이 안 놓일걸?"

"……."

카와카미 씨의 지적에 나는 말을 잃었다.

"게다가 네가 유일한 가족이지? 한 번 실종까지 겪었는데, 정작 사건이 애매한 채 해결이 안 되면 또 언제 네가 사라질까 오히려 걱정될 것 같은데."

"어, 아니, 설마, 음?"

"기억을 떠올려서 뭐가 달라질진 모르겠지만, 굳이 『떠올리지 않겠다』라고 못을 박아 둘 필요도 없지 않을까?"

"……."

내가 아무런 반박도 못하는 동안 무엇인가 눈치챘는지 카와카미 씨가 말을 이었다.

"……뭐, 너는 경우가 좀 특수한 데다 장기간 기억 상실을 경험했던 사람은 이래저래 생각이 많아진다니까 막상 떠올리고 나면 의외로 별일이 아닌 사례도 많다던데?"

"……그런, 가요."

"이래저래 힘들 텐데 아무튼 힘내셔요, 오빠님."

카와카미 씨가 주문한 음식을 점원분이 가져다줬다.

"오래 기다리셨습니다. 주문하신 립 스테이크 세트와 라지 라이스입니다."

"그러면 오늘도 다시 특종을 목표로 힘내봅시다, 쿠미코♪"

지글지글 소리를 내는 철판에 담겨 고기가 눈앞에 놓이자 심각했던 분위기를 휙 날려버리며 카와카미 씨가 두 손을 꼭 부르쥔 승리의 포즈를 취했다.

한 박자 늦게 『쿠미코』가 카와카미 씨의 이름이라는 사실을 떠올렸다.

"으응~ 이거야, 이거. 역시 이렇게 배를 든든하게 채워주는 걸 먹고 싶었거든."

맛있게 고기를 잘라 입에 가져가는 모습을 보면서 나는 침묵을 지킬 수밖에 없었다.

☆

그 후, 주문했던 식사를 다 먹어 치우고 카와카미 씨는 짤막하게 인사를 남긴 뒤 떠나가버렸다.

그리고 조금 지나서 마이와 합류했고, 적당한 시간이 돼서 귀갓길에 올랐다.

덜컹거리는 전차에 몸을 싣다가 개찰구를 지났다. 저 멀리 나지막한 위치에 있는 태양이 새빨갛게 물들고 있었다.

나는 짙은 주홍색 햇살이 비치는 길을 마이와 둘이서 손을 붙잡고 걸어갔다.

『동생은 자꾸 걱정돼서 마음이 안 놓일걸?』

『아무튼 힘내셔요, 오빠님.』

카와카미 씨와 나눴던 짧은 대화를 머릿속에서 반추한다.

'마이가 내게 의존하는 것처럼 보인 이유는 그냥 내가 걱정됐기 때문이었을까……?'

마이의 정신이 불안정해진 것은 확실하다고 생각된다.

다만 이 불안정한 정신이 내게 의존하는 방향으로 쏠린 이유가, 내가 또 사라지면 어떡하냐는 데서 비롯된 불안이었을 경우.

"오라버니? 왜 그러세요?"

"응? 아, 아니야. 잠깐 생각 좀 하느라."

물끄러미, 옆에서 걷는 동생을 본다.

여전히 꼭 쥐고 있는 손바닥은 따뜻한데도 몹시 차갑다.

"……오라버니, 오늘 외출은 기분 전환이 안 되었나요?"

"응? 기분 전환?"

"요즘 오라버니는 분위기가 조금 이상했어요. 기억을 되찾는 것요, 혹시 싫어지지 않았나요?"

"아!! 어떻게……."

나는 놀라서 숨을 죽였다.

"마이는 정말 정말로 오빠를 아끼는 동생이에요. 병원에서 돌아오면 언제나 살짝 갈등하는 표정을 지었던 것도, 요즘 들어서 유토 선배한테 많이 미안해하는 것도 다 알고 있어요."

걸음을 멈춘 마이가 걱정스럽게 나를 바라본다.

"오라버니, 마이는 오라버니가 떠올리고 싶지 않다면 안 떠올려도 된다고 생각해요. 누가 뭐라고 말하든 간에 마이는 오라버니의 곁에 있을 거예요. 마이는 오라버니가 상처 받는 모습은 보고 싶지 않아요. 그렇게 심하게 다쳤던 걸 보면 분명 끔찍한 기억일 거예요. 사건의 수습 따위는 경찰한테 맡기면 되잖아요. 오라버니가 괜히 무리할 필요는 없는걸요."

"……."

전부 꿰뚫어 보고 있었구나. 게다가 속마음을 들킨 데다가 위로까지 받았다.

그리고 내 손을 붙잡는 마이의 힘이 강해졌다.

"오라버니는 마이의 곁에 있잖아요. 마이의 곁에서 평소처럼 웃고 바보짓을 궁리하다가 마이한테 혼나면 되는 거예요. 그냥 그러면 충분해요."

이렇게 말한 마이가, 나보다 사라져서 없어질 것처럼 위태롭게 느껴졌다.

"……미안하네. 걱정, 끼쳤구나."

'제기랄, 뭐가 마이의 문제만 갖고도 벅차다는 거냐. 헛다리를 제대로 짚는구나.'

혼자 멋대로 착각하고, 그걸 근거로 꺼려지는 일을 피하려 했던 내게 진력이 난다.

아, 어쩜 이리도 한심스러운 짓을 저지른 것일까. 스스로가 부끄럽다.

“그렇지만, 걱정하지 않아도 나는 괜찮아. 무슨 일이 있어도 마이의 곁에 있을 테니까.”

그렇다, 함께 있어주지도 못하면 오빠라고 말할 수 없다.

나는 다시 앞쪽을 바라봤다.

무섭기는 역시 무섭다. 하지만.

그런 자신을 받아들이려니까 몹시 무섭지만.

『또 소중한 사람들을 잃게 될 테지.』

문득 오늘 아침에 꾼 꿈이 떠올랐다.

‘……쫄아서 머뭇거릴 때가 아니잖냐. 뭐가 버겁고 벅차다는 건데. 이런 때만큼은 의지를 보여줘야 하지 않겠냐.’

내일부터는 다시 기억을 되찾고자 노력을 쏟아보자.

전부 떠올려서, 내 마음속의 또 다른 나 역시 받아들인 다음에 훗날의 우려를 제거하자. 사건에 종결을 짓고, 더 이상 두 번 다시 마이의 곁에서 불쑥 사라지지 않을 거라고 알려 주자.

그 피투성이의 나이프를 넣어 둔 이유도 도망치지 말고 똑바로 마주해야만 한다.

우리가 앞날을 향해 걸어갈 수 있도록 전부 다 끝내 보이겠다.

나는 그렇게, 어긋난 결의를, 굳게 다짐했다.

“……그런가요.”

그래서 나는 알아차리지 못했다.

……머리를 살짝 수그린 채 중얼거리는 마이가 어떤 표정을 짓고 있었는지를.

☆

『흠흠, 여기를 이렇게, 이럼 되어요?』

『좋아, 좋아요. 잘하네요. 다음은 똑같이 반복해서…….』

『응? 너희들, 뭐하는 거냐?』

넓은 초원의 한쪽 구석에 있는 큰 바위의 그늘, 반짝반짝 별이 빛나는 밤하늘 아래.

준비해 놓은 잠자리에서 조금 떨어진 곳에 구멍을 파고 온수를 부어 만들었던 즉석 노천온천을, 나는 정신없이 현기증 솟을 때까지 만끽하고 말았다.

달아오른 몸을 밤바람에 식히며 안정을 취한 뒤 잠자리로 돌아왔더니 딱딱 소리를 내는 모닥불 앞쪽에서 소녀 두 사람이 뭔가 열중하고 있었다.

『앗, 주인님. 사실은, 주인님의 갑옷을 저희가 살짝 손보는 중이었습니다.』

『마침 두 사람 몫이 완성된 참이어요! 어서어서 보셔요!』

눈이 확 뜨이는 미소녀 두 사람은 내 가죽 갑옷 안쪽에 꽃무늬 자수를 놓고 있었다.

하나는 예쁜 아마색을 띤 꽃이다. 그리고 다른 하나는 자그마한 쪽의 미소녀가 은색의 실로 역시 꽃 자수를 완성시켰다.

『자수? 어째서 또 갑자기 바느질이래?』

『에헴, 부적이어요! 부적! 낮에 만났던 행상인 아저씨의 따님이 가르쳐주었어요!』

『머리카락을 써서, 한 땀 한 땀 정성을 담아 자수 놓으면 상대에게 행운이 찾아든다더군요.』

『머리카락을 써서 부적을 만들었네? 흠, 대단한데. 진짜 저주 같다는 느낌이 팍, 아차…….』

조금 표현을 잘못 선택했다고 깨달았을 때는 늦었다.

소녀들의 얼굴이 서글프게 흐려진다.

『혹시, 쓸데없는 짓이었을까요?』『죄송하여요…….』

『이런, 아냐, 아니야! 그런 게 아니라. 뭐랄까, 무심코 저번처럼 괜히 트집을 잡아 버렸는데 말이야. 싫다든가 쓸데없다고 생각하지는 않아. 오히려 기쁜 마음이지.』

서둘러 달래주자 소녀들은 안도해서 웃음 지었다.

『그나저나, 저번처럼 괜히 트집을 잡아 버렸다는 말씀은 무슨 뜻이어요?』

『응? 아, 머리카락 부적은 북쪽 지방에서 제법 유명한 관습이거든. 저번에 받았을 때는 쑥스러워서『마왕이 손수 완성한 주술이라니, 진지하게 저주받을 것 같은데』라고 받아쳤던 적이 있었어. 뭐, 곧장 쾅 날아갔다가 엎드려서 싹싹 빌었지만.』

나는 지난날을 떠올리며 웃었다.

『진짜 바보라니까. 그때도 지금도 그저 이렇게만 하면 좋았을 텐데.』

『앗……!』『와앗!』

그렇게 말한 뒤 나는 소중한 소녀들의 머리를 쓰다듬었다.

『고마워, ■■■■도, ■■■도. 너희 두 사람이 애써서 손본 갑옷이야. 소중하게 아껴 입을게.』

☆

따르르르르르르르르릉! 귓구멍에다가 작은 철구슬을 억지로 쑤셔 넣는 것 같은 소리가 울린다.

"……후유. 또 두 사람이 나왔네. 빨간 머리 아이랑 더해서 출연율이 1등이구나."

땡, 알람 시계를 때려 멈추고 나는 침대에서 몸을 일으켰다.

지난주, 마이를 위해서라도 꼭 기억을 되찾겠다고 다시 결심했던 이후 날마다 갖가지 꿈을 꾸었다.

끝없이 펼쳐지는 설원, 울창하게 우거진 숲, 가파른 산맥, 초목 하나도 없는 황무지, 불타서 죽어버린 것 같은 모래땅.

나는 언제나 여행을 하고 있었다. 혼자서, 혹은 여럿이서.

그러한 나를 지켜보는 꿈.

"역시, 내가 겪었던 옛날 기억이려나?"

보통은 말도 안 된다고 일축할 만한 내용의 꿈이었지만, 주변 사람들이 단체로 작정하고 나를 쭉 속여 왔던 것이 아니라면 이런저런 판타지 요소를 말도 안 된다고 딱 잘라 부정할 수가 없다.

어쨌든 나 자신이 판타지 같은 사건에 휘말려 실종됐었고, 돌아왔을 때조차 마법진을 통해서 이상한 복장을 입고 나타나며 다른 차원의 존재를 피력했다잖은가.

"……이게 만에 하나, 억에 하나, 내가 실종됐던 기간의 기억이라면……."

황당무계한 내용의 꿈들은 대부분 목소리는커녕 하나같이 색깔도 없다.

그러나 간혹 오늘 꾼 꿈처럼 몹시도 선명한 장면이 섞여 든다.

색깔에 소리뿐이 아니다. 냄새 및 온도, 당시의 감촉까지 느껴지는 꿈.

그런 때 항상 등장하는 몇 사람이 있었다. 꿈속에서 나는 그 몇 사람을 몹시, 몹시도 소중하게 아끼는 것 같았다.

그런 주제에 꿈속 등장인물의 이름만이 심한 노이즈로 덮여 지워진다.

"그 아이들과 도대체 어떤 관계였던 거냐?"

존재만큼은 줄곧 느껴왔던 옛 자신에게 묻는다.

이봐, 그 아이들은 너에게 많이 소중한 사람이었던 게 맞지?

확실히, 만약에 내가 진짜 이세계로 끌려갔었다고 가정하면 그 불합리한 횡액에 화가 치솟는 마음도 이해가 간다. 그런데 결국 난 이세계에서 발버둥 치다가 이렇듯 원래 세계로 돌아왔잖아?

그러면 말야, 간신히 고향으로 돌아왔다면 말이야, 보통은 기뻐해야하는 거 아니야?

그게 아니더라도 저쪽에서 알게 된 사람들과 헤어진 탓에 섭섭함을 느끼는 게 맞지 않을까?

"대체 왜 이렇게, 도대체 무엇 때문에 화가 난 거냐……."

몇 번이고 반복했던 물음에 돌아오는 것은 지금도 역시 내 안쪽에서 날뛰고 있는 굶주린 짐승 같은 목소리뿐이었다.

"……."

그래도 분노가 다는 아니다. 내가 잃어버린 기억은 증오가 다는 아니다.

때때로 와락 흘러넘쳐서 전달되는 감정은 그게 전부는 아니다.

아직 모르는 것투성이지만, 그럼에도 진전이 아주 없지는 않다.

예전의 나를 결박하는 사슬과 쐐기가 흔들리는 느낌이 든다.

분명히 뭔가 계기가 주어진다면 나는 잃었던 기억을 떠올릴 수 있다.

"……좋아, 그러면 어서 계기를 붙잡으러 가자!"

찰싹, 얼굴 두 뺨을 때려서 다시 기합을 넣는다.

그래, 오늘은 경찰서에 내가 돌아올 때 소지했던 물품을 돌려받으러 가는 날이었다.

매섭게 찬바람이 부는 겨울의 햇살 속, 우리는 경찰서에 도착했다.

줄곧 붙잡고 있던 손만은 따뜻했지만, 다른 부분은 피부 표면이 얼어붙겠다 싶도록 몹시 차가워졌다.

"……안경에, 김이 끼었어요."

"그래서 선글라스를 끼는 게 좋겠다 말했는데."

"선글라스도 김은 끼거든요? 김이 끼어도 못 느끼는 것뿐이에요. 몹쓸 오라버니."

마이는 난방이 가동되는 실내와 온도 차 때문에 하얗게 김이 서리는 패션 안경을 한쪽 손으로 벗었다.

나도 손을 떼고 변장용 선글라스를 휙 벗은 다음은 목에 두른 머플러도 풀었다.

"오, 우케이 학생. 하하, 미안합니다. 이렇게 직접 오시게 하고."

"어라, 미야가와 형사님."

"……."

일단 접수처를 찾자는 생각이었는데 미야가와 씨가 딱 나타났다.

초대면 때 받았던 인상 때문인지 마이는 여전히 미야가와 씨에게 좋은 감정을 갖지 못했다.

마이는 살짝 눈을 찡그린 뒤 손을 맞잡는 대신 붙들었던 내 옷자락을 살며시 잡아당겼다.

"어이쿠, 이런, 미움받아버렸네요."

"죄송합니다. ……혹시 기다려주셨나요?"

톡톡, 마이의 머리를 만져주고는 미야가와 씨를 바라봤다.

"여기에서 만난 건 완전히 우연이에요. 두 분을 기다렸던 건 맞지만 말입니다. 접수처는 이쪽입니다."

알려주는 대로 접수처 카운터에 가까이 가자 미야가와 씨가 사정을 대강 설명해줬다.

접수처 누님의 설명을 듣고 몇 가지 서류를 채워 나간다.

"그럼 이왕에 내가 압수품 보관실까지 안내해주지요."

"잘 부탁드립니다."

우리는 미야가와 씨의 안내를 따라 건물 안쪽을 걷기 시작했다.

"그나저나 의외로 사람이 많이 없네요."

경찰서 안은 큰 규모에 비해 비교적 한산했다.

마침 점심을 앞둔 시간대라는 이유도 있을 테지만, 경찰 관계자라든가 이용자가 조금 더 많을 줄 생각했었다.

"하하, 음, 저걸 보세요, 저거. 다아들 저기에 끌려갔지 뭡니까."

그렇게 말한 미야가와 씨가 가리킨 곳에는『쿠로이 아리스! 일일 서장이야, 열심히 할게♪』라고 어지간히도 김빠지게 만드는 포스터가 붙어 있었다.

"이벤트 회장에서 살짝 트러블이 발생했다나요. 곧 휴식이 끝나면 나도 뒷수습을 맡아야 해요. 왜 이리 늙다리를 부려 먹는가 모르겠습니다."

후유, 미야가와 씨는 한숨을 쉬었다.

자세히 보면 얼굴에서 짙은 피로가 묻어 나온다.

"역시 업무가 많이 바쁜가 봐요? 이 도시처럼 경찰이 많은 곳도 없는데요."

"음? 아, 뭐, 맞죠. 여론에 휩쓸려서 이 도시에 경찰관을 잔뜩 투입하게 됐습니다만, 사람이 늘어나면 그에 따라서 돈도 시간도 사라지는 법이죠. 세상 사람들이 이슬만 먹고 살지는 않잖습니까. 결국 여전히 바쁘더군요."

미야가와 씨는 말을 마치고 쓴웃음을 지었다.

"그리고 우리도 미처 다 파악하지 못했던 실종 사건의 관계자가 행방불명됐었다는 사실이 드러나서 말이죠. 거 뭐냐, 행방불명된 사람이 원래 소행이 별로 안 좋은 학생이었대요. 이제까지 몇 번이나 가출을 저질렀다던가? 유괴인지 혹은 단순한 가출인지 증거를 잡기 위해서 지난 이삼일 동안 업무에 치여 살았죠."

푸념하고 웃는 모습에도 기운이 별로 없었다.

"……어차피 경찰 따위는 아무 도움도 안 돼요. 분발하는 척 생색을 낼 틈에 일이나 더 열심히 하는 게 맞아요."

"이 녀석, 마이!!"

"아니에요, 하하, 괜찮습니다. 아주 진짜로 옳은 말씀이에요. 학생들에게는 우리를 책망할 권리가 있죠. 상층부가 여론 눈치를 살피느라 숫자나 맞추려고 신입을 자꾸 투입하니까 현장은 죽어납니다. ……그런 수작을 부리고도 우리는 시민을 결국 못 지켰단 말입니다. 정말, 면목이 없어요."

"……별로, 아저씨 개인의 잘못은 아니죠."

"아뇨, 전부가 경찰의 태만 탓입니다."

"……."

고개를 가로젓는 미야가와 씨를 쳐다보다가 홱, 마이는 시선을 돌렸다.

"아, 일단 비밀로 해주십쇼? 이런 말 하다 걸리면 내가 상사한테 혼쭐납니다."

어색해질 뻔했던 분위기는 가볍게 넉살을 떠는 미야가와 씨 덕분에 전환됐다.

이렇게 대화 나누는 동안에 『관계자 외 출입 금지』라고 쓰여 있는 문 앞까지 왔다.

"어라, 괜찮나요? 출입 금지라는데……."

"아, 역시 물건이 물건이잖아요? 특별히 허가를 받아 슬쩍 빼내서 돌려주는 겁니다. 그러니까 나도 이렇게 같이 따라오려고 서 안에서 기다렸던 거죠."

그 말대로 문을 지난 다음에 나타난 것은 무대 뒤편처럼 어수선하게 금속 선반이 늘어서 있는 구획이었다.

여기저기 큼지막한 골판지 상자에 여러 물품의 목록을 써서 라벨을 붙여 놓았다.

"잠깐 여기에서 기다려줘요, 금방 가지고 올 테니까."

우리가 입구 근처에서 기다리는 동안에 미야가와 씨는 안쪽의 선반이 있는 곳으로 들어갔다.

어느 틈인가 꽉 쥐게 된 주먹에서 자꾸 땀이 배어난다.

두근두근 고동을 치는 심장.

아마도 곧 돌아올 기억에 대한 긴장이었다.

"오라버니……."

"음, 불렀어?"

나는 침착하게 말을 건넸다.

당연히 허세였다. 그래도 부려야 하는 고집이다.

지금도 옆쪽에서 불안하게 쳐다보는 여동생에게 부려야 하는 미련한 오빠의 고집이다.

'어떤 무엇을 떠올리더라도 나의 『지금』은 바뀌지 않아. 지킨다, 기필코, 더는 울리지 않겠어.'

화륵, 일순간, 마음 안쪽에서 타오르는 불꽃을 감지했다.

아마도 내 안쪽에 있는 옛 자신의 열기.

몇 개월간 이러한 나와 함께 시간을 보내는 동안 알게 된 사실이 있다.

마치 어둠에 붙들린 야차 같다고 생각했던 기억을 잃기 이전의 나 역시 마이를 지키고 싶다고 다짐할 때는 조금이나마 누그러지며 동조한다.

그렇다면 그것만으로 충분하다. 역시 이렇듯 분노에 불타고 있는 나 또한 나 자신이었다.

나 자신이라면 어떤 변화를 맞이하더라도 마이를 지키고자 힘쓸 것이다.

"안심해라, 몇 번이든 약속해줄게. 나는 언제나 네 곁에 있을 거야."

"꼭이요, 약속이에요, 오라버니."

마이는 묘하게 애원하는 듯한 위태로운 눈빛으로 답했다.

톡톡, 마이의 머리를 쓰다듬고 나는 다시 앞쪽을 봤다.

그래, 오늘 여기에서 나는 기억을 되찾을 테다. 그리고 집에 돌아가면 마이와 나이프에 대해 이야기 나누자.

'어쩌면 단순하게 무슨 소품일 수도 있잖아.'

발견했을 때는 이상하게도『인간의 피』라고 믿어 의심치 않았었지만, 동물의 피를 묻혀서 연출했는지도 모르잖은가.

어째서일까, 신기하게도 말이 안 되는 기대라고 확신도 치솟았지만, 어쨌든 간에 적어도 다른 가능성을 생각할 수 있을 만큼은 마음에 여유가 생겨났다.

"아, 기억을 되찾고 나서, 그런 다음에 잠깐 할 얘기가 있어. 집에 돌아가면……."

그 순간, 내 등을 오싹거리는 뭔가가 관통했다.

이유가 무엇인지도 알지 못한 채, 거대한 뱀의 혓바닥에 뒤얽혀버린 것 같은 위기감.

"큭?!"

"오라버니?!"

당황하는 마이의 말에 홱, 고개를 돌려 보았지만 그곳엔 별다른 이상이 없다.

그런데도 마치 주위의 벽이 바늘 지옥처럼 들이닥치는 것 같은 감각.

"어이쿠, 찾았다, 찾았어. 영차."

목적했던 물건을 찾았는지 미야가와 씨가 선반에서 골판지 상자를 하나 꺼낸다.

어째서일까, 시간이 길게 늘어지는 듯한 감촉을 느꼈다.

내가 깨어난 이후 신변에 위험이 닥쳤을 때 느꼈던 감각.

도대체 뭐가 위험하다는 말인가.

모르겠다, 모르겠다, 모르는 채로—.

"마이?!"

"오라버……."

나는 어째서인지 가장 위험하다고 느껴지는 방향과 마이의 사이에 끼어들어서 동생을 꽉 끌어안았다.

그 순간.

콰아아아아아아아아아아아앙!!

시야를 가득 메우는 강렬한 빛과 고막을 터져 나가는 폭발음이 주위를 모조리 뒤덮었다.

몸을 덮치는 충격파, 등에 박히는 다수의 어떤 파편을 느끼면서 너무나 긴 한순간의 폭거가 지나간다.

"──, ──, ────!!"

흔들리는 시야 안쪽에 자욱하게 피어오르는 연기, 꽉 끌어안은 마이의 얼굴을 확인한다.

아마도 내가 부둥켜안은 덕분에 거의 다치지 않은 듯싶다.

필사적으로 매달린 채 무엇인가 말을 건네는데 폭발음에 뇌가 뒤흔들렸는지 입이 잘 열리지 않았다.

그래서 나는 그을음에 지저분해진 동생의 뺨을 닦아주고.

"무사해서, 다행이야……."

겨우 한마디를 남긴 채 눈을 감았다.

☆

짙은 주홍색 하늘이 세상을 물들인다.

그렇게 낡고 쇠퇴한 유적.

『여봐라, 카이토. 혹시 기억하느냐? 우리가 처음 만났던 날을.』

『……그래, 기억하고말고. 기억하지.』

『그때, 나는 네 녀석에게 말했지. 내게 손 내밀지 말거라, 내게 다가서지 말거라, 나를 알려고 하지 말거라. 알고 있었는데도. 거참, 카이토도 나도 천하의 멍텅구리구나. 결국 마지막에는 이렇게 되어 버리는 것을.』

『……어쩔 수 없잖냐. 어차피 이미 난 주체할 수가 없도록 너란 녀석이 좋아져버렸다고. 애초에 ■■■■가 내 취향을 너무 콱 꿰뚫은 탓이잖아.』

『얼간이, 얼간이 녀석, 천하의 얼간이 녀석. 마왕을 꼬시는 용사가 대체 어디에 있단 말이더냐. 용사에게 반하는 마왕이 대체 어디에 있단 말이더냐. 마지막까지 이상한 말을 꺼내면 쓸데없이 더 괴롭잖느냐.』

눈앞에서 빨간 머리의 소녀가 힘겹게 웃는 얼굴을 만들고 핀잔한다.

『전부를 다 내버리고, 짧은 시간이라도 괜찮을 테지. 나는 잠시나마 함께 지내는 것도 괜찮겠다 여겨지는구나.』

『…….』

아, 가슴이 미어진다.

어째서? 대답은 간단하다.

곧 어떠한 말을 들을지 알 뿐 아니라 굳이 거절하고자 결심한 뒤 이곳에 왔음을 알기 때문이다.

『내 힘이 닿는 한 얼마든지 무엇이든지 해주겠다. 그야말로 세계의 절반일지라도 떠안겨주마. 그러니까, 부디, 나의 곁으로 와 다오, 부탁하마.』

당장에라도 울음을 터뜨릴 듯이 간절한 얼굴.

죽기 살기로 다져 놓았던 각오가 재차 흔들린다.

『더는 말하지 마라, 나는 싫다고. 고집불통이니까 전부를 원해. 너와 지냈던 세계가 부서지는 것도 싫다. 겨우 2, 3년밖에 너와 같이 지낼 수 없다니, 그딴 앞날은 싫다고! 기필코, 기필코 네게서 그 뿌리를 제거해 보이겠어. 설령 아무리 낮은 가능성이어도 움켜잡는다!』

『카이토…….』

『나는 절대로 인정하지 않아. 너의 죽음 따위는 인정하지 않아. 너 역시 포기하게 놔두진 않아! 네가, 세계를 위해 희생되는 꼴을 어떻게 가만히 두고 볼 수 있겠냐!!』

안 된다, 실패한다, 방법이 없어. 이미 늦었다.

아무것도 남기지 못한 채, 구하지 못한 채, 자기 손으로 죽여야 할 테지.

저 손을 붙잡아주지 않은 자기 자신을 반드시 후회한다.

『나는 너를 내 세계로 데리고 돌아간다! 인간도 수인도 마족도, 나와 네가 협력해서 대결계를 구축해서 전쟁을 중단시키고, 마지막에는 웃으면서 내 세계로 돌아갈 테다!』

그런 날은, 오지 않는다.

『가족에게 너를 소개한 다음 친구들에게 너를 자랑할 거야. 이런 미소녀가 내 신부라고 말이지. 그래, 분명히 즐거울 거다. 저쪽 세계에는 용사든 마왕이든 아무 상관이 없잖냐. 사람들 보는 곳에서도 마음껏 시시덕거릴 수 있다고.』

그런 꿈은, 이루어지지 않는다.

『언젠가 올 날을 두려워하며 너와 함께 지내는 처지는 사절하겠어. 내가 말이야, 이 세계를 구원할 용사님으로 소환된 몸이거든. 목표는 용사답게 모조리 빠짐없이 전부 구원하고 다 같이 웃는 해피엔드다. 다른 미래는 인정하지 않아, 세계의 절반 따위로 만족할 리가 없잖냐!』

『……거참, 천하의 멍텅구리 녀석. 정말 지독한 욕심쟁이로구나.』

아, 그래도, 어째서.

꿈속에서도 나는 저 광경을 멈추지 못하는구나.

이후에 어떠한 일이 벌어지는지, 아직껏 나는 떠올리지 못했지만.

결국에 밝은 미래를 맞이하지 못한다는 사실만큼은 알고 있었다.

『그렇다면 카이토, 한번 믿어보도록 하마!! 꼭 나를 구원해다오!!』

꾹꾹 얼굴을 훔치며 손을 빼내는 소녀.

『맡겨 두라고! 진짜 사랑한다! 바보 계집애야!!』

『얼른 내 곁으로 와야 하느니라!! 오지 않으면 삐칠 테니까 말이다!! 그리고 사랑한다, 지독한 욕심쟁이에 천하의 얼간이 녀석!』

그렇게 말하고 함께 등 돌리며 두 사람은 걸음을 뗀다.

하늘을 올려다보면 단지 붉기만 하다.

소중한 기억이었을 텐데, 어떠한 기억인지도 알지 못한 채 이제 꿈에서 깨어난다.

선명하게 제 눈에 새겨져 있는, 저 하늘의 색깔만을 남기고.

☆

백악의 거성이라고도 불리는 병원.

그곳의 어느 방에서 나는 두 번째로 퇴원 수속을 앞두고 마지막 문진을 받고 있었다.

"자네, 초합금이라든가 뭔가 금속으로 만들어졌나? 아니면 개조인간 쪽인가?"

"아, 아뇨. 요즘 들어선 스스로도 참 신기하다 싶기는 해요."

"거참, 학생은 아주 가까운 거리에서 폭발에 휩쓸리고도 사흘 만에 퇴원하는 거야. 당일에는 말이야 아프다면서도 쌩쌩했잖아."

"아하하, 그게 말이죠. 끝내주게 운이 좋았나 봅니다……."

"그래도 틀림없이 악운이야. 진짜로 운이 좋으면 폭발 사고에 휘말리지도 않아. 네가 이렇게 기운이 넘치는 건 단순한 우연이지."

후우, 마에노 선생님이 한숨을 쉰다.

어쨌든 진찰은 끝났고 웃옷을 걸쳐입었다.

그때 우리는 폭발에 휘말렸다.

원인은 노후화된 가스관 속에 들어갔던 쥐였다. 쥐의 이빨질이 정전기로 불꽃을 일으켰고 가스에 닿아 대폭발이 발생했다던가.

불이 주위의 물건에도 옮겨붙어서 하마터면 큰 화재로 발전할 뻔했는데 다행히도 폭발음 덕에 대응이 빨랐다고 한다. 운 좋게도 무사했던 스프링클러가 정상 작동해서 불길을 잡은 덕분에 보관실만 일부 피해를 입는 선에서 마무리됐다.

처음에는 『경찰서에 폭파 테러인가?!』라는 이야기도 나돌았지만, 당일 중 원인을 공식 발표하여 소란이 수습된 이후 경찰은 사태의 대응에 쫓기고 있다.

어쨌든 그곳은 많은 사건의 압수품, 증거품 부류가 보관된 장소였으니까.

그중 대부분이 폭발에 휩쓸리거나 혹은 불에 탔거나, 혹은 물에 잠겼다던가.

자세한 상황은 알지 못하더라도 많이 힘들겠다는 상상은 든다. 그러나 지금은 사고의 전말보다도 폭발에 휩쓸렸던 우리들 몸의 상태가 훨씬 더 큰일이었다.

그렇다 해도 폭발에 휩쓸렸던 나와 마이는 기적적으로 경상에 그쳤다.

아니, 경상에 그친 사람은 마이뿐이고 나 자신은 등이 폭풍에 그슬려진 데다가 금속 파편이 잔뜩 박혔다.

고슴도치처럼 등이 엉망이 됐지만, 중요한 장기는 무엇 하나도 다치지 않고 무사했던 데다가 폭발 후 기절했던 내가 깨어났을 무렵에는 이미 치료도 끝난 상태였다.

마이도 내가 미처 막아주지 못한 열풍에 노출된 손발은 경도 화상을 입고 말았지만, 딱히 생명에 지장은 없다고 진단받았다. 화상도 진짜 경도라서 이틀쯤 지난 지금은 희미하게 빨개 보이는 정도였다.

동생의 몸에 평생 안 지워질 흉터가 남지 않도록 막아 냈다고, 대학 입시를 앞두고 라스트 스퍼트에 들어간 유토에게 가슴을 펴고 자랑했다가 나는 머리를 냅다 얻어맞았다. 내가, 머리에 붕대를 두르고 있었는데도.

그러나 내 등에 바늘이 마구 자라나서 엉망이 되더라도 동생의 중상을 막지 못하는 것보다는 훨씬 나았다.

……덕분에 더욱 악화된 문제도 있었다만.

"그러면, 저기, 미야가와 형사님은……."

"아직 집중 치료실에서 치료 중입니다. 마구 조각났던 금속 재질의 선반 파편이 상당히 위험한 위치에 박혀버렸거든요. 고비는 넘겼으니까 얼마 지나면 의식이 돌아올 테지만, 최소한 2주일은 입원해야겠죠."

"그렇, 군요."

그 자리에 있던 사람 중 미야가와 씨만 혼자서 빈사의 중태였다.

혼자 간신히 의식을 붙들고 있던 마이가 급히 구조를 요청했던 덕분에 목숨은 부지했지만, 아직껏 정신을 차리지 못했다. 병문안이 가능한 상황도 아니라도 한다.

"우케이 학생도 검사 결과의 수치는 문제없지만, 무리하지 말고 요양하세요. 머리의 붕대는 일단 다음번 정신과 예약까지는 매일매일 갈아줄 것. 등에 난 상처는 거의 아물었지만, 이쪽도 다음번 병원에서 확인할 때까지는 매일 연고를 바르고 반창고를 바꿔서 붙여줄 것. 자네는 헛웃음이 나올 만큼 회복력이 강하지만, 관리를 게을리해서 상처 부위가 곪는 경우도 있어요. 매일매일 동생분한테 도움을 받는 게 좋겠네."

"네, 알겠습니다."

나는 인사를 하고 진찰실에서 나와 자기 병실로 돌아갔다.

이제 뭐랄까, 이 방도 익숙한 느낌이 든다. 아니, 이번에는 사실상 이틀 만에 퇴원이니까 딱히 오랫동안 지냈던 곳도 아니지만 말이야.

"아, 오라버니. 퇴원 수속은 마쳐 놓았어요."

추욱, 며칠 동안 갈아입을 옷이며 물건들을 욱여넣은 가방을 마이가 들고 있었다.

"그래, 고마워."

"아뇨, 오라버니를 위해서인걸요. 자, 집으로 가죠, 오라버니."

그렇게 말하고 나의 눈에는 그저 부자연스럽게 보이는 미소 띤 얼굴로 마이가 비어 있는 손을 용케도 내 팔에 휘감았다.

저 웃는 얼굴은 마치 병약하고 낯을 가리고 자신감도 없던 무렵의 비굴한 표정.

망가질 것 같은 눈동자 안쪽의 빛.

아니, 비슷하지만 명백하게 어린 시절보다 더욱 심각한, 이제 병적이라고 할 만큼 내게 의존하는 빛.

'으음, 역시나…….'

마이의 정신 상태는 명백하게 더욱 악화됐다.

더 이상은 한순간이라도 떨어지고 싶지 않다는 듯이 학교도 쉬고 내 곁에 있었다.

갈아입을 옷가지를 챙기러 집에 들르기도 싫어했던 터라 저번과는 달리 필요한 물건은 편의점이며 병원 내 매점에서 마련했다.

식사도 함께, 화장실에 갈 때도 문 앞에서 대기, 산책을 나가면 손을 붙잡는 수준이 아니라 팔을 꽉 붙들어 맸다. 게다가 그동안은 외출 때만 보이는 행동이었는데 이제 실내에서도 틈만 나면 손을 잡으려고 들었다.

몇 번인가 타이른 끝에 사람들 앞에서는 다소나마 자중하게 되었던 일련의 행동들도 나아지기는커녕 전혀 신경을 안 쓰게 됐다.

깨어난 이후, 명백하게 과한 태도로 나와 꼭 붙어 있으려고 하는 마이에게 떨어지라고 타일렀지만 소용없었다. 마치 기계처럼 멍한 눈빛에 「싫어요」라며 억양이 사라진 말투로 대답하면서 팔에 강하게 달라붙을 뿐.

어떠한 말을 해도 「싫어요」라고 똑같은 대답을 반복했기에 결국 마이가 원하는 대로 직성이 풀릴 때까지 나는 인형처럼 지내야 했다.

이 순간에 보여주고 있는 미소보다도, 거의 다 망가져버린 인형 같던 그 표정이 지금 마이의 본질이다.

"그러자, 어서 집에 돌아가자."

'자, 어떻게 달래서 카운셀링을 받게 다독여야 하려나…….'

나는 마이에게 아무런 말도 않은 채 가만히 걸음을 뗐다.

이렇게까지 증상이 뚜렷하게 나타나는 이상, 내 의지가 어쩌고저쩌고 말할 상황이 아니었다.

내가 보기에 마이는 어서 카운셀링을 받아야 한다. 이 병원에서 받아볼 생각도 했었지만, 내 마음속에서는 도저히 마에노 선생님에 대한 불신감이 사라지지 않는다.

그러니까 나는 이곳이 아닌 다른 병원의 정신과에 갈 작정이었다.

'게다가, 나 자신도 뭔가 떠올릴 수 있지 않으려나.'

폭발 사고에 의한 화재 때문에 내가 돌려받을 물건들까지 재가 되어버렸다고 들었다.

기억을 되찾을 수 있다고 묘한 확신을 가졌던 만큼 꽤 낙담했다.

그러나 폭발의 충격이 조금이나마 좋은 방향으로 작용한 걸까. 정신을 잃은 동안에 꾼 꿈은 이제껏 봤던 가장 선명한 색깔을 띠고 있었다. 마음속 깊은 밑바닥, 핵심과 가까운 장소의 기억. 그런 느낌이 들었다.

그렇지만 여기까지 온 탓일까, 오히려 지금 가만있으면 떠올리지 못하리라는 생각이 강해졌다.

내 안쪽에 있는 귀신은 이제 마지막 한 걸음을 남긴 곳까지 빠져나왔다.

유리 한 장을 사이에 둔 건너편, 거의 떨어져 나간 쇠사슬과 쐐기.

아주 조금 남았는데, 그 아주 조금이 지금껏 나온 거리보다 너무나 멀고 험하다.

슬쩍 닿기만 해도 손가락이 잘려 떨어질 것 같은 아픔에 휩싸인다.

큰 단서를 잃은 까닭에 떠올리고자 마음을 굳혔는데도 마지막 한 걸음이 단애 절벽의 건너편에 있다.

가까운데도 먼, 이상한 거리.

이제 와서 다른 병원을 찾아간들 당장에 큰 변화가 있을 것 같지는 않다.

그럼에도, 사소한 변화라도 좋으니까 계기가 필요했다.

마이가 이런 상황이다. 나도 정말로 쓸데없는 잡념을 떠안은 채 머뭇거릴 여유가 없었다.

"……."

더욱 치솟는 조바심이 주위를 에워싸는 불길처럼 내 마음에 바짝바짝 열기를 가하고 있다.

"다녀왔습니다." "……."

집 현관문을 열자 대답할 사람이 뻔히 없는데도 저절로 내 입에서 말이 나왔다.

마이도 딱히 대답은 않는다. 나마저 없이 진짜로 혼자 살아왔던 탓일까, 마이에게는 이런 반응이 보통일 테지.

사소한 듯 사소하지 않은 변화.

"흠, 배가 고프네. 저녁밥이나 먹을까?"

"오라버니, 가끔은 같이 요리를 하죠."

"요리? 갑자기 왜?"

"오빠를 아끼는 기특한 여동생은 가끔씩 남매가 사이좋게 요리를 하고 싶어요."

그렇게 말한 뒤 마이는 또 미소 지었다.

평소보다 온화하고 부드러운 미소.

솔직하게 어리광을 부려주는데도 마음이 꽉 죄어든다.

"……그렇군, 같이 만들자. 좋아, 잘 보라고. 내 요리 스킬에 감탄하게 될 거다, 동생아."

마이의 마음을 자극하지 않도록 평소처럼 넉살을 떤다.

게다가 나 역시 지금의 마이에게서 잠시라도 눈을 떼면 불안했다.

"쿡쿡. 별로 오라버니에게 요리 솜씨를 기대하지는 않아요. 애당초 오라버니는 요리를 한 경험이 기껏해야 가정 실습밖에 없잖아요."

"그렇지는…… 아니, 그러네, 맞아. 뭐, 어쨌든 배운 대로 야채 손질 정도는 할 수 있잖냐."

신기하게도 스스로 요리를 제법 할 수 있을 것 같았다.

뭐, 딱히 근거는 없고, 아마도 기억을 잃은 동안에 얼마간 요리 경험을 쌓았을 테지.

꿈속의 나는 이세계를 여행했다. 그렇다면 당연히 요리를 할 기회가 있지 않았을까.

'……이제는 인정해야 한단 생각이 들기는 들었는데, 별 저항감 없이 이세계 생각이 드는 이유는 기억이 꽤 돌아왔기 때문이려나.'

"정말이에요? 손가락을 베어 먹어도 몰라요?"

"아니, 아니지, 나의 능란한 손재주를 얕보지 말라니까."

내 안쪽의 귀신이 얇은 벽 너머에서 사슬을 잡아 뜯어내려 하는 것을 느끼며 어깨를 으쓱이며 웃어 보였다.

짐을 일단은 거실에 두고 둘이 부엌에서 손을 씻은 뒤 마이가 냉장고 안을 들여다봤다.

"뭐 만들려고?"

"글쎄요. 고기 감자조…… 아뇨, 카레를 만들죠."

힐끗 이쪽을 본 마이는 도중에 메뉴를 바꿨다.

아마도 반응을 보고 내가 뭘 먹고 싶은지 읽어 낸 듯싶다. 실제로 나는 냉장고 안을 봤을 때 먼저 카레를 상상했었다.

'……이런 상황에서도 기시감이 느껴지는구나. 이세계에서 지낼 때 나는 기본적으로 요리를 대접받는 사람이었나 봐.'

2인분의 식자재를 재빨리 준비하는 마이를 바라보면서 그런 생각을 했다.

"……오라버니, 정말 손재주가 좋네요."

"마이만큼은 아니지만 말이야."

마이와 나란히 쓱쓱 야채의 껍질을 벗기는데, 스스로도 놀랄 만큼 식칼 다루는 손길이 익숙했다. 아니, 식칼이 아니라 날붙이를 다루는 것이 편하다는 느낌이다.

'사, 사람을 죽인 건 아니겠지, 나…….'

너무나 익숙하고 편한 감촉과, 의식하지 않아도 최적의 각도로 칼날을 밀어 넣는 움직임을 구사하는 나.

옛 자신의 분노가 점점 더 가깝게 느껴지고 있어서 일까, 불길한 상상이 스쳐 갔다.

"……."

"음, 왜 쳐다봐? 마이."

"아뇨, 오라버니의 칼 솜씨가 정말로 깔끔하니까 그냥 살짝 분해서요. 치사해요. 어째서 1년간 열심히 노력했던 마이보다 더욱 솜씨가 능숙한 거죠."

"후후후, 내 말이 맞았지. 이번 기회에 오빠를 조금 다시 보는 게 좋겠군."

가볍게 가슴을 펴고 자랑했다.

이렇게 말하면 마이는 항상 『우쭐거리지 마세요, 오라버니. 자만하면 오래가지 못해요. 이대로 가만 놔두면 조만간 몹쓸 오라버니가 되어버릴 거예요. 에잇!』라고 받아친다.

그렇지만…….

"역시 오라버니에요, 마이는 정말 기뻐요."

마이는 저런 대답과 함께 또 웃었다.

소중한 여동생에게 칭찬받았는데 나는 조금도 기쁘지 않았다.

"윽, 아얏!"

딴생각을 했던 탓일까. 살짝 손이 미끄러졌다.

쓱, 손가락에 그어진 선에 동그랗고 선명한 피가 맺힌다.

"이런, 저질렀네. 마이, 구급상자 좀……."

"냠."

덥석, 생선이라도 낚은 것처럼 손가락에 여동생이 걸려들었다.

까끌까끌한 혀가 손가락을 쓸어 만졌다.

"응, 으응."

쪽쪽 입소리가 나를 얼떨떨하게 만들었고, 머지않아 손은 떨어졌다.

"푸핫, 이러면 괜찮아요. 이제 반창고를 붙이죠."

그렇게 말한 뒤 마이는 부엌 한쪽에 있는 붙박이 선반의 안쪽에다가 넣어 둔 구급상자를 꺼내 들었다.

뒤적뒤적 반창고를 찾아서 내 팔을 붙잡고 상처 부위에 찰싹 붙였다.

"못써요, 오라버니. 우쭐거리니까 금방 다치잖아요."

"그, 그래. 미안하다."

이제까지 이런 태도로 대해준 적이 없었던 터라 조금은 당황하면서도 사과했다.

평소였다면 굳이 핥아서 소독해주는 대신 평범하게 물로 씻어서 소독약을 바른 뒤 반창고를 붙였을 텐데.

"그건 그렇고 피가 의외로 맛있네요? 오라버니."

그렇게 말하고 쓰읍, 입술을 살짝 핥는다.

거기에는 강변에 단 한 송이 피어난 꽃과 비슷한, 그렇게 당장에 곧 쥐여 뭉개질 것 같은 위태로운 요염함이 깃들어 있었다.

"아, 그래도 분명히 오라버니의 피라서 맛있는 거예요. 다른 사람들 피 따위 진흙탕만 못한 가치밖에 없는걸요."

"……바보 녀석아, 얼빠진 소리 늘어놓지 말고 후닥닥 요리나 계속하자고."

"아얏! 오라버니, 아파요. 심술쟁이예요?"

"몰라, 몰라."

나는 마이의 머리를 가볍게 두드리고 적당한 대답으로 받아친 다음 또 야채 다듬기를 시작했다.

귀여운 모습으로 삐친 시늉을 하는 마이의 얼굴을 나는 바라볼 수가 없었다.

아니, 보고 싶지 않아서 눈을 돌렸다.

"……."

그러니까 나는 마이가 이때 어떤 표정을 짓고 있었는지 알지 못한다.

다만 그날 먹었던 카레는 분명 맛있었을 텐데도 어째서인지 맛을 느끼지 못했다.

저녁 식사를 먹은 이후는 평소처럼 시간을 보냈다.

아니, 조금은 평소 같지 않았다. 목욕하는 마이의 등쌀에 욕실과 탈의장을 구분 짓는 문 앞에서 앉아 있어야 했다.

나는 등에 난 상처 때문에 욕조에 들어가지는 못한다. 적셔서 짠 수건으로 다친 부위를 제외한 부분을 가볍게 닦아냈다. 그 다음엔 마이가 등의 상처에 고름 방지용 연고를 다시 발라주고 큰 반창고를 붙여줬다.

머리의 붕대도 바꿔 두를까 생각했다만, 병원에서 오늘 막 갈아줬으니까 가만 놔두기로 했다.

잠옷으로 갈아입고 나서는 딱히 재미있지도 않은 텔레비전 방송을 포테이토칩을 주워 먹으며 둘이 같이 시청했고, 적당한 시간이 된 이후 두 사람 모두 자기 방으로 돌아갔다.

"……슬슬 방으로 돌아갈까?"

"그렇게 하죠, 오라버니."

평소에는 각자가 방에 들어갔다가 한 시간쯤 지나고 내가 잠들 무렵 마이가 내 침대에 파고 들어온다. 매번 기척을 느끼며 깨어나지만, 가만히 잠든 시늉을 하다가 다음 날 아침에 살그머니 침대에서 마이의 기척이 사라지기를 기다린다. 그리고 아무런 일도 없었던 것처럼 일어난다.

그렇지만 오늘은 조금 달랐다.

"오라버니, 오늘은 오라버니와 같이 자도 될까요?"

"……."

암묵의 양해로 성립됐던 행동을 굳이 입에 담는 이유는 뭘까.

"괜찮아, 별거 아니야."

"그럼 오라버니, 마이는 베개를 가져올게요."

어느 쪽이든 곁에 붙어서 자는 정도로 조금이라도 마이의 불안을 누그러뜨릴 수 있다면 바라는 바다.

기뻐하며 생긋 웃은 마이가 일단 자기 방에 돌아갔다. 나는 먼저 내 방에 들어와서 전등을 밝힌 채 이불 속에 들어가 눈을 감았다.

내일은 학교에 간다.

수업 중에라도 스마트폰으로 새 병원을 찾아보자.

"……."

끼익, 문 열리는 소리가 났다.

방에 들어왔는데도 특별히 말은 없었다.

“마이, 불 좀 꺼줘.”

“…….”

어두워서 넘어지지 않게 가만히 켜 놓았던 전등을 꺼달라고 부탁했다. 그러나 불빛은 사라지지 않고 대답도 돌아오지 않는다.

“오라버니…… 오라버니…….”

“마이?”

“전등은, 끄지 않겠어요.”

쓰륵, 마이가 침대 가까이 다가온다. 그러나 같이 눕지는 않는다.

나를 부른 음색에 뭔가 불온한 무언가가 섞여 있는 것 같았다.

다시 눈 떠서 마이를 본 순간, 나의 잠꼬대 같은 대응에 찬물이 쏟아졌다.

“오라버니, 오라버니는, 오직 마이의 오라버니죠……?”

찰칵, 대충 던져 놓았던 내 손을 붙잡은 마이가 수갑으로 침대 일부와 내 손을 묶었다.

“어? 응?”

놀라서 어리둥절하는 동안 다른 쪽 손과 두 다리에도 수갑이 채워졌다.

“아니, 야, 인마! 마이, 도대체 무슨 짓이야?!”

몹시 놀라 당황하며 똑바로 누운 자세에서 손발을 구속당한 채, 이불을 덮은 채 발버둥 치는 모습은 보는 사람에 따라서는 우스꽝스럽다고 느낄 것이다.

그러나 직접 당하는 사람은 웃을 수 있는 상황이 아니었다.

"안 돼요, 오라버니. 불을 끄면 오라버니가 저를 제대로 못 보잖아요?"

"무, 무슨 소리를 대체……! 잠깐, 진정하자, 장난치고는 정도가 지나치잖냐! 혹시 화났으면 도망은 안 칠 테니까 일단 이것 좀 풀어줘."

"그것도 안 돼요. 오라버니는 못난 오라버니니까 이렇게 도망을 못 치게 만들어 놓지 않으면 상식을 방패 삼아서 저항하는걸요. 그러니까 몇 번이고 설득해서 오라버니가 받아들일 때까지 이대로 둘 거예요."

본 적도 없는 요염한 미소를 지은 마이가 이불을 치워 낸다.

이어서 내 복부 부근으로 다리를 벌리며 깔고 앉았다.

"윽, 이 녀석이, 뭘 하려고……! 마이!!"

"오라버니 잘못이거든요……? 오라버니가, 마이의 앞에서 사라지려고 하니까. 오라버니가, 마이가 아닌 다른 사람의 곁으로 사라지려고 하니까."

툭, 툭, 마이가 한쪽 손으로 잠옷 단추를 풀었다.

사르륵 벌어지는 옷자락 사이에서 마이의 희고 고운 살갗이 드러난다.

"저기요, 대체 누구예요? ■■■■ 씨가 누구예요? ■■■■ 씨가 누구예요? ■■■ 씨가 누구예요? 어떤 꿈을 꾸는 거예요? 어째서 마이가 아닌 사람의 이름을 그렇게 애타게 부르나요? 어째서죠, 어째서냐고요. 대체 왜 마이의 앞에서 사라지려고 하는 거예요?"

"크아아앗?!"

마이가 입에 담은 누군가의 이름이 지직지직 노이즈에 지워져 없

어지고, 동시에 직접 손을 집어넣어서 뇌를 주무르는 듯한 강렬한 두통이 덮쳐들었다.

아득바득 통증을 견디는 와중에 당장에라도 울음을 터뜨릴 것 같은, 길을 헤매는 어린아이 같은 동생의 얼굴이 보였다.

"봐요, 오라버니. 역시 떠올리지 않는 게 더욱 나아요. 제가요, 오라버니한테 말했잖아요? 굳이 고통을 겪어 가면서 오라버니가 뭔가 떠올릴 필요는 전혀 없다고요. 그런 생각을 할 짬이 있다면 저만, 저 하나만 바라봐주세요. 제 곁에서 보내는 시간만을 생각하면 되는 거예요. 그렇게 하면 오라버니는 행복할 테니까요."

"그만, 큭, 나는, 너에게 걱정 끼치고 싶지 않아서……."

까드득, 가슴보다 조금 위쪽 부근을 손톱이 세게 파고들었다.

그렇지만, 그 아픔은 점점 수그러들고 있긴 해도 여전히 지독한 두통에 덮여 지워졌다.

입에서 나온 목소리도 맥없이 나약하다.

"걱정? 그럼요, 당연히 걱정할 수밖에 없죠. 매일매일 실종 사건이 일어났던 날의 기억이 떠올라요. 아침에 일어나서 본 오라버니의 등이 환상이 아닐까 무섭고 무서워서 못 견디겠다고요. 그러니까, 있잖아요, 오라버니, **마이랑 일선을 넘어버려요**. 마이만 바라봐요, 줄곧 여기에서 바라봐줘요. 필요한 수발은 전부 제가 들어드릴게요. 뭐든지 다 해드릴게요. 그게 행복이겠죠?"

"마, 마이. 무슨 뜻이야, 감금하겠단 말이냐……?"

일시적인 두통이 천천히 가시면서 이제야 사고가 조금 정리된다.

단어가 자꾸 미끄러지고 머리 회전이 느려지는 와중에, 그럼에도 이해할 수 있었던 내용은 어리둥절하는 목소리를 흘려보냈다.

"아니, 웬, 남매끼리 무슨……."

"맞아요, 이제 오라버니가 여동생의 순결에 흠집을 내는 거예요. 그럼 고지식한 오라버니는 앞으로 평생 마이를 벗어나지 못해요. 아무리 마음 아파도, 어떤 기억을 떠올려도, 이제 마이 말고는 다른 사람을 생각할 수 없게 되겠죠? 만약, 그래도 오라버니가 사라져버린다면……. 에헤, 에헤헤헤♪"

뭔가 도취한 분위기로 앳된 미소를 지을 뿐 그다음은 아무런 말도 하지 않는다.

"진심으로, 저지를……."

"괜찮아요, 마이는 믿고 있어요. 분명 오라버니는 마이를 선택할 거예요. 어떤 때에도 마지막에는 마이를 선택할 거예요. 죄책감과, 거기에 향신료처럼 더해질 쾌감으로……. 에헤헤헤헤헤♪"

마이의 눈빛은 진심이었다. 그래서 더욱 분명하게 제정신이 아니라는 걸 알 수 있었다.

아슬아슬했던 게 아니다. 이미 마이는 한계였다.

"노, 농담이지……? 젠장!! 이따위 장난감 같은 수갑쯤이야……!"

"앗, 안 돼요, 오라버니. 너무 버둥대면 못써요. 간단하게 망가지지 않을 물건을 골랐지만요, 만약 오라버니가 여기를 떠나 도망치겠다면, 조금은 벌을 줄 수밖에 없답니다? 그러니까, 저항하지 마세요. 알았죠? 오라버니?"

"큭."

오싹, 등줄기에 싸늘한 뭔가가 솟아난다.

그렇게 말하는 마이의 눈에 빛이 없었다. 저항한다면 진짜로 무슨 짓을 할지 모르는 위태로움이 느껴졌다.

"자, 오라버니, 옷을 벗을까요?"

쓱 뻗어서 오는 마이의 손가락이 내 잠옷 단추를 붙잡는다.

"멈춰, 멈춰, 마이!"

"안~ 멈춰요♪"

허둥지둥 몸을 비틀어 떨어지려고 했지만 수갑 때문에 제대로 움직일 수 없는 상태다. 그러는 중에도 마이는 예상 이상으로 능숙하게 단추를 끌러 나갔다.

얼마 지나지 않아 내 잠옷의 앞자락도 벌어졌다.

"진정해, 일단 다시 생각하자!! 이래서는 나도 너도 불행해질 뿐이야……!"

"그렇지 않아요. 저는 오라버니가 제 곁에서 저만을 바라보고 저를 좋아해준다면 앞으로도 쭉 행복할 거예요. 오라버니도, 제가 부지런하게 수발을 들어드리고 끈적끈적한 어리광을 받아주고 전부 다 전부 저 하나로 채워지면 행복할걸요. 왜냐하면 더 이상 쓸데없는 걱정 때문에 고민하지 않아도 되니까요."

"아버지와 어머니도 슬퍼할 거다!"

"전혀 안 슬퍼하실걸요. 그럼요, 옛날에 제가 오라버니랑 결혼하고 싶다고 말했더니 아버지와 어머니는 좋다며 웃어줬거든요. 아무 문제도 없답니다."

안 되겠다, 말 그대로 착란 상태에 빠져있다.

내 목소리가 들리지 않는다.

말소리가 들리면 대답은 하지만 의미가 전달되지 않는다.

"있잖아요, 오라버니. 첫 번째 아이는 남자애랑 여자애, 어느 쪽이 더 좋아요? 마이는 여자아이로 쌍둥이가 좋을 것 같아요."

풀썩, 마이가 걸치고 있던 잠옷이 떨어지고 검은색 속옷과 맨살이 눈에 들어온다.

나는 허둥지둥 얼굴을 돌렸다.

어떡하지, 어떡하지어떡하지어떡하지, 지금 마이를 제지하지 못하면 정말 마이가 망가져버린다!!

'이대로 두면, 더는 두 번 다시 마이는 돌이킬 수 없어……!'

어쨌든 시간을 벌자. 뭐든, 마이의 기세를 꺾고 상황을 다시 만들어야 할 텐데…….

"어휴, 안 된다니까요. 오라버니, 이쪽을 봐요, 똑바로 봐요. 저를 봐요. 이 몸매도 오라버니를 위해 유지했던 거예요. 매일매일 관리를 거르지 않고, 언제든 이런 날이 찾아와도 괜찮도록. 어릴 적부터 항상 외모에 주의를 기울였어요. 오라버니의 취향에 더 가까이 다가갈 수 있도록."

"그, 그만해, 마이."

"어서요, 둔감 오라버니? 눈을 똑바로 뜨고 봐야죠. 아직 밤은 길어요. 천천히 차근차근 즐기고 싶거든요. 그러니까, 에헤헤, 눈을 떠요, 오라버니."

옆으로 돌린 채 눈을 감고 있었던 내 얼굴을 마이의 두 손이 살며시 감싼다.

귀를 산들산들하게 어루만지는 어린아이 같은 웃음소리.

"어휴, 오라버니는 정말로 어쩔 수 없다니까요. 못난 오라버니는 성격이 급하죠. 서로 바라보기보다도 더욱 진도를 나가고 싶다면……."

"큭, 마이! 멈춰, 마이!"

쓱, 살갗의 위로 떨어지는 손가락이 천천히 가슴부터 배꼽까지 미끄러지며 내려왔을 때 나는 서둘러 눈 떴다.

눈을 떴을 땐 그야말로 숨결이 닿을 만큼 가까운 곳에 마이의 얼굴이 있었다.

서로가 서로의 눈동자를 들여다볼 수 있는 거리.

그 눈동자의 깊숙한 곳에서 진짜 마이가 울부짖고 있다. 이토록 가까운 곳에 있는데도…….

"이런 짓까지 하지 않아도 나는 네 곁에 있을 거야. 당연하잖냐, 나는 하나뿐인 네 오빠니까."

뻔한 감언과 설득의 말은 조각조각 흩어질 뿐.

그런 줄 알면서도 입 밖에 나오는 것은 스스로도 가볍다 여겨지는 말들.

"네, 오라버니는 마이의 오라버니예요. 그러니까 마이가 아닌 전부를 다 버려주세요, 알았죠?"

이렇게 된 이상 마지막 수단을 쓸 수밖에, 내게 방법은 없었다.

"……있잖아, 마이. 내게서 너 아닌 전부를 없애고 싶다면, 먼저 한 가지 가르쳐줘."

"뭔데요? 오라버니가 알고 싶다면 뭐든 가르쳐드릴게요. 스리 사이즈는……."

"마이, 네 방의 책상 서랍, 그 안쪽에 있던 피투성이 나이프는, 도대체 뭐지?"

"아."

떠듬떠듬 질문을 입에 담았던 순간, 분명히 이제까지 가닿지 못한 마음의 심연에 다다랐다는 실감을 느낄 수 있었다.

그러나 결국 내 쪽으로 잡아 넘어뜨릴 수 없었던 대신 세차게 밀어냈을 뿐.

길, 혹은 흉이 나오는 도박조차 아니다.

대흉이 나오지 않게 스스로 흉을 선택했을 뿐.

"아, 아윽, 아, 아녜요! 아니라고요. 어째서? 어째서 오라버니가 알았……! 어라? 왜, 왜, 대체 왜? 아냐! 미워, 미워하지 마세요?! 오라버니?! 저는 오라버니의 동생인데, 아아아아악?!"

"마, 마이……."

긴 머리카락을 마구 흩뜨리며, 불꽃이 터지듯 갈피를 잡을 수 없는 말을 쏟는다.

헐떡헐떡 산소를 갈구하며 가빠지는 호흡, 초점이 어긋나 있는 눈동자.

몸이 부들부들 떨린다. 두 귀를 와락 붙잡아 틀어막고, 뺨에 눈물이 흘러내렸다.

"왜냐면, 왜냐면, 왜냐면! 어쩔 수 없이! 피가, 피가, 아아아아아아악?! 더럽지 않아, 더럽지 않아! 방해하지 마! 어째서, 누가, 그 자식이, 그 자식이, 그 자식들이이이이이이이이이!!"

"지, 진정해, 진정해라, 마이!"

너무 극적이고 격한 반응이 돌아왔기에 정말 이 방법을 선택해야 했을까 하는 불안이 터져 나온다.

그대로 파멸로 치닫는 길을 모면하고자 선택한 행동이었는데 지독한 실수였다는 생각이 든다.

'안 된다, 내가 나약한 마음을 먹으면 어쩔 셈이냐! 설득해야지. 아직, 아직은 돌이킬 수 있어!'

"마이, 진정해라! 마이, 내 말을 들어! 대화를 하자! 나는 더 이상 도망치지 않아. 기억이 없는 내게서도, 너에게도! 그러니까……!"

그렇지만 잠시 기가 꺾였던 시간이 손가락에 잡힐 뻔했던 무엇인가를 끌고 간다.

"……아하, 알겠어. 아직, 방해꾼이 남아 있었어요. 아직 제게서 빼앗아 가는 녀석들이 남아 있었군요. 역시, 모든 것을 끝낸 다음, 끝낸 다음이어야 했던 거예요."

우뚝, 갑자기 마이의 몸에 경련이 멈췄다.

"오라버니에게, 쓸데없는 말을 속삭거리는 녀석들이 있었던 거죠……? 괜찮아요, 쓸데없는 방해꾼들은 내일 전부 다 없애고 올 테니까요."

에헤헤, 마이의 천진난만한 웃음, 어릴 적으로 돌아가버린 것처럼 물거품 같은 웃음.

"네. 괜찮아요. 역시 중간에 다 떠넘기는 짓은 안 좋은 행동이니까요. 에헤헤. 실수를 저질렀어요. 조금 뒤로 미뤄야 할 텐데 기다려줘요, 오라버니."

"마이……. 말을 들어줘……. 이제 그만하자. 너무나 많은 사건을 겪어서 너는 지쳤던 거야. 나랑 같이 병원을 다니자. 괜찮아, 그 나이프 문제도 같이 생각하면 돼."

"네? 나이프? 도대체 무슨 말씀이세요? 제가 전부 끝내고 올 테니까 오라버니는 몰라야 하는데요?"

"큭!!"

마이는 티끌만큼도 자기 발언이 이상함을 알아차리지 못하는 낌새였다.

당연한 말을 한다는 말투로 이야기하는 마이는 어릴 때처럼 뺨에 살짝 입술을 맞췄다.

"에헤헤, 오랜만에 오라버니의 뺨에 뽀뽀를 해버렸어요. 내일 밤까지 기다려줄 거죠? ……전원 다 죽이고 없었던 일로 만들 테니까요."

그렇게 말하곤 쓱 옷을 걸친 뒤 일어선다.

"주, 죽인다니?! 잠, 잠깐만! 안 돼, 마이! 도대체 누구를! 멈춰!! 알았어! 나를 묶어 놓아도 괜찮으니까 대화를 하자! 그런 행동은, 절대 돌이킬 수가 없단 말이다! 마이!"

마이는 아무 대답도 않고 방의 전등을 껐다.

"오라버니, 오늘은 이만 자도록 해요. 내일은 중요한 날이에요. 꼭 만전의 몸 상태로 임해야 되거든요. 그때는 오라버니가 소중하게 아껴야 하는 사람이 오직 마이뿐이라는 걸 알아주실 거죠?"

"마이……!"

오늘 몇 번째일까, 서로 통하지 않는 대화가.

마이는 쑥스러워하는 얼굴로 에헷, 에헷, 망가진 인형처럼 웃었다.

옷을 다시 갖춰서 입은 마이는 이불을 들고 내 침대에 누웠다.

"안녕히 주무세요, 오라버니. 내일은 정말로 좋은 날이 될 거예요."

그렇게 말하며 내 몸에 달라붙은 채 마이는 행복하게 눈을 감았다.

곧 잠에 빠져든 마이에게 아무 말도 하지 못했다.

짧은 유예를 얻었을 뿐 마이의 손을 잡아주지 못했다.

비록 파멸해버릴 과오는 회피할 수 있었지만, 결국 가장 원했던 결과는 손에 넣지 못했다.

그렇게, 아슬아슬한 지점에서 버티고 있던 내 여동생에게서 톱니바퀴가 떨어지는 소리가 났다.

콰직, 소리를 내며 커다란 톱니바퀴 떨어지는 소리가.

제5장 다를 바 없는 세계와 다시 떨어지다

“그럼 오라버니, 다녀올게요?”

다음 날, 수갑에 묶여 한잠도 못 이루며 아침을 맞이했고, 마이도 금방 눈을 떴다.

한숨 자고 일어나면 혹시 마이가 본래 모습으로 돌아오지 않을까 기대했지만, 그럼 꿈 같은 전개는 일어나지 않았다.

어제와 마찬가지로 망가진 인형 같은 미소를 지은 채 통하지 않는 대화를 반복할 뿐.

나는 아무것도 할 수 없었다. 나에게 아침 식사를 먹여준 뒤 학교에 가겠다며 방을 나서는 마이를 묵묵히 지켜봐야 했다.

귀를 기울인다, 현관에서 소리가 나고 마이가 집 밖에 나갔는지 확인할 때까지. 내가 시도하려는 것을 들키지 않기 위해서다.

“큭, 서둘러라!!”

나는 침대를 부숴 수갑을 풀어낼 작정이었다.

『수갑을 풀고 도망치려고 들면』이라고 말할 때 마이의 기세에선 진심이 느껴졌다.

피에 젖은 나이프가 머리에 떠올랐고 자칫하면 팔다리를 찔리지 않을까 싶었다.

지금 마이 앞에서 조금이라도 길을 벗어나는 행동을 하면 폭주해버릴 것이다.

망가진 마이가, 원래 모습을 알아볼 수 없을 만큼 산산조각 부서져버린다.

그러니까 마이가 뭔가 저지르지 않도록, 돌이킬 수 없는 어떠한 잘못을 저지르기 전에.

오히려 내가 동생의 팔다리를 묶을 각오로, 강경 수단을 동원해서라도 마이를 제압하겠다.

"마이가 없는 사이에 수갑을 풀고……. 서둘러 뒤쫓아가자……!!"

마이는 알지 못하지만, 내 목제 침대의 받침대는 원래 아버지가 쓰던 물건을 물려받았던 탓에 다리가 연결되는 끝 쪽 나무 부품이 흔들거린다.

틀림없다. 꽉 힘줘서 잡아 빼면 의외로 쉽게 부숴진다.

한쪽 팔을 빼내면 침대 옆쪽에 놓아둔 볼펜에 손이 닿는다. 볼펜을 분해하면 용수철에 쓰인 철사를 늘려서 자물쇠를 열 수 있다.

옛날, 아버지와 봤던 탈옥 드라마에 빠져서 클립으로 수갑 자물쇠 푸는 연습을 했던 경험이 있었다. 인터넷으로 조사한 방법으로 시도한 결과, 의외로 간단하게 자물쇠가 풀렸다.

다소 시간은 걸릴 테지만, 풀 수 있을 것이다.

"하나둘, 흡!!"

힘껏 세차게 팔을 잡아당기자 나무 부품이 생각 이상으로 낡았었는지 제법 간단하게 우지끈, 소리를 내며 갈라졌다.

"좋아, 다음은……."

급해지는 마음을 애써 달래면서 억지로 잡아 늘린 용수철을 수갑의 열쇠 구멍에 집어넣었다.

"조금만, 더……! 좋아!!"

딸깍딸깍 구멍을 들쑤시며 오른손, 왼발, 차례차례 수갑을 풀어나가다가 오른발에 달린 마지막 수갑도 풀어냈다.

"제길, 몇 시지?!"

예상 이상으로 시간이 걸려서 급한 마음으로 고개 돌렸다. 시계가 가리키는 시각은 10시 남짓.

'마이는, 오늘 밤까지 기다리라고 말했었지. 그런데 굳이 학교에 간다고 말한 이유는, 학교에서 뭔가 저지를 작정이란 뜻이다!'

"서둘러야……!!"

어떻게 하면 좋을까 여전히 알 수가 없었지만, 일단 마이를 집에 데려오는 것이 우선이라고 판단했다.

적당히 옷을 갈아입고 스마트폰을 손에 잡는다.

"도움을 청할 사람이……."

아버지도 어머니도 이제는 없다.

미야가와 씨와 오니시 씨, 두 형사 콤비에게는 절대 의지할 수 없다. 도움을 줄 곳을 찾자면 마에노 선생님이 있는 병원이겠지만……. 지금 마이를 마에노 선생님에게 데려가고 싶지는 않다.

내가 이 상황에서 전화를 걸 수 있는 상대는 유토뿐이었다.

"제발……! 받아줘."

원래 마이는 도장에서 언월도를 배웠고, 그때 합기도 쪽 기술도 가볍게 익힌 것으로 안다.

한심한 이야기지만 어제처럼 허를 찔리지 않더라도, 혼자서는 제압하기는커녕 최악의 경우는 또 구속당할 가능성이 있었다.

그러니까 만에 하나의 사태를 대비하여 신뢰할 수 있는 아군이 필요했다.

어째서인지 길게 느껴지는 통화 연결음을 들으며 현관에서 신발을 신고 집 밖으로 뛰쳐나갔던 나는…….

“오, 우케이 학생. 나이스 타이밍이네.”

“오니시 형사님……?”

현관을 열자마자 검은 차량과 함께 정장 차림의 오니시 씨가 서 있었다.

“잠깐 너한테 할 이야기가 있거든. 조금 시간을 내줄 수 있겠어?”

“그게, 죄송합니다. 지금은 좀 바빠서……. 진짜 죄송한데 나중에 다시 와주십쇼.”

“미안한데 웬만하면 이쪽에 우선 시간을 내줄래? 아주 급한 용건이야.”

“저기요, 그게, 죄송합니다. 지금은 진짜 무리거든요.”

평소와 달리 끈질기게 구는 오니시 씨에게 놀라면서도 대답했다.

어떤 용건인지 알 수는 없다. 어쨌든 내게 마이보다 더 중요하거나 급한 용건은 없었다.

“그럼 곤란한데. 미안하지만 시간이 없어. 네 동생이 위험에 노출됐다는 말을 해주면 생각이 좀 달라질까?”

“네?! 그게 도대체 무슨…….”

진지한 표정으로 오니시 씨는 말했다.

어서 마이를 찾아가자는 생각만 가득 차올랐던 머리에 망설임이 생긴다.

“진짜 시간이 없거든, 일단은 차에 타자. 사태가 사태인 만큼 자세한 이야기는 절대 정보가 새어 나가지 않을 장소에서 전달하는 게 규칙이라서 말이야.”

“음, 그럼 지금 여기에서 말씀해주시죠.”

“여기에서는 말할 수 없어. 사실은 지금 이러고 있는 시간도 위험하다고. 동생을 구출하기 위해서라도 잠자코 협력해주면 좋겠어.”

그 말에서 거짓말은 느껴지지 않았다. 애당초 이래저래 힘을 써줬던 오니시 씨가 갑자기 거짓말을 할 필요도 없다.

미야가와 씨도 오니시 씨도 신뢰할 수 있는 어른이다. 어쩌면 정말 마이의 신변이 위험한지도 모른다.

“『……르르르릉. 뚝, 지금 거신 전화는…….』”

귓가에서는 연결되지 않은 전화가 부재중 메시지를 남겨달라는 안내 멘트를 들려주고 있다.

“……알겠, 습니다. 따라갈게요. 다만 확인하면 전화를 걸어달라고 메시지만 잠시 남겨 놓아도 괜찮을까요?”

“물론, 잠깐 정도야 상관없지.”

오니시 씨가 고개를 끄덕인다. 그 자리에서 나는 『자세한 이야기는 나중에 할 테니까 마이한테 안 들키게 나한테 전화 걸어줘』라고 메시지를 남겼다.

“그럼 차 뒷자리에 타자.”

☆

"크, 적당히 좀 하시죠!! 대체 뭡니까, 여긴 어딘데요!!"

흔들리는 차로 이동하기를 한 시간 남짓.

도중에 이것저것 물어봐도 오니시 씨는 무엇 하나 대답을 안 했다. 자꾸자꾸 인적이 없는 교외로 차가 멀어져 가는지라 불신감만 더욱 심해졌다.

그렇게 겨우 도착한 곳은 어딘가 숲에 있는 폐공장이었다.

차에서 내려 아무튼 따라오라는 말에 공장의 안쪽까지 들어왔을 때 나는 큰 목소리로 고함질렀다.

같은 질문을 거듭할 때마다 매번 목적지에 도착한 다음 알려주겠다고 얼버무리는 태도에도 인내의 한계가 왔다.

"아무도 말을 못 듣는 장소라더니 어째서 이런 곳으로 온 겁니까!"

"아무도 절대 훔쳐듣지 못할 장소는 여기가 딱이잖아?"

격납고 같은 용도로 사용했을 듯한 이 장소에는 이미 가동되지 않고 무엇을 만들었는지도 알 수 없는 기계류가 잔뜩 놓여 있었다.

꽤나 오래된 건물 같았다. 천장 곳곳이 허물어져서 파편이 몇몇 기계를 눌러 찌부러뜨렸고 크게 뚫린 구멍으로 하늘이 내다보인다.

오니시 씨는 이곳 한쪽 구석의 파편이 산더미처럼 쌓여 있는 장소에서 석재를 몇 개 치워 내면서 태연하게 대답했다.

"따, 딱이라뇨……."

인기척 없는 폐공장에는 먼지밖에 없어서 확실히 밀담을 나눌 장소로 충분한 요건을 만족시키는지도 모르겠다.

그러나 그런 설명으로 납득 가능할 리가 없었던 터라 나는 재차 오니시 씨에게 따져 물었다.

"경찰서는 안 되나요? 왜 굳이 이런 장소를……."

"아, 거기는 안 돼. 경찰서도 위험하거든. 그곳에도 적이 있으니까."

"적? 적이라니 도대체 무슨……. 아니, 이런 얘기는 됐고요. 마이가 위험하다는 말이 뭔데요?!"

"응? 음~ 어떡할까. 듣고 싶어?"

오니시 씨는 이쪽을 돌아보지도 않은 채 부스럭부스럭 뭔가를 찾고 있었다.

"큭, 장난치지 마십쇼!! 그 말을 하겠다고 여기까지 데려왔잖아요?! 아니, 아까부터 진짜 뭘 하는 건데요?!"

"아, 잠깐만 기다려봐. ……오, 찾았다, 찾았어."

"급한 용건이라면서요! 말할 생각이 없다면 돌려, 보……."

"이래서 잠깐 기다리라고 말한 거야."

퍽, 묵직한 충격이 발목에서 온몸에 퍼져 나갔다.

뭔가 물건을 꺼내 든 오니시 씨가 이쪽을 보는 동시에 까맣게 칠된 그 뭔가를 내게 겨누고 있었다.

"어? 아? 이게 뭐야……."

"뭐기는, 보우건이야, 보우건. 크로스보우라고 말해주면 이해가 쉬우려나? 지금 네 오른쪽 다리에 박힌 화살을 발사하는 도구야."

박혔다. 박혔다, 박혔다?

자신의 다리를 내려다보면 방금 전 충격을 받은 오른쪽 발목에 유성 매직펜 비슷한 굵기의 흑색 막대가 박혀 있었다. 거기에서 방울

방울 피가 흘러내린다.

"크흑! 으어어어어어어아아아아아어아아어아아아어아?!"

그리고 그 광경을 본 순간에는 미처 알아차리지 못했던 통증이 단박에 자기 존재를 주장했다.

아프다, 아프다, 아프다, 아프다!!

"역시 처음에는 시끄럽구나. 다들 꽥꽥 소리 지르더라니까, 얍."

"컥, 꺼걱?! 크아아아아아아아아아아악?!"

슝, 바람 가르는 소리와 함께 이번에는 반대쪽 발목에 역시 묵직한 충격이 치달았다.

또 하나의 화살이 박혀 들었고, 헛걸음질도 못한 채 나는 엉덩방아를 찧은 뒤 옆쪽으로 기우뚱 나동그라졌다.

타오르는 듯한 통증이 의식을 갉아 먹는다. 눈알이 뒤집히는 것 같았다.

"끄으으으으으, 어, 어째서, 이런 지슬……."

정신을 잃어버릴 것 같은 통증 속에서 혼란에 빠진 머리가 나에게 저런 소리를 내뱉게 만들었다.

"너를 못 도망치게 만든 다음에 생포해서 넘기는 게 이번 계약이거든. 넌 묘하게 위험한 냄새가 풍기니까 확실하게 발을 묶기 위해서 이 녀석을 쓴 거야. 요즘 주위의 눈이 살벌한 탓에 약을 구하기는 좀 힘들어서. 언제든 쓸모가 있는 도우미 상자를 가지러 왔지. 역시 유비무환은 멋진 말이야."

톡, 톡, 오니시 씨가 크로스보우의 금속 부분을 두드리면서 말했다.

통증 때문에 눈물이 배어나는 시야 속에서 오니시 씨는 몹시 당연하다는 듯이 본인의 행동을 설명했다.

“자, 어째서 여기까지 너를 데려왔냐고 물었던가. 거래 상대가 올 때까지 시간을 때울 겸 가르쳐줄게. 후유~.”

오니시 씨는 담배를 꺼내 입에 물고는 한쪽 손으로 능숙하게 불을 붙여서 연기를 내뱉었다.

“뭐, 장황하게 떠들 얘기도 아니지만 말이야. 나는 공무원으로 일하면서 가끔씩 여러 사람의 의뢰를 받아주고는 해. 너를 살린 채 잡아달라는 의뢰가 들어왔을 뿐이야. 경찰에 제거되지 않도록 얼른 확보해달라더라고.”

“의, 의뢰라니? 도대체 누구한테……. 경찰에 제거된다? 어, 어째서?”

너무나 맹렬하게 통증이 솟아 감각마저 점점 부예지고 있다.

다행인가 불행인가, 그 덕분에 통증도 누그러진 듯 느껴진다. 아니, 통증이 누그러지는 게 아니라 다리 감각이 마비된다는 증거였다.

그러나 그 덕분일까, 입은 얼마간 움직일 수 있었다.

“용케 제대로 말을 꺼내는구나. 아드레날린이 대량 분비되는 중인가? 뭐, 아무래도 좋아. 힘들게 물어봤을 텐데 질문에 대답해줘야지. 그게 누구냐면 말이야, 인계할 때 알게 될 테니까 잠깐 기대하면서 버텨봐. 다른 하나, 왜 경찰이 너를 제거하냐고? 네가 살아 있으면 누군가가 불편하기 때문이야. 그래서 『가스관 폭발 사고』를 꾸며서 이래저래 들쑤시고 다니는 미야가와 씨와 너희를 죽이려고 했던 것 같다더라.”

“어, 어? 어?”

귀에 들리는 설명은 두뇌 바깥을 소용돌이칠 뿐 머리 안쪽으로 들어와주지 않는다.

그럼에도 들었던 말은 독처럼 스며들어서 마음에 칼을 박아 넣었다.

"뭔가 말이야, 너한테 압수했던 묘한 코스프레 물건들, 엄청 대단한가 봐. 신발견의 보고라던가? 국가의 높은 분께서 눈독을 들인 거지. 그런데 미야가와 씨가 네 기억을 되찾는 단서가 될 거라면서 상층부에 자꾸 집적거렸거든. 게다가 너, 신상이 퍼지면 틀림없이 『전이 지원자』들이 사건을 일으키지 않겠어? 그러니까 선수를 쳐서 사고사로 만들어 미야가와 씨와 너를 죽여 버리는 게 목적이었대. 그럼 압수품들도 혼잡한 틈을 노려서 회수할 수 있다는 계획이었고."

오니시 씨는 「미야가와 씨도 말이야, 사람이 고지식하잖아」라고 말하며 답답하다는 듯이 어깨를 으쓱였다.

'……아, 이게 뭐냐. 도대체 무슨 농담이지?'

들리는 말의 내용이 너무 지독해서 자신이 통증 때문에 환청을 듣는 게 아닌가 생각마저 든다.

언젠가, 예전에도 이런 경험을 했던 것 같다.

"바보라니까, 계획 내용이 너무 어설퍼. 실제로 너도 미야가와 씨도 아무도 안 죽었잖아. 진짜 목적이었던 물건은 잽싸게 회수했다지만, 어설픈 수단을 쓰니까 결과도 어중간해진다고. 그 탓에 내 클라이언트가 마음이 급해졌나 봐. 서둘러 너를 확보해달란 요구가 들어오더라? 사실은 다음 주에 실행할 예정이었는데 어제 느닷없이 오늘까지 어떻게든 완료하라고 보채는 거야. 뭐, 나름 경계한다고 해봐야 결국 이렇게 대책도 없이 따라오는 쉬운 꼬맹이만 달랑 상대하면 되고, 특별 요금은 듬뿍듬뿍이니까 투정 좀 부려도 불만은 없지만……."

"……크앗, 아아아아."

이제 오니시 씨가 뭔 말을 하는지도 잘 알아들을 수가 없었다.

아픔이 허용량을 넘긴 탓일까, 사고는 더욱 흐릿해지고 다리의 통증마저 더는 느껴지지 않는다.

그런데도 어째서인지 과거의 기억에 손을 뻗으려고 했던 때처럼 지독한 두통이 머리를 지배하기 시작했다.

즉 나는 돈에 팔렸다는 말인가……?

"사실은 네 동생도 거래 대상이어서 여러모로 고민 좀 해봤거든. 먼저 동생부터 붙잡은 다음에 미끼로 내세워서 데려오면 일석이조라는 작전을 세워 놨는데, 직전에 불쑥 동생한테는 손을 대지 말라고 통보하더라니까? 진짜 난감한 녀석 아니야? 나는 며칠 전부터 한참 계획만 짜고 있었는데, 이게 말이 되냐? 특별 요금이랑 별도로 보수를 세 배는 치러준다니까 기쁘게 받아들이기는 했지만 말야."

횡재했지. 그렇게 오니시 씨, 아니, 오니시가 까불거리며 웃는다.

삐걱삐걱 소리와 함께 뒤틀리는 사고로도 마이를 건드릴 작정이라는 뜻임은 알아들을 수 있었다.

"……아, ……마……."

웃기지 마, 마이를 건드리지 마!

애써 부르짖고자 했는데도 점점 심해지는 두통 때문에 연약하게 숨만 새어 나올 뿐 목소리가 되지 못했다.

"움직이면 안 되지, 말하는 건 상관없는데 저항은 용납이 안 되거든."

"끄힉?! 끼으으으윽!!"

일어서려던 순간, 또다시 오른쪽 다리를 겨눈 크로스보우에서 짧게 바람 가르는 소리가 울리더니 아픔의 말뚝이 들이박혔다.

마비되어 가던 통각에 새 자극이 주어짐에 따라 닫히던 눈꺼풀이 뜨인다.

아프다, 아프다, 아프다.

거침없이 내 몸에 뚫어 놓은 구멍의 아픔 때문에 더욱 심해지기만 하는 두통과 간단하게 속아 넘어간 자신에 대한 한심함이 뒤섞여서 가슴 위쪽 부근에 있는 무엇인가를 불태운다.

"……미, 믿었, 는데……. 배신, 자, 빌어먹글, 놈……."

웃기는군, 『신뢰할 수 있는 어른』이라니.

"에이, 아니지. 나도 동정은 꽤 했단 말이지? 갑자기 부모님이랑 친척까지 다 사라지고 머리가 완전히 다른 세계로 넘어가버린 범죄자의 표적으로 찍힌 데다가 친구들도 전부 죽어버렸잖아. 진짜 너희는 불쌍한 애들이야."

오니시는 조롱하듯 웃지도 않고, 침통한 얼굴로 슬픔을 표현하지도 않고.

마치 저녁 식사를 결정하지 못해서 곤란하다는 가벼움으로 「근데 말이야?」라며 말을 이었다.

"그거랑 이건 다른 문제잖아? 믿긴 누구를 믿어. 너희한테 친절하게 대한 이유는 이런 의뢰를 받을 때 쉽게 해치울 수 있지 않을까 싶어서 한 행동인걸. 배신자는 좀 아니지 않나?"

뚜뚝, 귓가에서 뭔가 균열이 벌어지는 소리가 났다.

그래, 맞다. 있었다.

소중한 무엇인가를 짓밟는 상대 앞에서.

우리를 배반했던 작자들의 앞에서.

제정신이어서는 못 견디도록 증오하는 상대 앞에서.

아무 행동도 못한 채 이렇듯 바닥에 푹 엎드렸던 경험이.

그때, 결단코 잊지 않겠노라 각인했던 무엇인가가 분명하게 있었다. 줄곧 있었다. 여기에 있었다.

'뭔 짓거리를, 하는 거냐고, 나는…….'

그러니까 내 안쪽에서 부글부글 끓어오르는 것은 분노의 감정.

"뭐, 너도 아마 결국은 죽어 나갈 테지만 말야. 뭐, 기운 내라고. 분명 동생도 곧 뒤를 쫓아가줄 거야. 내일은 너를 미끼로 써서 감쪽같이 납치할 예정이거든."

아하하핫, 웃는 목소리가 머리를 꽝꽝 울린다.

두개골을 깨부수는 듯한 두통이 쓸데없는 사고를 제거해서 내버리고 어찌 억제할 도리조차 없이 기세를 불리는 분노와 함께 뒤섞여서 끈적끈적한 마그마 같은 무엇인가로 변화한다.

"……마."

'이 자식은, 마이를 상처 입히려고 한다.'

"응? 뭔가 말했나?"

꿀럭꿀럭, 나의 내면 깊숙한 곳에 흘러드는 저 마그마가 자기 자신과 몹시도 잘 융합된다.

그렇구나. 나는, 나는 줄곧 이 마그마의 속에 있었구나.

"……주마."

'이 자식은 나의 소중한 사람을 빼앗으려고 한다.'

"거참, 자꾸 웅얼웅얼하면 안 들린다니까."

뜨겁고, 끈적거리고, 어두운…….

이 감정(마그마)의 이름을 나는 알고 있다. 이 감정(마그마)에 걸고 나는 소중한 맹세를 했다.

"……죽여주마."

입 밖에 꺼낸 순간, 온몸을 채운 마그마가 마치 끓어오르는 물처럼 부글부글 절규를 내질렀다.

"아, 그래그래, 『죽여주마』 말이지. 이놈이고 저놈이고 원 패턴이라니까. 반항도 못 하는 주제에 악~ 악~ 떠들지. 애고, 동정심이 막 허물어지네. 친절하게 설명도 해줬는데 말이야."

이제야 떠올랐다. 이제야 내게 융합됐다.

이 감정이……. 이 증오야말로 나의 서약.

어떠한 난관이 있더라도 기필코 이루겠다고 결심한 다짐.

"떠올랐다, 맞아, 나는……."

"응? 떠올렸다니, 도대체 뭘……."

"나는, 기필코 모조리, 죽여버리겠다고 맹세했어."

그 순간, 분명히 무엇인가가 『콰지직!!』 울려 퍼지며 부서지는 소리가 났다.

"흐음? 어, 뭐야, 머리가 이상해졌나?"

"그래, 맞는 말이야. 내 머리는 옛날에 이미 이상해졌다. 다만 이상해졌다는 사실을 잊고 있었을 뿐."

맹세를 되찾은 순간, 두통도 역시 산산이 부서져서 사라졌다.

그리고 기억의 탁류가 뇌세포 하나하나에 스며들어 퍼져 나가며 내 안에서 되살아난다.

첫 번째 용사 소환.

본래 세계로 돌아가기 위해 마왕을 토벌하러 떠났던 여행.

레티시아를 구하지 못한 자신의 무력함에 눈물 흘렸던 날의 기억.

배반과, 증오의 맹세 속에서 죽었던 날의 기억.

기적처럼 두 번째 세계가 찾아왔던 날의 기억.

새롭게 손에 넣었던 미나리스와 슈리아라는 귀한 공범자.

그리고 그쪽 세계에는 아직 기필코 죽여야 하는 놈들이 남아 있다는 사실.

옆쪽을 향한 채 쓰러져 있던 나는 벌떡 상체를 일으켜서 청명한 푸른 하늘을 올려다봤다.

"하늘, 푸르구나."

도대체 몇 번을 이렇듯 바닥에 쓰러져서 하늘을 올려다봤던가.

그러나 이번 추태는 이제껏 겪은 가운데서도 다섯 손가락에 들어갈 수준의 지독한 꼴불견이었다.

"또 하나, 레티시아한테 혼날 이유가 늘어나버렸군."

여러 감회가 소용돌이치는 와중에 가장 먼저 입에 담을 수 있었던 말은 저런 푸념이었다.

이렇게 원래 세계에 돌아오면 레티시아를 그리워하며 흐느껴 울라는 말을 들었었는데, 설마 이세계의 기억을 통째로 잊어버릴 줄은.

못다 이룬 복수를 내팽개치고 공범자 소녀들을 남겨 둔 채 느긋하게 속 편히 지냈을 줄은.

몸을 불사르는 심정으로 혼에 낙인 찍었던 맹세를 무엇인가에게 빼앗긴 채 고작 무섭다는 이유로 안 보이는 시늉을 했을 줄이야.

"진짜 쓰레기만도 못하잖아. 뭔 짓거리를 하고 다니는 거냐, 나는……."

아득, 나는 어금니를 악물었다.

이 상황의 일부는 내 나약함이 초래한 결과였다.

어릴 적부터 나의 안 좋은 버릇.

보고 싶지 않거나 알고 싶지 않다면, 보이지 않는 시늉을 하며 저 멀리 밀어낸다.

그렇게 나는 이세계에서 배반당하여 전부를 다 잃어버렸고.

이렇듯 돌아왔던 세계에서도 또 같은 전철을 밟아 배반당해서 누군가에게 상처 받았고.

그리고 그 녀석은, 내 다음은 나의 소중한 여동생까지 똑같이 마수를 뻗칠 작정이라는 말을 지껄여 댔다.

"……그 상태에서 몸을 일으킬 수 있다니 아드레날린의 과다 분비 탓인가? 뭐, 아프다고 엉엉 우는 꼴보다는 낫지만."

시선을 보내는 곳, 태연자약하나 분위기로 두 번째 담배를 꺼내 든 오니시는 다시 능숙하게 불을 붙였다.

"어휴, 또 생각나네. 이름이 뭐였더라, 네 동생의 친구. 아, 맞아, 유키였어. 걔를 처리할 땐 장난 아니었거든. 울고불고, 아우성치고, 난동 부리고. 그때도 생포해달란 의뢰여서 밧줄로 묶어주려는데 갑자기 목덜미를 확 긁어버리더라. 나중에 미야가와 씨가 『여자한테 당한 거냐?』라면서 놀리질 않나, 그 무렵부터 미야가와 씨가 묘하게 나를 의심하는 분위기라서 섣불리 행동할 수도 없었고. 내겐 완전 역귀였지, 뭐야."

"……아핫, 아하하하핫!! 멋지군, 이 자식, 진짜배기 이기주의자구나. 저쪽 세계에도 이 정도로 끝내주는 놈은 찾기 힘든데 말이야."

놈의 주절주절 떠드는 말이나 그 근간에서, 나는 어떤 악의도 적의도 죄책감도 고양감도 살의도 느끼지 못했다.

약물에 절어 사상 교육을 받은 암살자라도 이 정도까지 감정이 흔들리지 않은 채 누군가를 해칠 수 있는 녀석은 못 봤다.

기억을 잃었던 나로선 마에노처럼 뻔한 눈초리를 가진 놈이라면 모를까, 이렇게 해치려는 마음을 갖고 있지 않은 채 저지를 수 있는 인간의 본성을 꿰뚫어 볼 수 없는 게 당연하다.

"이기주의자는 좀 너무하네. 응, 그렇게 돈을 잔뜩 쌓아준다는데 야 안 하는 게 이상한 거 아닐까? 잠깐 짬 내서 여자애를 납치하거나 시체만 갖다주면 수천만이나 받을 수 있거든?"

자못 불만이라는 듯이 반박하는 오니시의 태도에서는 역시나 어떤 위화감도 배어나지 않는다.

진심으로 단지 마땅한 판단을 내린 뒤 마땅한 행동에 나섰을 뿐 악행을 저질렀다고는 티끌만큼도 생각하지 않는 태도.

"아이고, 조금 더 제대로 된 세계라고 생각했었는데……. 어째 이렇게 내 주위에는 쓰레기가 자꾸 들러붙는 걸까. 역시 나 자신이 쓰레기라서 그런가? 어떤 세계에서도 유유상종은 통하는 말이란 걸까."

"쯧쯧, 뭘 모르는구나. 돈이란 참 소중한 거란다? 수천만이란 돈은 나같이 열심히 사는 어른이 몇십 년이나 바쳐야 모을 수 있는 금액이라고. 이렇게 말해줘도 속 편한 학생은 이해가 안 되려나?"

어디에 사는 누가 했는지 모를 진부한 말과 함께 자랑스럽게 웃어 보인다.

내 분위기가 바뀐 것은 분명히 알아차렸을 텐데 여유로운 태도가 무너지지 않는다. 그 손에 든 크로스보우로 내가 뭘 하든 어렵잖게 반항을 봉할 수 있다는 자신감 때문이려나.

경계심이 아주 없지는 않은 듯 크로스보우는 무릎 관절을 꿰뚫을 수 있도록 겨냥됐고, 오니시의 시선은 내게서 한 번도 떨어지지 않았다.

엽기 살인자는 평소 몹시도 제대로 된 인간으로 보인다고 인터넷인가 어딘가에서 읽었는데, 제법 고개가 끄덕여지는 이야기다.

평범한 인간이라면 이렇게 자연스레, 당연하다는 태도로 이기적이게 행동하진 못한다.

"야, 야야, 아까 말이야. 떠올렸다며, 역시 실종됐던 기간 얘기지? 저쪽 세계가 어쩌고저쩌고, 역시 이세계에 갔다 왔었던 거야?"

"그래, 맞아. 이세계에서 겪었던 많은 기억을 떠올렸다."

"오오! 역시 굉장하네. 나도 가르쳐줘라. 이세계는 어떤 곳이야?! 진짜로 마법 같은 걸 쓰고 다니나? 내 클라이언트가 말했는데, 너를 이용해서 이 세계에서도 자기가 마법을 제대로 쓰고 싶다고……."

"아무것도 다를 게 없어. 이쪽 세계와 마찬가지지. 아름답지만 더럽고, 다양한 사람들이 있고, 분명 행복보다 불행이 조금은 더 많이 뒤섞였을 거야. 이 세계와 아무것도 다를 게 없어."

흥미진진한 분위기로 주절거리는 오니시의 말을 가로막고 나는 답했다.

"아니, 아니야. 그런 건 별로 궁금하지 않아. 내가 묻고 싶은 건……."

말이 끊기는 바람에 오니시는 얼굴에 살짝 불쾌한 기색을 드러낼 뿐 내가 취하는 움직임을 아직 알아차리지 못했다.

"그러니까 사람을 부수는 방법도 분명 별다를 게 없겠지."

멀뚱멀뚱, 얼간이 같은 낯짝을 내비칠 뿐.

"응? 어, 뭐야?"

뚝, 손에 든 크로스보우와 함께 왼손이 바닥에 떨어진다.

그리고 긴 한순간 동안 이어지는 공백의 뒤에.

"봐, 손을 자르면 떨어지는 것도 똑같네."

"캬아아아아아아아아아아아?!"

깔끔한 적색과 백색의 절단면을 순식간에 끈적끈적 붉은 피가 뒤덮고 뚝뚝 떨어져서 아래에 피 웅덩이를 만든다.

"새빨간 피의 색도 똑같지."

"피가! 피가아아아아아아아아?!"

방금 전까지 여유는 어디에 갔을까, 오니시는 착란 상태에 빠져 팔을 부여잡았다.

"죽는다, 죽는다고오오오오오오?!"

"하핫, 쓰레기 같은 비명 소리도 똑같구나."

그렇다, 멋진 비명 소리다. 내게 소중한 사람을 빼앗으려고 했던 적이 괴로워하는 비명 소리.

그러나 나 또한 이대로 쉽게 죽도록 놔둘 생각은 없다.

“안심해라, 아직은 못 죽을 테니.”

나는 아픔을 견디면서 다리에 박혀 있는 보우건의 화살을 잡아 뽑았다.

평소보다 조금 강한 저항감이 느껴졌지만, 곧 문제없이 【취록(翠綠)의 정검(晶劍)】은 내 손에 잡혔다.

“……나무들이 전해주는 잎의 바람에 깃들어라, 숲을 수호하는 취록의 광막, 『치유의 녹빛』.”

엷은 빛이 상처 부위를 감싸면서 곧 출혈이 멎었다.

이 광경이 오니시에게는 눈앞에 드리워지는 한 가닥의 지푸라기처럼 보였을 테지.

“그, 그거! 마법이야?! 나, 나도! 피! 피를 멈춰줘!!”

“크큭큭, 역시나 어떤 세계에서든 인간 따위 딱히 별다를 게 없구나.”

예상대로 손바닥을 홱 뒤집는 오니시의 반응에 내 마음속에서 이글이글 불타오르는 불의 잔에 새카만 물이 차오르는 것을 느낀다.

“뭐, 뭐하는 거냐아!! 안 죽인다고 말했잖아! 빨리 내 상처도 치료하라고!!”

“하하하하핫!! ……건방 떨지 마라, 이상한 착각을 하는구나.”

“힉?!”

치료된 두 다리로 일어서서 이제 반대로 무릎을 꿇게 된 오니시를 내려다봤다.

이제는 슬슬 살기를 억제하려는 생각조차 사라졌다.
“아직 깨닫지 못한 것 같아서 가르쳐주마. 네가 있는 장소는 이미 지옥 밑바닥의 입구다.”
“흐어?”
만들어 낸 것은【염차(炎車)의 양검(陽劍)】.
불꽃이 고스란히 칼날을 이루는 도신에 장식이 없는 칼자루.
충분한 마력을 주입하면 도신에 깃든 불꽃이 베어 가르는 모든 것을 순식간에 불살라 버린다.
내가 휘두른 불타오르는 도신은 놈의 팔꿈치 아래쪽을 날려버리고 절단면을 고열로 구워 버렸다.
먼저 떨어진 손목 근처의 바닥에 또다시 팔이 떨어진다.
“캬아아아이이이아아아아악?!”
“봐, 이러니까 피는 멎었지? 피가 안 나오면 손발을 잘라도 쉽게 죽지는 않더라. 이런, 아직 기절하면 안 되지.”
“흐그악?!”
나는 오니시의 머리카락을 붙들어 잡아당겼다.
“헛소, 헛소리 집어치워라아아아앗!! 치료하라고, 내 팔을 붙여 놓으란 말이다아앗!!”
격분한 오니시는 스스로도 뭐가 뭔지 모르게 된 상태이리라.
이미 없는 팔 끝을 내밀면서 아픔도 모조리 다 잊어버린 듯 분노를 퍼부어 댔다.
“이따위 짓을 하면 어떻게 될지 모르는 거냐아?! 죽인다, 반드시 죽인다!! 네 녀석의 여동생도 친구도 모두 가지고 논 다음 팔아넘기

꺄흐악?!"

"거참~ 착각하지 말래도? 그리고 지금, 뭐라고 지껄였냐? 앙? 바보냐? 죽을래? 죽고 싶어? 죽고 싶어서 이러지? 그러면 조금 더 알아듣기 쉽게 말해주지 않을래?"

"끄, 끄끄끄……?!"

거머쥔 머리를 바닥에 누른 채 안면을 줄칼로 갉아 내듯이 버걱써걱 비틀어 비볐다.

머리를 들어 올리려고 하는 저항이 사라질 때까지 반복한 뒤 얼굴을 잡아 올렸다.

"자, 질문할 테니 똑바로 대답해라. 거짓말하거나 대답을 잠깐이라도 망설이면……. 어때? 굳이 설명 안 해줘도 스스로 생각할 수 있지?"

"힉?!"

상처투성이로 조금은 봐줄 만하게 된 오니시의 얼굴에 공포가 묻어난다.

"뭐, 내 기억만 더듬어봐도 수상한 녀석이 데굴데굴 굴러다닌다만……. 접촉한 적 없는 누군가가 있다는 가능성도 배제하면 안 되니까."

"대답할게! 대답할 테니까! 이제 멈춰달라고."

"좋은 자세야. 그러면 먼저 이번 의뢰를 맡긴 수모자부터 가르쳐 주실까?"

"**카와카미**다! 카와카미 쿠미코라고 기자 행세를 하는 여자다!! 그 자식에게 의뢰받아서 나는……."

"흐음, 과연, 예상대로군……."

오니시가 입에서 나온 예상대로의 이름에 납득했다.

돌이켜보면 경찰이 숨기고 있는 내 존재를 미리 파악해서 병원까지 찾아오는 둥 외출한 곳에서 우연히 마주치는 둥 그 밖에도 부자연스러운 우연이 다수 발생했었다.

그리고 그 기억들 전부에서, 기억을 잃었던 나는 눈치채지 못할 만큼 희미하게 표정의 움직임이 이상했었다.

뭐, 직접 봤을 때 알아챘던 것이 아니라 지금 여기에서 발굴한 기억으로 내린 판단이라 신빙성은 살짝 모자랐다. 그러니까 뜻밖의 반전으로 마에노 선생이 주범일 가능성도 아주 없지는 않을 것이라는 생각을 갖고 있었다만.

'하긴, 그런 녀석이 흑막이라면 경계심이 없어도 너무 없잖아.'

"그래, 다음은……. 어라, 더 이상 물어볼 게 없네?"

퍼뜩 머리를 굴려봐도 이 녀석이 말한『클라이언트』가 내 예상과 같은 인물인지 확인을 다 끝낸 마당에 더 이상은 물어볼 거리가 사라져버렸다.

별로 시간도 넉넉하지 않은 만큼 이 녀석한테 사실인지 아닌지 분명하지도 않은 정보를 캐낼 바에야 본인을 잡아다 놓고 손보는 것이 훨씬 더 효율적이겠다.

비록 내가 기억을 되찾았다지만, 어쨌든 지금 마이가 눈을 떼도 괜찮은 상태가 아닌 것은 변함없는 사실이니까.

그런 내 생각을 읽어 냈을까, 공포로 일그러진 얼굴을 더욱 쭈글쭈글 구기며 오니시가 부르짖었다.

"히익, 요, 용서해줘, 농담, 농담이니가아. 더 이상은 너를 건드리지 않을 테니가아…….”

“……용서한다? 내가, 너를? 농담이냐?”

물론 내가 적에게 자비를 베풀 리 없었기에 놈의 기대감을 짐작하자마자 빈정거렸다.

나는 무릎을 꿇고 선 녀석을 걷어차 쓰러뜨리고 다시 검에 불꽃을 불러일으켜서 발목을 잘라 냈다.

“카악?! 캬아아아아아아아아아아아악?!”

“용서해줄 리 없잖냐, 좋게 끝낼 수 있는 일선을 훌쩍 넘겼는데.”

이놈은, 나를 속였다.

이놈은, 내 동생의 친구에게도 해를 끼쳤고, 아마도 그 친구를 죽이는 데 가담했다.

그리고 무엇보다 이놈은 내 동생을 해치겠다고 지껄여 댔다.

그렇다면 이놈은 나의 적이다.

내 앞길을 막고 내 세계를 부술 적이다.

내 동생의 세계를 부서뜨린 놈, 고통을 줘서 죽여야 할 대상이다.

“히기이이익!! 아가아아악?!”

“죽어, 죽어, 죽어, 죽어라. 굳이 너 따위 놈한테 구원을 허락할 이유가 없단 말이지.”

붕, 붕, 붕, 진자처럼 흔들려서 좌우로 오가는 검의 섬광은 오니시의 다리를 토막토막 잘라 나간다.

표면이 불타 눌어붙은 살덩어리가 데굴 떨어졌다.

“마음 같아서는 좀 차근차근 시간을 들여 죽이는 과정까지 음미하고 싶기는 한데, 유감스럽게도 여유를 낼 상황이 아니군. 대충 떠오른 대로 죽여줄 테니까 그런 줄 알아라."

"이려지 마, 사려줘, 사려줘어……."

"살려주지 않아, 누가 나타나도 너를 살리게 놔두지 않아. 사람 죽이는 일을 거든 주제에 자기는 죽고 싶지 않다는 말인가? 이봐, 자식아. 너는 수천만이라는 금전을 받아서 이런 범죄에 손을 물들였다며? 그렇다면 실패했을 때 패널티도 비슷한 대가를 치러야 하지 않겠나?"

나는 다른 한쪽 손에다가【복룡(伏龍)의 석검(石劍)】을 만들어 내서 콘크리트 바닥을 지배하에 놓은, 뒤 거기에서 분리한 철분으로 사지를 잃은 오니시의 관짝을 제작했다.

허물어지듯 커다랗게 함몰된 바닥 아래에 은색을 띤 1미터짜리 입방체 상자가 나타난다.

"그러니까 죽어라, 후회하면서 죽어라, 조금이라도 더한 고통을 받고 죽어라, 절망 속에서 죽어라!!"

나는 데굴데굴 나동그라진 오니시의 손발 살덩어리를 철제 상자 안쪽으로 집어 던져서 바닥에 깔았다.

그리고 마지막으로 꼼짝도 하지 못하는 오니시의 몸체 목덜미를 붙잡아서 함몰된 구멍 안쪽에, 살덩어리 위에 얹어서 상자 안쪽에다가 오니시를 눕혀 놓았다.

"이제부터 너를 이 상자로 쪄서 익혀주마. 상자를 닫고 지면 아래에서 계속 가열할 거다. 아, 물론 마법을 쓴 불이니까 적어도 하루는 꺼지지 않아. 그러니까 결국에는 온몸이 검게 눌어붙을걸. 뭐, 시험한 적이 없으니까 어느 단계에서 죽을지는 잘 모르겠군."

"어, 어떠게, 사과할게, 사과한다니까!"

"글쎄, 사인은 뭐가 되려나? 온몸에 화상을 입고 쇼크사일까, 잘라 낸 살덩어리에서 흐른 피에 익어서 죽을까, 아니면 질식해서 죽을까, 열 때문에 숨통이 망가지는 게 먼저일까. 아하, 공포 때문에 쇼크사를 당하는 패턴도 있겠구나. 이봐, 네 생각은 어때? 어떻게 죽을 것 같아?"

"싫어, 싫어싫어싫어어어어, 이딴 죽음은 싫어어어어어어엇!"

"아하하하하하핫! 어쩔 수 없잖냐, 네가 스스로 이딴 세계에 발을 들여놓았으니까!"

웃는다, 웃는다, 비웃는다.

웃어라, 웃어라, 비웃어라.

내 마음속 불꽃이 거뭇하게 물든 기쁨의 소리를 터뜨린다.

과거를 비웃어라, 미래를 비웃어라, 전부를 비웃어라.

줄곧 밟아서 넘어왔던 주검 위쪽에 선 채 다시 되찾을 수 없는 무엇인가를 비웃어라.

복수를 할 때는 웃어야 한다. 허용할 수 없는 무엇인가를 비웃어야 한다.

자기 자신을 불길에 지펴서 주위 전부를 잡아먹어라.

그렇게 살아 나아가기로 나는 결심했으니까.

"잘 버텨봐라, 만약에 신이 너를 마음에 들어 한다면 혹시 다시 살아날 수도 있지 않겠냐? 그럼 내가 또 이렇게 죽여주마. 다음에는 더욱 고통에 가득 찬 방법으로. 아하하하하하핫!!"

"사려줘……."

나는 녀석의 말을 마지막까지 듣지도 않았다. 마지막까지 비웃음을 지은 채 마치 생물의 주둥이가 닫히듯 점점 좁아지는 구멍을 주시했다.

놈의 절망에 가득 찬 표정을 눈에 새겨 넣으면서.

"하하, 이제 난 이쪽 세계에서도 살인자가 됐구나."

나는 구멍에서 나와 흐릿한 목소리가 들리는 상자를 내려다보며 【염차의 양검】에 마력을 쏟아 넣었다.

"―오오, 네가 태양의 종복이더냐. 그렇다면 나는 톱니바퀴처럼 장작을 지피마. 결코 저물지 않을 이 새하얀 불꽃에 고개 숙이마. 『태양신의 백염』."

가볍게 휘두른 【염차의 양검】의 도신이 눈과 비슷한 입자가 되어 구멍에 떨어진다.

입자는 지면에 떨어져서 반짝반짝 하얗게 빛나는 불꽃으로 바뀌었다.

"잘 가라. 너 혼자, 아무도 몰라주는 지금 이대로 어두운 땅속 밑바닥에서 불타 죽어라."

그리고 불타오르는 하얀 불꽃과 먹색의 입방체째로 함몰된 구멍에 뚜껑을 덮었다.

언뜻 보았을 때 이곳에는 마치 아무런 일도 없었던 것처럼 콘크리트 바닥이 있을 뿐이었다.

그러나 이 바닥의 조금 아래에서는 산소도 연료도 필요로 하지 않는 마법의 불꽃이 활활 타오르고 있다.

하얀데도 검은 불꽃은 단지 절망을 싹 들이마시면서 원통함에 젖은 홍소를 내내 터뜨렸다.

몸을 뒤흔드는 비명 소리가 지옥 밑바닥으로 녹아서 사라지는 최후의 한순간까지.

'그건 그렇고 역시 이쪽 세계는 마력의 농도가 상당히 짙은 것 같은데……. 너무 짙어서 오히려 마력 조작의 난이도가 살짝 올라갔잖아.'

나는 두 손의 심검을 지운 뒤에 생각했다.

예를 들자면 이 세계는 빈틈없이 벽돌을 욱여넣은 상자 안이다.

벽돌을 움직이고 싶어도 공간의 여유가 없기 때문에 벽돌을 움직이지 못하는 세계. 이 세계에서 마력을 운용하려면 제법 뛰어난 기량이 필요할 테지.

즉 나는 이 세계에서도 온전한 전투력을 발휘할 수 있다.

"어디 보자, 일단 서둘러서 마이가 있는 곳으로……."

그때 따르르릉, 전화벨 소리가 울렸다.

"모르는 번호다만……. 타이밍이 너무 좋은데, 설마 감시당하고 있었나?"

나는 짧게 망설인 뒤에 전화를 받았다.

"『우케이 학생 맞나요? 다행이다, 연결됐어!』"

전화를 받자 저쪽에서 조바심에 찬 목소리가 들렸다.

들은 기억이 없는 목소리였고 음색을 감안해도 직전에 떠올렸던 가능성이 과한 걱정이었음을 깨달을 수 있었다.

"『저는 이즈카 지서 소속입니다. 진정하고 들어주세요.』"

들려오는 대사에 무심코 얼굴을 찌푸렸다.

어떻게 생각해도 불온한 서두였다.

“『지금 후지노미야 고등학교에서 【전이 지원자】로 짐작되는 인물에 의해 점거 사건이 발생했습니다. 학교 학생들을 인질 삼아서 우케이 학생의 신병을 요구했어요.』”

“……예?”

살짝 찌푸렸던 얼굴에 이번에야말로 깊은 주름이 새겨졌다.

자꾸 연달아 도대체 뭐란 말인가.

“『아무래도 학생이 실종 사건을 겪고 생환한 【귀환자】라는 정보가 새어 나갔던 것 같아요……. 인질을 방패 삼아서 학생의 신병을 요구하고 있어요. 당연히 응할 의도는 없지만, 일단 학생을 보호해야…….』”

뚝, 나는 전화를 끊고 정보를 수집하기 위해 스마트폰으로 검색을 시작했다.

재차 수신되는 전화를 무시한 채 『사건 속보 블로그』라는 사이트를 찾았다.

마침 실시간으로 블로그를 갱신하고 있는 듯 사건의 경위가 대강 적혀 있었다. 불과 몇 분 전 뉴스의 편집 영상도 등록되어 있어서 느린 전송 속도에 안절부절못하며 영상이 재생되기를 기다렸다.

영상은, 조금 떨어져 있는 위치에서 낯익은 학교의 전체 모습을 찍는 부분부터 시작됐다.

실종 사건의 여파 때문에 학교 경비가 강화됐을 때 설치된 셔터가 내려가 있다. 영상에 비치는 시계를 봤을 때 평소였다면 2교시 수업이 중반쯤 진행되는 시간이었을 것이다.

마침 내가 집에서 나와 오니시와 마주쳤던 즈음이다.

“『시청자 여러분, 보셨습니까. 이런 상태에 처한 지 이미 한 시간

이상 경과되었습니다. 부근 주민들의 신고와 범행 성명이라고 짐작되는 영상의 배포로 드러났던 이번 사건. 이쪽이 인터넷에 업로드된 영상의 일부입니다.』"

뉴스 리포터가 멘트를 마친 뒤 화면이 쓱 전환되며 다른 영상이 흘러나왔다.

영상 속, 교장실로 짐작되는 방에서 가죽 의자에 앉은 통통한 남자가 히죽대는 낯짝을 숨기지도 않은 채 화면에 찍혀 있었다.

"【자, 자자, 여러분, 안녕들 하셨는가. 나는 『검극의 용사, 알렉스』다. 이세계를 구원할 마음 관대한 용사라네. 하하핫.】"

화면에서 히죽 웃는 남자.

"【그, 그런데, 이 세계는 나의 세계가 아니야. 나, 나는 이세계에서 성검의 선택을 받아 마왕을 퇴치하러 가야 한단 말이지. 그러려면 나와 내 동료들의 봉인된 힘을 어서 해방할 필요가 있어.】"

그렇게 말한 뒤 카메라의 시점이 움직여서 남자의 동료인 듯한 장발에 깡마른 남자와 안경을 쓴 거구의 남자, 그 밖에도 몇 명의 남자를 비췄다.

"【피, 『필살의 저격수, 로젠하르트』였던가?】" "【『만래의 파멸자, 류젠지 아기토』올시다.】" "【……『암흑의 패자, 슈바인슈타이거』.】"

두통도 머리가 아프겠다 싶을 황당한 자기소개가 이어진 끝에 이윽고 시점은 맨 처음의 남자에게 돌아갔다.

"【우리가 본래 태어나야 할 세계는 이곳이 아니다, 잘못됐지. 그러니까 1년 전 이세계에 소환됐어야 했다. 그렇지만 마왕 측의 세력에 의한 부정한 마력 간섭을 받아 소환진의 출현 위치가 이 학교로 어긋나버렸단 말일세. 이 고등학교에 다니는 학생들로 변신한 마족 병사들 때문이지! 용서할 수 없어!】"

그리 말하며 분개하는 자칭『검극의 용사, 알렉스』는 거친 말투로 외쳤다.

화면 속 뒤쪽에서 동료라는 녀석들은 본인도 동감이라는 듯 소리 높인다.

"【그러니까 우리는 이 학교에 몰래 숨어든 마족을 몰살한다! 그 마족들의 목숨을 대가로 우리는 본래 우리가 있어야 하는 세계로 떠나갈 테다!】"

황홀하게, 환각 상태에 빠진 사람처럼 말한 남자를 따라「오오오!!」소리가 터져 나온다.

지금 막 얼간이를 처리한 뒤 조금 가라앉았던 분노가 다시 또 불길을 뿜어냈다.

"【다만 이 학교에는 평범한 인간도 섞여 있지. 그러나 약체화되어 있는 지금의 우리로서는 분간할 방법이 없다. 이런 현실이 몹시도 슬플 따름이다. 그러나 마족을 지휘하는 중간 보스가 이미 이 세계까지 넘어왔다!! 그놈을 쓰러뜨리면 마족들도 분명 다들 사라질 테지! 따라서 이 세계의 여러분들이 협력해주게! 그놈은 이 세계에서 ■■■ ■■■라는 이름을 사용하고 있다. 그놈을 쓰러뜨리면 마족이 아닌 사람들을 죽이지 않고 수습할 수 있다!!】"

이름 부분은 모자이크로 처리됐지만, 굳이 생각할 것도 없이 내 이름일 테지.

치솟는 조바심을 꾹 참고 다음 발언을 들었다.

“【우리가 자네들에게 요구하는 조건은 두 가지다. 하나는 ■■■ ■■■라는 이름으로 이 세계에 몰래 숨어든 마족 중간 보스의 신병, 그리고 다른 한 가지는 총화기다! 역시 이세계에서 무쌍하려면 총화기는 제외할 수가 없으니까 말이지. 아, 보잘것없는 경찰용 권총뿐 아니라 자위대의 서브머신 건이라든가 라이플, 거기에 탄약도 대량으로! 잘 부탁함세!】”

후려갈기고 싶도록 히죽대는 낯짝을 진지하게 분위기 잡는 표정으로 바꾼 남자가 계속 말했다.

“【그러나 우리도 한시라도 빨리 우리가 있어야 할 세계로 도약해야 한다네. 시간이 많지는 않아. 따라서 금일 15시 31분, 이세계 표준시로 6D시 342분초를 기한으로 이 학교 전체를 살균 소독 처분하겠다. 그때까지 ■■■ ■■■와 총화기를 우리에게 가져오도록. 그렇게 하면 관계없이 말려들 사람은 없을 테니까!!】”

아, 제기랄, 진짜 머리가 아프다.

역시나 내가 미처 몰랐을 뿐 이 세계도 저쪽 세계도 다를 게 없다.

얼간이는 어느 세계에서도 구더기처럼 솟아 나온다.

“【그러면 이만, 선량한 시민들의 협력을 기대하겠네!】”

마지막으로 화면 속 남자가 저런 헛소리를 한 다음 영상이 끝났고, 현장에 있는 리포터에게 카메라가 옮겨졌다.

여하튼 나는 알고 싶은 사실은 얼추 파악한 터라 스마트폰의 전원을 끄고 어떻게 움직일까 머리를 회전시켰다. 그러나 굳이 고민할 필요도 없이 당장에라도 마이가 있는 곳으로 가서 마이의 안전을 확보하는 것이 우선일 수밖에 없었다.

“조금 거리가 멀지만……. 마력의 농도가 높은 만큼 소비는 적을 테니까 아마도 괜찮을 거다.”

나는【둥글 다람쥐의 주머니 검】을 불러내서 둥글 주머니 속의 MP포션을 꺼내 들이켰다.

곧바로 둥글 주머니를 허리에 매달려다가 자신이 입고 있는 학생복에는 매달 장소가 없다는 데 생각이 미쳤다.

“……기억을 되찾은 직후잖아, 학생 기분이 싹 빠져버렸군.”

역시 나라는 존재는 세계의 너머 저쪽에 아직껏 붙박인 채 돌아오지 못했다는 뜻이다.

『학생』이 아니라『복수자』였던 자신으로 돌아와버렸다.

그 때문일까. 더욱 예민해지는 직감 비슷한 무엇인가가 나를 농락하고자 슬그머니 다가드는 불길함을 감지한다.

나는【천재(天在)의 전검(轉劍)】을 손에 만들어 냈다.

“―하늘을 떠다니는 구름이 되자, 어둠을 헤매는 꿈이 되자, 별을 건너다니는 바람이 되자.

―가고 싶노라 바라는 장소에, 보고 싶노라 바라는 사람에게.

―그저 그곳에 있고 싶노라 바란다면.『전이, 인간의 좌』.”

마력 절약을 위해서 읊은 영창과 함께 마이의 존재를 힘껏 상기한다.

그저 오로지 마이의 곁에 가겠다는 의식을 강하게 불러일으키며 마력이 점점 온몸을 변질시키는 감각에 몸을 맡긴다.

마력 조작이 살짝 어렵지만 일단 적응만 되면 짙은 마력 농도는 상상 이상으로 수월하게 심검의 능력을 끌어낼 수 있는 환경이었다.

몸이 세세한 입자가 되어 하나하나가 작은 그림자 속에 녹아 들어

가는 전이의 감각.

이유는 없다, 없지만, 묘하게 살갗을 찌르는 불길한 느낌.

"……아아, 싫다아."

전이의 감각은 일순간이었다.

터널을 빠져나가는 듯 내게 돌아온 감각이 포착한 것은.

――나는 질리도록 보았던 광경, 어지럽게 흩어져 있는 살점과, 피와, 절망의 표정을 띤 시체.

"진짜로, 저쪽 세계도 이쪽 세계도 다를 게 없다니까. 어째서 나는 항상……."

"오, 오라버니……?" "카이토……?"

"으음부우우으윽, 큭!! 우구으아아악!!"

"이미 늦어버린 다음에 깨닫는 걸까."

그곳에는 튀어오른 피로 온몸을 새빨갛게 물들이고.

언월도 끝과 벌목도의 칼날을 결박된 남자들에게 내리찍고 있는.

나의 절친과 여동생이 있었다.

☆

『오늘은 당번이라서 먼저 나갑니다. 오빠가.』

짧은 메모를 마지막으로 제 일상은 어느 날 갑자기 뚝, 암흑에 휩싸였습니다.

그래요, 마치 전기 차단기가 내려간 것처럼 갑작스럽게.

『생각보다 시간이 꽤……. 이러다가는 지각해버리겠네요. 오라버니에게 주의를 준 만큼 어떻게든 지각은 면해야……. 아뇨, 오히려 오라버니에게 타박할 구실을 주고 속죄의 명목으로 곁에……? 아, 아뇨, 아뇨. 그래서는 안 돼요, 학교에 일부러 늦는 건 말도 안 되죠.』

1년 반 전.

봄이 끝나고 장마의 계절이 얼굴을 보이려고 하던 무렵.

맑은 날이라기에는 미묘한 하늘, 엷은 구름이 대부분을 뒤덮은 하늘 아래에서.

어쩌다 보니 쓰러져 있는 할머니를 돕게 됐다는 지각용 변명의 대명사 같은 사태와 조우한 뒤 서둘러 등교하던 날의 기억.

『다행이다, 간신히 아슬아슬한 시간에는 도착할 수 있을…… 꺅?!』

부 활동에서 쓰는 언월도를 등에 메고 살짝 종종걸음으로 이동하며, 이제 곧 계단을 마저 내려가려던 참에, 눈이 아찔할 만큼 강한 빛이 시야를 자극했고.

내디디는 걸음이 쓰륵 미끌어지는 감각을 지금도 잘 기억하고 있습니다.

짧은 거리를 굴러 떨어져서 조금 희미하게 부예진 시야로 계단을 잘못 밟았던 장소에 나타났던 빛의 마법진을 보았고.

근처 사람들이 걱정하며 건네주는 말을 들으며 저는 정신을 잃어버렸습니다.

『……아?』

그리고 다음 날 깨어났을 때, 저를 남긴 채 많은 사람들이 사라졌습니다.

처음에는 영문을 알 수 없었죠.

아버지와 어머니가 사고로 차와 함께 바다에 빠져 행방불명됐대요.

오라버니가 집단 실종 사건에 휘말려서 행방불명이래요.

그런 이야기는 마치 수많은 비눗방울에 비친 가짜 같아서.

『……거짓말이에요.』

혼자 남게 된 집으로 돌아왔고, 그런데도 도무지 돌아왔다는 실감이 들지 않아서.

아버지의 서재에 있는 흔들의자 위에 무릎을 끌어안고 앉아서 끽끽 앞뒤로 흔들어봤습니다.

어머니가 길렀던 화분에 분무기로 물을 주고 하루 종일 넋을 놓은 채 바라봤습니다.

오라버니의 방에서 오라버니가 읽던 만화를 읽고, 오라버니가 입었던 옷을 입고, 오라버니의 침대에서 오라버니가 쓰던 이불로 몸을 감싸고.

『……거짓말이에요.』

인기척 없는 거실에서 오라버니가 어릴 적 좋아했던 애니메이션을 돌려 봤습니다.

살짝 얼빠진 구석이 있는 오빠와 야무지고 똑똑한 여동생, 두 사람의 주인공이 판타지 세계의 학교에서 모험하는 이야기.

어릴 적 인기 많았던 애니메이션이라 병약해서 집 밖에 나가지 못한 저에게 오라버니는 곧잘 이 애니메이션의 흉내를 내며 놀아줬습니다.

애니메이션 캐릭터를 연기해서 『오라버니』라고 부르자 즐거워하는 오빠를 보고 저는 호칭을『오빠야』에서『오라버니』로 바꿨습니다.

『……거짓말이에요.』

오라버니가「마이도 더 자라서 몸이 튼튼해지면 애니메이션처럼 같이 밖에 나가서 놀자」라고 말해줬으니까.「이 아이처럼 되면 맨날 같이 놀아줄 거야?」라고 물어봤더니「그럼, 우리 남매끼리 맨날 같이 대모험을 하자!」라고 말해줬으니까.

열심히 몸을 단련했고, 무술을 선택할 때는 애니메이션 속 여자아이가 사용했던 언월도를 골랐고.

야무지고 똑똑한 소녀가 될 수 있도록 많은 노력을 했고.

평소에는 심술궂은 발언으로 오라버니를 곤란하게 만들다가 때때로 솔직하게 어리광을 부리고.

오라버니에게 들키지 않게, 접근하는 여자를 차단해서 쫓아내고.

『……거짓말이에요.』

주위 사람들에게 브라콤이라는 말을 들어도 애니메이션 속 소녀처럼「네, 맞아요. 여동생은 오빠를 소중하게 아끼는 법이죠」라고 받아치며 전혀 부끄러워하지도 않았습니다.

왜냐하면 약속했던 대로 오라버니는 저를 소중하게 아껴줬거든요.

물건을 사러 가고 싶다고 말하면 함께 외출해줬습니다.

생일이며 기념일에는 선물을 줬어요.

미팅 제안을 받아도 살짝 삐친 시늉을 하면 거절해줬죠.

오라버니를 위해서 제가 무엇인가 할 때마다「고맙다」라며 웃어줍니다. 그러면 애니메이션 속 여자아이처럼「못난 오라버니를 위해서예요」라고 받아쳤고요.

『……거짓말이에요.』

이렇게 말이 흘러나올 때마다 비눗방울은 하나하나 터져 나갔습니다.

그리고 비눗방울이 터질 때마다, 제 세계가 비눗방울에 비친 회색의 무엇인가에 짓눌렸고.

그리고 제 세계는 구멍투성이가 됐습니다.

살짝만 발을 잘못 내디디면 어두운 구멍 밑바닥으로 떨어져버릴 것 같은 세계로 바뀌었습니다.

살풍경한 방, 사람의 온기가 없는 방.

소중한 사람들이 몽땅 사라진 뒤 혼자만 남은 집 안.

마치 언제나 침대에 누워 지냈던 어린 시절로 돌아간 것 같았습니다.

숨이 막히는, 깊고도 깊은, 불빛이 없는 수조의 안쪽에 있는 기분.

무서워서, 무서워서, 겁나고 두려워서.

그때는, 맞아요, 깨어났더니 오라버니가 사라졌었고.

집 안에서 지내는 게 무섭고 무서워서 견딜 수가 없어서 바깥에 나갔다가 차에 치였고, 금방 또 정신을 잃어버렸고, 다시 깨어났을 때는 아버지도 어머니도 오라버니도 곁에 있었습니다.

차에 치였던 통증과 부상보다도 훨씬, 가족의 존재에 안심이 됐죠.

그렇지만 이번에는 아예 나갈 곳마저 없습니다.

왜냐하면, 일어나 걸음을 내디딘들 그곳에 있는 것은 어두운 구멍.

추락하면 산산이 조각나버릴 어두운 구멍.

그렇게 저는 눈물도 못 짓고 꼼짝도 못 하는 상태가 되었습니다.

깨어 있는 동안은 하염없이 반복 재생되는 애니메이션을 보았고,

지치면 건전지가 뚝 끊어지는 것처럼 제자리에 쓰러져 잠듭니다.

식사도, 목욕도, 옷 갈아입기도, 처음 며칠 사이에 의욕이 전부 사라져버렸습니다.

왜냐하면, 보여줄 상대도 없는걸요. 건강에 주의를 기울였던 식사도, 매일같이 욕실에서 했던 트리트먼트도, 오라버니 취향의 어른스러운 복장도, 노력할 이유를 아무 데서도 발견할 수가 없었기에.

머지않아 기껏해야 화장실이나 드나들 뿐 텔레비전 앞에 붙박인 채 날짜 감각이 사라질 만큼 꿈과 현실의 경계만 왔다 갔다 멍멍하게 시간을 보내게 됐고.

그 경계선이 녹아버리도록 얇은 수면과 불완전한 각성을 반복하며.

『다음에 눈 뜨면 오라버니와 부모님이 또 걱정하는 얼굴로 곁에 있어주려나.』

하루에 몇 번씩 찾아들던 시야가 아찔해지는 순간마다 그런 바람만을 떠올렸습니다.

그리고 그때마다 생각했습니다.

——어차피 오라버니가 이제 없다면 이대로 꿈속에서 죽는 게 차라리 나을 텐데.

여기까지가 제게 주어졌던 절망의 제1막.

그래도, 저런 암흑 속에서도, 전부 다 모조리 잃어버렸다고 체념한 와중에도 아직 잃지 않았던 것이 있었습니다.

『바보 아니야?! 도대체 뭘 하는 건데, 너!!』

『얼마나 걱정했다고요……!』

『아야, 아야얏, 아파요, 얘들아.』

눈을 떴을 때 낯선 병실 안, 몸을 일으켰던 순간에 보인 것은 친구들의 얼굴이었습니다.

유명한 재판관의 딸이자 평소부터 괄괄한 성격에 부정과 반칙을 싫어는 유키.

자산가의 딸이자 포근포근한 푼수 분위기를 내비치면서도 의외로 고집이 센 사토미.

유키한테는 세차게 찰싹 뺨을 얻어맞았고, 사토미한테는 팔뚝 위쪽을 꽉꽉 꼬집혔습니다.

두 친구 모두 눈물을 뚝뚝 흘리며 진심으로 화를 냈습니다.

저는 뭐가 어떻게 된 것인지 알 수 없었기에.

다만 두 친구의 저런 모습이 당황스럽기만 했기에.

그렇지만, 그럼에도 두 친구가 쏟아 내는 감정만큼은 어째선지 맨몸 깊숙이 푹푹 박히는 기분이었기에.

『어째, 어째서, 그만, 으아, 아아아아아, 아아아아아아아아아아아아아아아아……!!』

어떤 마개가 망가져버린 것처럼 흘러넘치는 눈물을 주체할 수가 없었습니다.

울고, 울고, 울고, 울다가 목소리도 눈물도 몸속에서 모조리 말라버린 게 아닐까 싶도록 쌓아 놓았던 전부를 토해 냈고.

병원 침대에서 셋이 다 함께 정신을 놓았을 무렵에는 이미 저녁때였습니다.

아마 링거를 맞은 까닭에 또렷하게 정신을 차린 제가 들었던 말은, 아무리 시간이 지나도 집에 틀어박힌 채 나오지 않는 저를 걱정하던 두 친구가, 마냥 열어 놓았던 실내의 큰 창문 너머로 상황을 살피던 중, 힘이 빠져서 쓰러져 있는 저를 발견했다는 것.

제가 구급차로 이송된 뒤 가벼운 영양실조와 중도의 탈수 증상을 진단받았다는 것.

그리고 두 친구가 몹시 걱정하여 제가 깨어날 때까지 쭉 곁에서 있어줬다는 것.

『진짜 이해가 안 가는데, 우리 중 가장 성격이 뻔뻔스러운 주제에 왜 이번에는 이렇게 대뜸 포기하는 거야. 멍이나 때릴 시간이 있으면 사랑하는 오라버니를 찾으러 가는 게 먼저잖아! 평소의 『오라버니에게 기어드는 도둑고양이는 죽어』라고 말하는 것 같은 행동력은 어디에 간 건데!』

『맞아요, 맞아요. 우리도 몇 번을 살기가 담긴 시선을 받았었는지…….』

두 친구에게 꾸중 듣고 퇴원한 뒤 저희는 실종 사건의 진상을, 아뇨, 사라진 오라버니를 찾아 나섰습니다. 이런저런 인터넷 사이트에서 정보 제공을 부탁했고 경찰서를 다니며 수사에 진전은 없는지 뭔가 단서는 없었는지 캐물었습니다.

오라버니의 친구였던 유토 선배와도 정보 교환을 하게 되었습니다.

이렇다 할 진전은 전혀 없었던 데다가 구멍투성이로 바뀐 세계도 여전히 변함없었습니다. 그럼에도 유키와 사토미가 함께해준 덕분에 저는 그런 세계에서도 걸음을 내디딜 수 있었습니다.

그러니까 저는 또다시 잊어버리고 말았습니다.

한 차례 경험했는데도, 소중한 사람들이 어느 날 갑자기 사라져버릴 수 있음을.

저희가 실종 사건의 조사에 나선 지 몇 개월 지나서 결국 사건이 발생했습니다.

충격적인 실종 사건은 물론 큰 물의를 빚었죠. 게다가 경찰에서 기밀 지정된 실종 사건 관계자의 정보 파일이 한 부, 그리고 실종 상황을 찍은 판타지 느낌의 영상이 유출됐습니다.

때를 맞춰서 불온한 소문이 퍼져 나갔고 치안도 악화되면서 그날이 찾아왔던 겁니다.

그날 방문했던 곳은 어느 쇼핑몰.

판타지 느낌의 영상에 나온 마법진을 봤을 때 저는 사건 직전에 목격했던 현상을 떠올렸습니다. 학교에 있지 않았건만 어째서 제 위치에도 마법진이 나타났을까 의문을 가졌던 저희들은 사건 직전에 제가 취한 행동이며 갔던 장소에 대해 검증을 진행했었습니다.

이름도 모를 사람들의 비명이 들린 시간은 정오 조금 전.

훗날 『집단 묻지 마 살인 사건』이라고 불리게 된 사건의 일부 여파가 평화로웠던 쇼핑몰 안을 혼란의 도가니로 밀어 넣었습니다.

칼을 쥔 남자가 느닷없이 남고생을 찔러서 몸에 말처럼 올라타더니 거듭거듭 거듭거듭 칼날을 깊숙이 박아 넣었던 겁니다. 그 흉행에 공포를 느낀 인파가 저희를 휩쓸어서 모두 흩어져 버렸습니다.

그리고 그 이후 저는 유키의 얼굴을 보지 못했습니다.

나중에 다시 만난 친구는 사토미뿐, 아무리 걸고 걸어도 유키의 스마트폰과 연결이 되지 않았고.

집에도 돌아오지 않았습니다. 경찰에 신고해도 각지에서 발생했던 묻지 마 살인마 사건에 대응하느라 제대로 수색도 해주지 않았습니다.

저도 사토미도 곳곳을 찾아 돌아다녔지만, 어떤 성과도 거둘 수 없었습니다.

그렇게 아무것도 이루지 못한 채 반년 뒤.

여전히 유키와 실종 사건의 단서를 찾아 돌아다니다가.

그날도 역시 세계는 갑작스럽게 제게서 소중한 사람을 빼앗아 갔습니다.

『사토미~ 사토미……?』

그곳은 실종 사건을 조사하기 위해 사토미가 빌린 방.

실종 사건에 매달리는 행동을 싫어했던 사토미의 부모님들께 군소리를 듣지 않고자 빌려 놓았던 방.

불편한 면이 아주 없지는 않았지만, 저도 집 안만큼은 아무 사건도 발생하기 전의 모습을 이대로 유지하고 싶었기 때문에 돈은 함께 마련하는 형태로 처리했습니다.

『————!! ——!!』

『—~~, ~~—!! ——!!』

꼭 붙잡은 문손잡이가 몹시 차갑게 느껴졌던 기억이 납니다.

그리고 방 안쪽에서 흐릿한 비명 소리와, 다투는 목소리가.

『큭, 커헉……!』

『쿠히히힛, 히히힛! 해냈다, 해냈다해냈다해냈다고!! 이제 나는 이따위 개똥 같은 세계에서 탈출할 수 있다!! 대머리 상사도, 나를 깔보는 동료도, 시건방진 신입 사원도, 전부 다 꼴좋게 됐군!! 이놈이고 저놈이고 빌어먹을 것들뿐이지!! 아하하하하핫!! 나는 이세계에서 최강의 나이프 마스터가 될 테다!! 아하하핫!!』

불길한 예감이 솟아 뛰어들었던 방 안쪽, 그곳에서 본 것은 눈앞이 아찔해지는 광경.

본 적도 없는 통통한 남자가 사토미의 몸에 올라타서 사토미의 배에 먹색으로 빛나는 무엇인가를 마구 찌르고 있었습니다.

『연격! 연격! 연격!!』

『꺽, 끅, ……아…….』

소리 지르는 남자가 짤랑짤랑 매달아 놓은 나이프 홀더에서 몇 자루씩 나이프를 뽑아다가 사토미의 배에 박아 넣고 있었고.

상황을 인식했을 때는 다급한 마음에 사토미에게 달려가서 남자를 있는 힘껏 밀쳐버렸습니다.

『으기익?!』

『사토미, 사토미!!』

깡, 까깡, 나이프가 굴러떨어지고, 이름 불러도 아무 대답이 돌아오지 않고.

사토미의 눈은 전기가 사라지는 일순간처럼 가느다란 빛이 강하게 불타오르며 깜빡였다가 곧 사라졌습니다.

절대 돌아오지 못할 어둠의 밑바닥으로 불빛이 떨어졌습니다.

『사토, 미…….』

그렇게 저의 구멍투성이 세계는 진정으로 새카매졌고.

『너, 네녀어어어어어어어어언!! 너도, 네년도 나를 방해하러 나타난 녀석이냐아아아아앗!! 그래, 알고 있다고. 너도, 네년도 죽여주마! 보너스 포인트다!! 치트를 받을 수 있어!! 나이프 이도류!』

뚝, 무엇인가가 끊어지는 소리가 들렸습니다.

『……읍, 으아아아아아아아아아아아아아아아앗?!』

『어랴?』

머릿속이 새하얘져서, 눈앞이 새빨개져서, 어느 틈인가 바닥에 떨어져 있던 나이프 한 자루를 잡아 남자의 숨통을 나이프로 베어 가르고 있었습니다.

제정신을 차렸을 때 눈앞에 있었던 것은 아무런 말도 못 하는 두 구의 시체.

저는, 무서워졌습니다.

무섭고 무서워서 견딜 수가 없었죠. 사람을 죽여버린 제 자신의 행동에도, 이렇듯 구멍투성이의 세계에서 손을 붙잡고 끌어줬던 친구가 모두 사라져버렸다는 현실도, 어떻게 해야 할까 알 수가 없어서.

저는 그 자리에서 도망쳤습니다.

기적적으로 아무와도 마주치지 않은 채 집까지 도착한 뒤 현관 안쪽에서 주저앉았고 마치 돌이 되어버린 것처럼 피가 묻어난 나이프를 부여잡은 채 펴지지 않는 오른손을 바라봤습니다.

『아하, 아하하……. 죄송해요, 오라버니. 마이는, 더러워져버렸어요.』

저는 더 이상 추억의 애니메이션 속 소녀와 같은 여자아이가 될 수 없습니다.

이제껏 노력하고 노력하고 노력했는데도 이토록 더러워져버렸습니다.

그렇게 저는 또 어두운 물속 밑바닥에 되돌아갔습니다.

스스로 바깥에 나갈 용기도, 다시 일으켜 세워줄 누군가도 더 이상은 없습니다.

사토미가 죽은 사건은 어째서인지 제 흔적이 발견되지 않았던 까닭에 혐의를 받는 일 없이 사건은 종결 처리되었습니다.

그래도 더 이상 제게는 아무래도 상관없는 일이라 느껴졌습니다.

부연 세계 속에서 단지 학교에 갔다가 귀가했다가 식사한 뒤 잠자리에 눕는 게 전부인 나날.

아무것도 생각하고 싶지 않아서. 살아 있는 것이 맞긴 맞는가 알 수도 없는 시간 속.

이렇게 제 세계의 차단기는 완전히 내려가 버렸습니다.

이제, 어떻게 돼도 상관없어.

그렇지만 아무도 분노를 쏟아 낼 상대가 없었던 예전과는 다릅니다.

『전이 지원자』.

망가져 가던 제 세계를 재차 산산조각 부순 상대의 동류가 이 세계에서 살아가고 있습니다.

그러니까 저는 유토 선배의 제안을 받아들였습니다.

어차피 저의 두 손은 이미 피투성이니까.

이러한 손을 보여주고 싶지 않은 상대는 모두 제 세계에서 사라져 버렸습니다.

용서할 수 없었기에 저는, 제 세계에 뚫린 어두운 구멍의 앞에 서서 오늘 이날을 기다렸습니다.

그날, 제 눈앞에 오라버니가 돌아온 날까지는.

오라버니가 돌아와주셨습니다. 오라버니가 돌아와주셨습니다. 오라버니가 돌아와주셨습니다!!

기뻐서, 기뻐서, 기뻐서.

그저 기쁨에 휩싸여서, 세계의 전부를 비춰주는 커다란 빛이 돌아왔기에.

저는 한 번만 더 자신의 세계 속 구멍에 등을 돌렸습니다.

피 묻은 손을 등 뒤로 맞잡은 채 죽을힘을 다해서, 예전의 저로 돌아갈 수 있도록.

그래도 역시 부서질 대로 부서졌던 세계를 보이지 않는 척 외면한들 소용없었습니다.

언제나 언제나 불안은 점점 더 격화되기만 할 뿐.

다시 불현듯 맞잡은 손의 온기가 사라져버릴 것만 같아서.

오라버니가 기억을 되찾고자 노력하는 것도 사실은 싫었습니다.

그래도 설령 무엇을 떠올려도 오라버니는 마이를 선택해줄 테니까. 그러니까 유토 선배를 위해서라도, 오라버니를 위해서라도 줄곧 참아왔습니다.

제가 예전의 저처럼 쭉 살아가면 아무 문제도 없을 테니까.

……그렇게 저는 또 실수를 저지를 뻔했습니다.

『전이 지원자』들이 폭발 사고로 위장해서 오라버니까지 빼앗으려는 만행을 저질렀습니다.

그러니까 오라버니가 기억을 되찾기를 더는 기다리지 않겠습니다. 오라버니가 저만을 바라봐주며 집 바깥의 세계와 관련되지 않는다면 아예 위험에 맞닥뜨리지도 않을 테니까요.

그렇지만 오라버니는 역시 마이를 진지하게 바라봐줬습니다. 그러니까 아직 마이의 몸이 더럽다는 사실을 알아차릴 수 있었던 거죠.

부끄러워요, 부끄러워요, 부끄러워요.

그러니까 이번에야말로 저는 온 힘을 다해서 노력하겠습니다.

더 이상은 오라버니를 놓아 보내는 일이 없도록.

더러워져버린 저를 들키지 않고 살아갈 수 있도록.

유토 선배 한 사람에게 떠넘기지 않겠습니다. 저도, 제 세계에 달라붙어서 떨어지지 않는 추악한 것들을 없애러 갈 거예요.

"힛, 히익!! 이, 이러지 마. 아파, 아프다고! 제발!!"

"아, 죄송해요. 잠깐 딴생각을 했네요."

저는 추악한 것을 내려다보며 긴 회상에서 의식을 되돌렸습니다.

눈앞에 있는 인간은 인터넷이란 바다에서 『전이 지원자』들을 모아다가 이번 학교 습격을 획책했던 남자.

유키를 납치해서 잔인한 짓을 저질렀던 남자들.

유토 선배의 소중한 사람이 남긴 여동생까지 농락했던 남자들.

그 사람 덕택에 오늘 실행될 계획을 사전에 알 수 있었습니다. 허를 찔러서 남자들을 처단하는 데 어려움은 겪지 않았습니다.

그렇게, 그날처럼 저는 줄줄이 피를 흘리는 짐승 같은 남자를 내려다봅니다.

두 팔과 두 다리를 진짜 칼날이 달린 언월도의 칼등으로 쳐서 분질렀고, 코와 추하게 튀어나온 복부 지방을 잘라 떨어뜨렸습니다.

"당신들이 유키에게 저지른 짓을 떠올리면 이 정도로 죽여버리기에는 아무리 생각해도 처벌이 관대합니다. 게다가 오라버니한테까지 손을 뻗치려고 했잖아요? 듣고 있나요?"

"모, 모른단 말이에요오! 나, 냐는 단지, 용사가 되기 위해서어어……!!"

"입 다무세요. 제게서 소중한 사람을 빼앗으려고 하는 것들은 한 명도 남김없이 사라져야 해요."

"꺽, 끄윽……?!"

힘을 실어서 내리 휘두르는 언월도의 끝이 추레한 남자의 머리를 깨부쉈습니다.

'……아아, 또, 손이 더러워졌어…….'

튀어 오르는 피와 조각난 뼈와 육편과 뇌수.

저를 더럽게 만들 것들은 전부 다 전부 없애버리고 깨끗하게 씻은 다음에 오라버니의 곁으로 돌아가겠습니다.

"그래도, 이제 한 명, 이제 한 명이에요."

고개 돌려서 바라보니, 유토 선배도 비틀어져 죽은 나무와 같은 남자에게 벌목도의 칼날을 박아 죽이고 있는 참이었습니다.

남은 건 가장 추한 자, 지저분한 수모자 남자뿐.

이제 조금이나마 유키의 원통함을 달래줄 수 있을까요.

사토미를 죽인 쓰레기도 제가 죽였고, 유키에게 손을 뻗쳤던 남자도 이렇게 죽이면.

빠짐없이, 모든 것을 청산하고 저는 옛날의 저로 돌아가야 합니다.

괜찮아, 괜찮아, 괜찮아요.

『전이 지원자』라는 사람들을 모두 다 모두 없애버리면.

전부 다 전부 없었던 일로 만들고, 그런 다음에 오라버니의 마음을 저 하나로 꽉 채운다면.

그러면 오라버니는 언제나 항상 제 곁에 있어주겠죠……?

마이만의 오라버니로 남아주겠죠……?

"……아아, 싫다아. 진짜로, 저쪽 세계도 이쪽 세계도 다를 게 없다니까. 어째서 나는 항상……. 이미 늦어버린 다음에 깨닫는 걸까."

그러니까 오라버니가 이런 곳에 나타나선 안 된다고요.

"오, 오라버니……?"

이럴 리 없어, 이럴 리 없어, 이럴 리 없어.

"싫어, 싫어싫어싫어싫어싫어!! 싫어어어어어어어어어어어어어!!"

있잖아요, 오라버니.

마이는요, 오라버니가 귀여워해주던 시절의 마이로 분명 돌아갈 수 있겠죠?

☆

『뭐, 뭐야 이거……! 살려줘, 유토!』

또 같은 꿈이다.

눈앞에서, 빛 속으로 사라져 가는 시오리 누나의 모습.

『괴로워……! 괴로워, 유토……!』

그날 이후로 몇 번이고 꾸었던 꿈.

그리고 요즘 들어서는 조금 내용이 바뀐 악몽.

비명 한 번도 지르지 못한 채 시오리 누나는 입자가 되어 사라진다.

그리고 다음에 나타나는 것은 넋 나간 눈빛으로 서 있는 시오리 누나의 동생, 카오리.

『유토 오빠, 아파아…….』

새카만 암흑 속, 카오리의 목소리가 울려 퍼진다.

뚝, 뚜뚝, 카오리의 자그만 팔이 마치 썩은 살점처럼 떨어진다. 다른 팔다리도 모두 부스러져서 바닥에 떨어진다.

『살려줘, 살려줘…… 살려줘어…….』

그런 광경을 바라보는 나는 도망도 변명도 할 수가 없었기에.

나는 언제나 절망과 함께 깨어난다.

"큭! 헉, 허억, 허억. 으윽, 끅."

흠뻑 땀에 젖어서 들러붙는 잠옷이 불쾌감을 부추긴다.

매일같이 겪는 까닭에 언제부턴가 잠들기 전 침대 옆쪽에 갈아입을 옷과 물 주전자를 놓게 되었다.

미지근한 물을 마시고 뜨겁게 샤워해서 잠을 깨운다.

오늘만큼은, 정말로 무엇 하나라도 실패를 저질러서는 안 된다.

그날, 그 사람이 실종된 카오리의 말로를 가르쳐줬던 이후 줄곧 이날을 위해 계획을 세웠다.

그 놈들을,『전이 지원자』들을 일망타진할 수 있는 이날을.

"……카이토와 마이를 위해서라도 기필코 모두 죽이겠어."

내가 구하고 싶은 상대는 이제 저 두 사람밖에 달리 남지 않았다.

그런데도 『전이 지원자』들이 저 두 사람한테까지 손을 뻗치려고 했음을 알게 되었다.

폭발 사고에 휩쓸렸다고 들었을 때는 핏기가 싹 가시는 소리를 들은 기분이었다.

상처투성이로 돌아왔던 카이토, 드디어 카이토와 해후를 이룬 마이.

두 사람에게 부담을 주고 싶지 않았기에 이번 계획에서 마이를 제외시켰다. 당일에는 두 사람 모두 학교를 쉬도록 계획을 변경했다.

물론 마이는 못내 미안해했다. 그래도 두 남매가 어떻게 재회를 이뤘던가. 나 역시 두 사람이 가능한 한 평온하게 살아가기를 바랐던 터라 눈치채이지 않도록 주의하며 카이토를 대했다.

위험한 놈들을 없애는 일은 나 혼자서 해치우면 된다 생각했었다.

그 이후, 두 사람이 모두 무사함을 알고 안도했고, 놈들이 사건을 일으키기로 예정했다는 오늘이란 날을 맞이했다.

어젯밤 마이에게 이번 계획에 참가하겠다고 연락이 왔다.

비록 충분히 계획을 다듬었다지만, 기껏 소중한 사람과 재회한 마이를 거친 일에 끌어들이고 싶지는 않았다. 하지만 너무나도 절박한 분위기였기에 결국은 내가 뜻을 굽혔다.

"……철저하게, 고통을 줘서 죽여야 한다……."

시오리 누나를 구출하기 위해서라는 잔인한 거짓말에 농락당했던 카오리의 원수는 절대 용서하지 않는다.

그리고 기억을 되찾으려는 카이토를 방해하게 놔둘 순 없었다.

카이토가 기억을 되찾으면 설령 실낱같은 가능성이라도 시오리 누나를 구출할 수 있는 단서로 연결될지도 모르니까.

그러니까 오늘 나는 사람을 그만두겠다.

가능한 한 잔혹하게, 같은 인간에게 고통을 줘서 죽인다.

괴롭히고, 괴롭히고, 괴롭혀서 놈들의 말로를 전국에 있는 전이 지원자들에게 전시할 테다.

억제력을 만들기 위해서 필요 이상으로 고통을 준 다음 죽인다.

그리고 무엇보다도 자신의 분노를 풀기 위해서.

아마도 분명 인간이 저질러도 될 소행은 아닐 테지만, 망설임은 티끌만큼도 없었다.

"다녀올게, 시오리 누나, 카오리. 원수는, 기필코 갚아주겠어."

평소처럼 교복으로 갈아입고 학교로 향한다.

수업 시작종보다 약간 빠르게 도착해서 학교에 숨겨 놓았던 수제 섬광 수류탄과 놈들을 전원 구속하기 위해 준비한 다수의 수갑. 그리고 하얀 천을 둘둘 감아 둔 두꺼운 벌목도를 회수한 뒤 집합 장소로 정한 빈 교실에서 마이를 기다렸다.

"좋은 아침이에요, 유토 선배."

"그래, 좋은 아침이야, 마이."

잠시 후 언월도를 들고 마이가 나타났다.

끝부분에 감긴 천 안쪽에는 나무로 만든 가짜가 아니라 예리하게 연마한 진짜 칼날이 있다.

"……혹시나 싶어 묻겠는데 진짜로 괜찮겠어? 지금이라면 아직 휘말리지 않고……."

"유토 선배, 걱정은 안 해주셔도 괜찮답니다? 역시 그래선 안 됐던 거예요. 다른 사람한테 떠맡겨서는 아무것도 되찾을 수 없어요.

저는, 꼭 오라버니와 함께하는 일상을 되찾을 거예요. 그 때문에 여기까지 온 거예요."

"……그렇구나. 그럼 오늘로 완벽하게 끝내자. 나도 추악한 훼방꾼들을 어서 빨리 없애버리고 싶어. 게다가, 우리가 실패하면 다른 사람들까지 살해당할 테니까."

우리는 자기 자신을 위해서 관계가 없는 학교 관계자들까지 위험에 노출되는 상황을 의도적으로 방관했다.

절대 실패할 순 없다.

"게다가 그 사람한테 들었거든요. 쓰레기만 못한 파리들, 오라버니를 죽이려고 계획 중이잖아요?"

"……."

그것은 어제 우리에게 진실을 가르쳐줬던 사람이 들려준 정보.

수단은 알 수 없지만, 행방불명됐었던 카이토가 돌아왔다는 사실을 놈들이 파악했다고 한다. 그리고 우리에게 매긴 점수표에서 카이토는 틀림없이 최상위에 위치한다.

카이토를 놈들이 가만 내버려 둘 리가 없었다.

꽉 묶어서라도 집 안에 두고 나오겠다고 마이가 말했던 만큼 학교에 카이토는 없을 테지만, 위험하다는 사실은 변함이 없다.

"오라버니를 해치려는 사람들이라면 더더욱 제 자신의 손으로 철저하게 이 세상에서 없애버려야 해요. 아니면 안심하고 오라버니와 살아갈 수가 없는걸요."

"……그래, 맞는 말이야."

그로부터 잠시 시간이 지난 뒤 따르르르릉, 요란하게 소리가 울려 펴졌다.

뒤를 이어서 곧 철컹철컹 큰 소리를 내며 셔터가 내려갔다. 바깥에서 침입을 막기 위한 장벽인데 오히려 바깥에 나가려는 사람을 막는 감옥이 됐다.

"……시작됐나 봐."

"네, 이게 끝나면 못난 오라버니는 마이 것이에요……. 에헤헤, 에헤헤헤♪"

"……마이?"

뭔가 상상에 빠진 듯 웃음 짓는 마이가 상당히 위태로워 보였다.

내 표정에는 저절로 의문이 떠올랐다.

"무슨 일 있나요? 유토 선배."

"……아니, 아무것도 아니야."

"그런가요. 이게 끝나면 유토 선배도 저희 집에 놀러 오세요. 다른 사람은 몰라도 유토 선배는 오라버니의 친구니까 특별히 허가해 드리겠어요."

나는 일순간 마이를 정말 끌어들여도 되는 것일까 망설였다. 하지만 어쨌든 간에 이 시점에서는 이미 돌이킬 수가 없었다.

"……게다가, 어차피 나 자신부터 이미, 정상이 아니잖아."

불안은 남아 있었지만, 나도 인간으로서는 거의 다 망가진 상태다.

그 사람이 카오리에게 닥친 고통에 대해 설명해줬던 날 이후 자신의 이성이 비명 지르는 목소리를 매일같이 들어왔다.

정신이 나가버릴 것 같은 증오 속에서 발악하고 발악하고 발악하다가.

이미 내 마음에서는 『정상적인 인간』이라는 것이 어떤 상태인지 자신감을 가지고 말하기 어려웠다.

게다가 마이를 구원할 수 있는 사람은 카이토 하나뿐일 테니까.

“정보가 맞다면 학교 출입구를 봉쇄한 다음 관계자를 총기로 협박해서 각각의 교실에 감금할 거야. 그러다가 분명 카이토가 없다는 사실도 파악할 테고.”

“그러면 아무 생각도 없이 오라버니를 여기에 불러내려고 할 것 같네요.”

“……아마도, 그렇게 할걸. 교장실에 모여 촬영할 동영상으로 총화기와 함께 카이토의 신병도 요구하겠지 싶네. 그놈들은 숨을 들이마시듯 자기들 편리한 대로 의미 불명의 초월 이론을 전개할 수 있으니까.”

인터넷상 교류를 지속한 끝에 이러한 사건마저 일으키는 작자들.

감탄할 만한 부분을 굳이 꼽아보자면 어떤 상황이 주어져도 사리에 맞지 않는 핑계를 한순간에 날조해서 본인에게 유리한 대로 정당화할 수 있는 망상력과 이따위 어리석은 계획을 위해 몇 개월씩 시간을 들여 경찰 및 경비 담당자 틈에 숨어듦으로써 마침내 전체 경비 체계를 한 패거리가 장악하는 상황을 만들어 낸 지독한 집념의 실행력이다.

“아무튼 이제 한 시간쯤 기다리도록 하자. 일단 놈들이 동영상을 방송하지 않으면 상황도 모른 채 경찰이 진입해서 우리 계획에 지장이 생길 테니까.”

“그렇게 해요. 더 오래 기다리면 기껏 한 덩어리로 모아 둔 표적이 흩어질 수도 있으니까요."

가만히 상황을 살피는 한편 나와 마이는 더 이상의 대화를 중단한 채 길디긴 한 시간을 보냈다.

"……슬슬 갈까?"

"알겠어요, 쓰레기를 청소하러 가죠."

스마트폰으로 조사한 결과, 영상이 충분하게 널리 퍼졌음을 확인한 뒤 나는 스마트폰의 전원을 껐다.

내 손에는 미리 준비한 벌목도와 알루미늄 캔을 이용한 수제 섬광 슈류탄.

마이의 손에는 진짜 칼날이 달린 언월도.

그리고 놈들에게 고통을 주기 위해서 준비해 놓은 스물 가까운 구속용 수갑.

우리는 교장실 앞에 도착한 뒤 실내에 불붙인 섬광 수류탄을 집어 던졌다.

"『응? 뭐야, 캔 주스…….』"

문 너머에서 고개를 갸웃거리는 기척을 느낀 직후, 시제품 때와 다를 바 없는 강렬한 빛과 소리가 방 너머에서 작렬했다.

"『『『캬아아아아아아아아아아아아아아아악?!』』』"

들려오는 비명에 맞춰 방 안으로 진입한 뒤 제자리에서 엎드려 있는 전원의 손발에 미리 준비한 구속용 수갑을 채워 나간다.

구속 작업은 상상 이상으로 간단하게 끝났다.

이 놈들이 들고 온 기재를 유용하면 본보기용 녹화 촬영도 전혀 차질이 없다.

"누, 누구냐, 너흰! 설마, 마족의 하수인들인가?!"

섬광 수류탄의 영향에서 이제야 벗어났는지 구속되어 있음을 깨달은 남자 하나가 신음하듯 소리 높였다.

"그래, 아마도 맞을 거야. 우리는 오늘 인간을 관둘 각오로 왔거든. 너희 금수들을 지옥 밑바닥까지 끌고 내려갈 야차가 되기 위해서."

"히익?!"

스륵스륵, 내가 벌목도의 칼날을 감싸는 천을 벗겨 내자 눈앞의 남자는 겁을 집어먹고 소리 질렀다.

"시, 싫어! 안 돼……! 죽이지 마……!"

저렇게 목숨 구걸하는 말을 들은 순간, 내 마음속 이성이 깨져 나가는 소리가 났다.

"헛소리 집어치워……!! 아무런 죄도 없는 여자아이를 죽인 주제에, 게다가, 어떻게, 팔다리를 잡아떼는 끔찍한 짓까지 저질러 놓고!! 죽이지 말아달라고?! 염치도 없는 헛소리는 작작 지껄여라……."

"캬아아아아아아아아아아아아악?! 내, 내 손가락이이이이이이이이?!"

찰싹, 피가 튀어 올라서 묻는다.

막상 행동을 앞두면 겁을 집어먹는 게 아닐까 염려했다만, 놈의 손을 목표로 벌목도를 내리찍는 데 일말의 망설임도 생겨나지 않았다.

망설임은커녕 도리어 더욱 큰 증오가 솟아났다. 제동 장치를 잃은 채 마구 굴러가는 수레바퀴처럼 기세가 격해졌다.

"아퍄, 아퍄아아아아아아아아!! 피가, 피가아아아아아!!"

"닥쳐라……! 너희는 그 아이보다 몇 배나 더 오래 살았잖아……!

그렇다면 죽을 때도 그 아이의 몇 배나 괴로워하며 죽어라! 그게 아니라면 불공평하잖아!!"

"꺼허어어어억! 으극, 으극, 으극!!"

"히이이익." "시, 싫어, 난 그냥 돌아갈래!!" "사, 살려줘, 잘못, 내보내줘!!"

뜻밖에도 확 날아간 피가 구속된 채 바닥에 나동그라져 있는 남자들의 앞에 얼룩을 만들었고, 그 광경을 본 남자들이 호들갑스럽게 비명 질렀다.

"안심들 해라……. 아직 시간은 잔뜩 남았으니까. 훨씬 큰 고통을 겪을 때까지, 편하게 죽게 허락할 생각은 없어……. 너희도, 한 사람 남김없이 지옥에 끌고 내려가줄게."

""""……. """"

남자들은 숨 쉬는 것도 잊어버린 듯 경악과 공포에 질린 채 입을 다물고 있다.

저런 표정 하나하나가 더더욱 화를 불러일으켰다.

카오리에게, 마이의 친구 유키에게 그토록 잔혹한 짓을 저질렀던 주제에 막상 대상이 자신으로 바뀌자마자 이딴 태도를 취하는 건가.

……아니, 사실은 스스로도 알고 있었다.

만약 이놈들이 다른 반응을 나타냈다고 한들 족쇄에서 풀려난 증오는 결국 더욱더 격화만 됐을 것이다.

"태어났다는 사실을 후회하며 죽어라. 만약 너희가 진짜 이세계에 넘어가더라도 트라우마 때문에 제대로 된 생활을 보내지 못할 만큼 정성을 들여 고문해줄 테니까."

그렇게 말한 뒤 나는 줄곧 숨기고 인내했던 증오에 푹 젖은 얼굴로 비웃었다.

☆

붉다, 붉다, 붉다.

피와 육편과 증오가 소용돌이치는 방 안쪽.

모든 것을 떠올린 지금 내게는 몹시 익숙하고 친숙한 광경.

그래서 더더욱, 이런 광경을 만들어 낸 사람이 동생과 친구라는 것이 서글펐다.

지금의 나는 이 지경까지 와버린 두 사람이 더는 되돌아갈 수 없음을 잘 알기에.

그리고 유토는 어쨌든 간에 마이가 끝내 못 견디고 망가져버리기 직전이라는 사실도.

"싫어, 싫어싫어싫어싫어싫어!! 싫어어어어어어어어어어어어어!!"

"마이……."

"보, 보지 마요, 오라버니!! 아, 아니에요! 저는 단지, 저의, 어라? 더러워져서, 깨끗하게, 어라, 어라, 어라라라라? 싫어싫어싫어어엇!!"

어린애처럼 귀를 틀어막고 마이는 고개를 흔들었다.

벅벅 벗겨져 떨어져 가는 마이의 마음이 눈에 보이는 기분이었다.

"마, 마이……?"

유토도 마이의 심상치 않은 모습에서 위화감을 느꼈는지 당황하는 표정을 짓는다.

"유토, 네 잘못이 아니라는 것도, 달리 방법이 없었다는 것도 알겠어. 그렇지만 나중에 한 대만 맞자. 그런 다음은 나를 열 대쯤 때려줘라."

"카이토……?"

매사에 실수만 반복했던 놈이 나였다.

지금부터 하려는 짓도 정말로 괜찮은 건가 모르겠다. 모르겠는데 이대로 가만히 마이가 망가지게 놔둘 바에야 차라리 나는 행동하겠다.

'기억을 되찾았는데도 할 수 있는 게 기억을 잃었을 때와 별다를 게 없구나.'

새삼 절감하는 자신의 쓸모없음에 현기증이 치솟는 기분이었다.

결국 내게 가능한 것은 마이가 아직 『대흉』을 뽑지 않았을 때 내가 대신 뽑아 놓았던 『흉』을 떠넘기는 방법뿐.

언제였더라, 이러한 나의 힘을 『질 나쁜 세뇌다』라고 매도했던 상대의 기억이 떠오른다.

그때 나는, 나와 미나리스와 슈리아가 맺은 계약과 맹세에 흙을 퍼붓는 듯한 불쾌감을 느꼈다.

그렇지만 내가 지금부터 하려는 짓은 아예 계약의 부류에도 들지 못한다.

일방적인 강압에 불과할 뿐 진정한 의미에서 단순한 세뇌였다.

"맞아, 맞아요. 이런 곳에 오라버니가 있을 리 없어. 그러니까 전부 가짜예요."

점점 마이의 눈에서 빛이 사라진다. 말투도 이상해진다.

"……없었던 일로 만들어야지, 없었던 일로 만들어야지, 없었던 일로 만들어야지."

곧이어 딱딱하게 굳은 눈으로 마이는 손에 든 언월도를 내게 척 겨눴다.

피투성이 칼날에서 붉은 방울이 뚝뚝 바닥에 떨어진다.

찌릿찌릿한 살기가 내게 쏟아지고 있음이 감지됐다.

"마, 마이?!"

그 행동에 이번에야말로 유토가 놀라서 소리 높였다.

유토는 마이의 정신 상태가 이토록 절박했다는 사실을 알지 못했던 듯싶다. 그렇다 해도, 어쩌면 알지 못하는 것이 당연하다. 이런 경우는 망가져 가는 인간을 본 횟수에 따라 판가름이 난다.

전장에서 줄곧 싸우며 망가져 가는 수많은 인간을 보아왔기에 비로소 나는 마이가 아슬아슬한 절벽 가장자리에 서 있음을 알아본 거다.

나는 MP포션을 들이켜서 전이로 썼던 마력을 회복한 뒤【복수의 성검】을 만들어 냈다.

그리고 나 역시 칼끝을 마이에게 겨눈다.

"마이의 마음을 이대로 다시 채색하겠어. 세뇌든 뭐든 상관없다. 이대로 망가지게 놔둘 바에야 차라리 세뇌가 나아."

"카, 카이토까지?!"

서로가 서로에게 칼날의 끝을 겨누고 있는 우리를 보고 놀라서 소리 높이는 유토.

"괜찮아, 아직 괜찮아. 이 오라버니는 가짜니까, 없었던 일로 만들면, 전부 다 전부 원래대로 돌아올 거야."

"가짜 취급은 좀 가슴 아프다, 인마. 게다가 마이, 이 세상에 『원래대로』 돌이킬 방법은 절대 없단다. 설령 시간이 되감기더라도, 기억을 잃더라도, 제아무리 외면하고 속여도 한번 겪었던 과거는 아무도 지울 수 없어. 신이 직접 나서도 아예 없었던 일로 만들어주진 못하더라."

"시, 시끄러워시끄러워시끄러워!! 마이의 오라버니는 이렇게 못된 소리를 하지 않아요! 마이를 소중하게 아껴줄 텐데, 이렇게 검을 겨눌 리가 없잖아요! 마이의 못난 오라버니는, 마이의 못난 오라버니는! 마이만의 못난 오라버니는!!"

"거참, 못난 오라버니, 못난 오라버니. 시끄럽다, 이 바보 동생아."

"봐요, 오라버니는 저한테 바보라는 소리를 하지 않아요!!"

"군소리는 집어치우고 덤벼라. 아마도 이게 처음으로 진지하게 맞붙는 남매 싸움이겠군. 한 수 가르쳐줄 테니까 감사하라고."

몸을 비스듬히 돌려서 자세를 잡고 흔들흔들 검 끝을 움직이며 마이를 도발했다.

"가짜가…… 가짜가 오라버니를 흉내 내지 말란 말이야아아아아!!"

세차게 발을 내디디는 동시에 언월도의 칼날 끝이 정강이를 베는 궤도로 들이닥친다. 나는 언월도의 칼끝을 휙 쳐올려서 심검의 칼날을 미끄러뜨렸다.

그러나 마이는 자루 중심을 받침점 삼아서 들려 올라가는 기세를 고스란히 활용함으로써 칼날이 없는 막대기 끝을 올려 쳤다.

몇 번이고 반복했을 깔끔한 연결 동작은 오히려 다음 대처를 파악하기 쉽게 만들어준다.

"앗?! 어떻게……!"

후두를 노리며 날아드는 일격을 물러나지도 않고 옆으로 이동하지도 않고 한 걸음 전방으로 나아가서 언월도의 자루에 휘감기듯 칼날을 흘리며 마이의 눈앞까지 파고들었다.

"미안하다, 용서는 감히 바라지도 않겠어."

그렇게 나는【복수의 성검】을 계약을 위해 사용하는 나이프 형상으로 전환시켰다. 그리고 곧장 마이의 심장에 박아 넣었다.

"카이토?!"

"아아아, 아아아아아, 아아아아아아아아아아아아아아아아?!"

그 순간, 유토의 경악에 찬 목소리를 신호 삼아서 나와 마이의 사이를 검은 불꽃이 휘돌았다.

"흑, 아, 아아, 어라, 어라? 오라버니……?"

내 기억과 감정이 쩍쩍 갈라진 마이의 마음속 유리잔을 끈적하게 채워 나간다.

물이 새어 나가는 컵이라도 달라붙는 점성도 높은 증오를 부었을 때는 깨지거나 망가지지 않는다. 균열 난 마음과 함께 굳어지며 정신이 복수에 고정된다.

그리고 그와 동시에 내 안쪽에도 다소 잡념이 섞인 복수심이 전해졌다.

유키와 사토미가 당한 처참한 고통, 그렇게 만행을 저질렀던『전이 지원자』들에 대한 적개심.

사토미가 낯선 남자에게 살해당하는 광경.

사지가 절단되어 온몸 곳곳이 부자연스러운 색깔로 변한 유키를 동영상으로 촬영한 뒤 이면에서 현재 상황을 만들어 냈던 카와카미가 보여주고 있는 광경.

그리고 내가 경찰서에서 폭발에 휘말리던 순간의 광경, 역시 카와카미에게서 사고가 아닌『전이 지원자』들에 의한 살인 미수이며 놈들이 지금도 나를 노린다는 말을 듣는 광경.

모두 다 자신에게서 소중한 사람을 빼앗아 가는 악한을 죽이고 싶어서 견딜 수가 없다는 분명한 복수심.

그런 마음이 일그러졌던 까닭은 내가 살아서 돌아왔기 때문에, 상실에 대한 공포심이 뒤섞여 있는 탓이다.

마이의 복수심에 덧붙은 공포는 기억을 잃었던 내가 줄곧 느껴야 했던 감정과 같은 공포다.

"……으음, 역시나, 어렴풋이 눈치챘지만, 사람을 죽였기 때문에 내게 미움받을까 봐 걱정했던 건가. 바보구나, 남매가 똑같이 비슷한 걱정 때문에 겁을 집어먹었다니."

남매가 똑같이 자신의 피투성이 손을 상대에게서 숨기고자 필사적이었다는 건가.

"뭐, 어쨌든 이제는 알았겠지? 고작 열 명도 안 되는 숫자를 죽인 정도로, ……아니, 설령 네가 쾌락 살인귀가 됐어도 내가 동생을 다르게 볼 이유는 되지 않아. 내 시스콤 기질을 얕보지 마라."

나는 쓴웃음 지으며 평소처럼 톡톡 마이의 머리를 쓰다듬었다.

"어……. 아, 어……?"

다만 사전에 대화 나누고 각오를 다진 뒤 스스로 칼날을 받아들였던 미나리스나 슈리아와 달리 마이는 자기 마음의 변화에 미처 제대로 대응하지 못하는 모습이었다.

일단 제정신으로 돌아온 것 같기는 하니까 목적 자체는 의도한 대로 달성했다고 볼 수 있겠다.

"아무튼 마이, 다시 묻겠는데 정신이 좀 돌아왔어?"

"이게…… 뭐죠, 꿈?"

가슴에 박힌 【복수의 성검】은 평소와 마찬가지로 입자가 되어 공중에 녹아들었다.

"정신이 좀 돌아왔나 어떤가 물었는데 대답이 이러면 이래저래 불안해진다만……. 아무튼, 지금 솔직한 기분을 말해봐라."

"오라버니를 상처 입히고, 나의 세계를 부순 알레시아 왕녀와 일당을 죽이고 싶어. 죽이고 싶어, 죽이고 싶어서 미쳐버릴 것 같아……. 어째서, 대체 왜 오라버니를 괴롭히는 건데? 오라버니를 조롱하지 마. 오라버니를 놀려도 되는 사람은 마이뿐이라고요. 그따위 것들, 모조리, 죽어버리면 좋겠어."

지금 발언에는 내 기억을 봄으로써 알게 된 사실에서 비롯된 마이의 복수심이 어둑하게 깃들어 있었다.

지금 목소리를 듣고 난 새삼스럽게 동생을 수라의 길로 끌어들였다는 실감을 얻었다.

후회는 하지 않는다. 그래도 다소 서글픔은 남았다.

"그리고, 정신이 나간 동안의 자기 기억을 지우고 싶어. 아, 아아, 아아아아악. 부, 부끄러워! 오라버니! 잊어주세요, 이것저것 다 잊어주세요, 제발요."

"응, 사고 자체는 정상으로 돌아왔구나."

얼굴을 새빨갛게 붉히고 고개 숙이는 마이. 저 모습을 보고 나는 더욱더 **마이를 속여 불안을 부추겼을 흑막**에 대한 분노가 격화됐다.

"자, 이래저래 할 이야기는 많은데……. 유토, 먼저 좀 묻자. 이놈들은 학교 안 사람들을 전부 죽이려고 한 건가? 게다가 영상을 본 바로는 독살을 준비했던 것 같은데, 그쪽은 어떻게 됐어?"

"……걱정하지 마. 이놈들은 업자들 틈에 섞여서 공기 조절 시스템을 장악하고 특정 공간에 청산 가스가 가득 들어차는 장치를 준비했었어. 가스를 발생시키는 데 쓰이는 약품 하나를 미리 평범한 물로 바꿔 놓았으니까 만약에 장치가 작동해도 죽는 사람은 아무도 없을 거야."

설명을 듣고 나는 일단 안심했다.

"그래, 어쩐지 몇몇 공간에 기척이 분산되어 있더라. 가스로 죽일 계획이어서 폐쇄된 장소에 인질을 몰아넣었군. 인질 숫자가 이놈들의 시체 숫자대로 균등하게 나뉜 이유는 요컨대 이놈들의 점수제라는 헛짓 때문일 테고."

그렇다 해도 마이에게서 읽어 낸 기억과 오니시에게서 캐물은 정보의 어긋남을 감안하자면 둘을 부추겼던 인물의 목적은 결국 두 녀석에게 이런 참극을 일으키도록 만드는 데 있었을 테지.

그러나 이런 수작을 부려 다음은 뭘 어쩔 작정이었는지 카와카미의 의도가 분명하지 않다.

'오니시가 카와카미에게 들은 목적은 나를 이용해 이 세계에서도 마법을 쓸 수 있기를 바라기 때문이랬나……. 안 되겠군, 전혀 모르겠어.'

"이런 때 취할 행동은 하나뿐이지."

가만 앉아서 적을 기다리는 취미는 없다. 일단은 방해될 만한 요소를 제거하도록 하자.

어째서 이따위 짓을 저질렀는지 자세한 까닭은 최후에 본인에게서 자백을 받아 내면 될 테니까.

"카이토……. 혹시, 기억이 돌아왔어?"

"맞아, 생각이 났어, 이것저것 다. 잊어선 안 되는 기억까지 전부 말이다. —백성이 오갈 상자에 태워라, 어딘가 저 너머를 바란다면. 『전이, 여단의 행차』."

재차 【천재의 전검】을 만들어 낸 나는 학교 안쪽에 있는 인질 전원에게 전이 마법을 걸었다.

인원수는 많아도 각각 한 공간에 모여 있는 데다가, 마력의 농도가 과한 세계에서 마력을 움직이는 방식에도 이제 적응이 됐다.

높은 난이도만 극복할 수 있다면 MP의 회복 속도도 소비하는 양도 이세계보다 이쪽 세계가 오히려 훨씬 수월하다.

전이 목적지로 지정한 건물 바깥, 즉 교정이 단박에 소란스러워졌다.

우리를 제외한 인원 전부를 교정에 내던졌으니까 당연할 테지.

그리고 지금 이 자리에 있는 두 사람뿐이라면 어떤 불상사가 터지든 지켜내며 도망칠 수 있다.

"자, 유토. 먼저 네가 가장 관심을 가질 이야기부터 나눠볼까. 아마도 대충 예감은 했을 텐데 반가운 소식은 단 하나도 없다. 그러니까 알고 싶지 않다면 나는 마이와 함께 사라……."

"꼭 듣고 싶어……! 부탁할게, 카이토."

유토는 내 말이 끝나기도 전에 먼저 머리를 숙였다.

"……알겠다. 얘기하지. 우선 결론부터. 유토, 너는 시오리 선배가 마법진 안쪽에서 사라지는 모습을 목격했지. 그렇다면 시오리 선배는 더 이상 이 세상에 없어."

"큭, 젠장! 어째서! 그렇지만 카이토, 너는……!"

"그 마법진은 확실히 이쪽 세상의 인간을 이세계로 불러들이는 마법이었어. 다만 저쪽 세계에 소환당한 사람은 나 하나뿐이다. 그 밖에 마법진 속에서 사라졌던 사람들은 나를 용사로 만들기 위한 희생양이었지. 실종 사건의 영상과 똑같이 사라졌다면 그건 전이가 아니라…… 생명을 대가로 치렀을 때의 빛이다."

"……큭, 어떻, 게……."

유토의 얼굴이 절망에 젖어 일그러졌다.

격분하여 부정하지 않는 까닭은 분명 유토도 어렴풋이나마 각오를 했기 때문이리라.

"그러면 나는 더 이상……."

"그런데 말이다, 이게 전부가 아니야. 방금 말했잖아, 소환당했다고. 알아들었나? 유토, 나를 소환해서 온갖 패악을 부린 작자가 있단 뜻이다."

"……큭!"

유토의 눈 깊숙한 곳에서 흩날리는 어두운 불꽃이 보였다.

"아직 끝나지 않았어. 이번 사건, 흑막이 있다. 개막도 제대로 마치기 전에 주저앉을 때가 아니라고. 철저하게 해치울 각오로, 밟고 넘어설 각오로 여기까지 온 것 아니었냐!!"

"……그 이야기, 진짜가 맞는 거지……?"

"거짓말 따위 하겠냐, 바보."

"대체 뭐라는 거야, 지금 막 거짓말한 주제에."

"엉?"

"뭔데, 반가운 소식은 하나도 없다며. 처음 하나는 빌어먹을 최악의 소식이었지만, 다른 쪽은 내가 기뻐할 만한 이야기잖아."

방금 유토의 눈에 보였던 어두운 불꽃은 이제 얼어붙을 것 같은 흑색의 불꽃이 되어 활활 타오르고 있었다.

"누구 때문인지도 몰랐어. 혹시나 싶어 매달리는 희망은 자꾸 약해졌지. 그런데도 원망할 상대조차 알아볼 수 없었는데, 다 떠안은 채 죽을 수밖에 없다 생각했었는데, 증오를 쏟을 상대가 있다는 말이잖아? 게다가 이놈들의 뒤쪽에 흑막이 있는 줄도 모르고 끝냈다면 또 죽고 싶어질 이유가 늘어나잖아. 충분히 반가운 소식이야."

"……그러냐. 그렇다면 너도 따라올 테냐, 저쪽 세계로."

"굳이 떠보는 말을 하는 이유는 갈 방법이 있다는 뜻이구나?"

저기 보이는 것은 단지 훤칠했던 미소가 아니다.

훌륭한 복수자의 조소가 서린 얼굴이었다.

"그래, 대충은."

"오, 오라버니……? 마이도, 함께 갈 수 있겠죠?"

"당연하지. 이렇게 된 이상 너만을 남긴 채 넘어갈 리가 없잖냐."

불안이 묻은 표정을 짓는 마이의 머리를 다시 쓰다듬자 얼굴에 안도감이 드러났다.

그리고 나는【복수의 성검】을 재차 만들어 냈다.

"이 검은 내가 이세계에 가서 얻게 된 능력의 하나야. 이 녀석을 써서 나와 계약을 맺어야겠다. 그럼 증오라든가 분노라든가 복수심 따위가 공유되지. 그리고 복수를 마칠 때까지 복수심이 고정되기에 죽는 순간까지 지금의 끊임없이 타오르는 기분을 맛보게 된다. 또 하나, 계약을 맺은 인간의 목숨은 공유되니까 저쪽에 넘어가면 죽지 않도록 철저하게 훈련시킬 거다."

"복수심의 공유라……. 으음, 아무리 카이토가 상대라도 조금 저항감이 있는데. 구체적으로 말하면 남자 놈 친구가 상대면 많이 징그러운데."

"어쩔 수 없잖냐. 나도 미묘한 기분이라고. 그렇지만 저쪽 세계에 가는 데 필요한 과정이야. 이 계약은 혼을 속박한다. 이 방법으로 내 혼과 동기시키지 않으면 아마 저쪽으로 도착할 무렵에 마음도 몸도 다 부서질걸?"

무엇보다, 나는 계속 말했다.

"아무리 네가 상대라도 계약도 안 맺은 인간을 복수에 끌어들일 생각은 전혀 없거든."

"그렇, 구나. 알았어. 검을 이리 줘."

내게서 【복수의 성검】을 받아 든 유토는 자기 가슴에 주저 없이 박아 넣었다.

곧장 순수한 증오에 물든 유토의 감정이 내 안쪽에 흘러들었다.

"……크, 으음, 역시 두 번 연속이면 정신이 나갈 것 같군."

"끄악, 으읍, 크흣, 이건, 지독한데……. 하하하, 나보다도 꽤 비참하구나. 동감이야, 확실히 계약도 안 맺은 상대를 믿고 싶지는 않겠어."

이윽고 가슴에 박힌 심검은 역시 아까처럼 입자가 되어 사라졌다.

"그래도, 지독해도 버틴 보람은 있구나아. 그래, 알레시아 왕녀. 알겠어, 이런 얼굴이구나. 이게 시오리 누나를 빼앗은 원흉이고『전이 지원자』따위 버러지들을 만들어 낸 발단인가. 게다가 카와카미 씨가 뒤에서 실을 조종했다니……. 하하하, 손바닥 위에서 제대로 놀아났다는 말이구나아."

살짝 머리를 숙인 채 입꼬리를 끌어 올리며 비웃음 짓는 유토.

"이봐, 유토. 시간도 별로 없으니까 이 자식을 죽이려면 후딱 시작해라."

"끄갸아아아아아아아아아아아아아아악?!"

내가 등장한 혼란을 틈타 바닥을 기어 바깥으로 도망치려고 했던 주범 격 남자에게【시초의 심검】을 박아 바닥에 붙박았다.

"뭣하면 준비운동 삼아서 내가 해치울까?"

힐끗, 내려다본 아래에 신음 소리를 흘리는 추한 남자가 있다.

"……아니, 내가 하겠어. 계약은 잘 체결됐고 이놈들의 뒤에 있다는 흑막도 알아냈지만, 이번 계획은 내가 나서서 시작했잖아. 마지막 한 명은 내가 맡아야지."

"저도, 유키와 사토미의 원수는 자기 손으로 갚아주고 싶어요."

두 사람의 눈에는 양보할 수 없다는 절대적인 의지가 담겨 있었다.

역시 두 사람은 미나리스 및 슈리아처럼 공범자로 끌어들이기에 충분한 인재였다.

"그럼 이놈은 너희 둘에게 맡기지."

그렇게 매듭짓고 나는 【호봉(護封)의 절검(絕劍)】을 손에 만들어 냈다.

"——나는 그대를 선택하여 닫았다. 어느 누구에게도 해를 입지 않도록, 오로지 지키기 위해 봉하노라. 『폐절(閉絕)』."

영창을 마친 순간, 오렌지색 빛을 발하는 결계가 방을 감쌌다.

"이제 앞으로 다섯 시간은 아무도 들어올 수 없어. 그동안 다 끝내놔라. 나는 잠깐 도둑놈을 쓸어버리고 내 물건을 찾아올 테니까."

【호봉의 절검】을 지운 뒤 대신하여 【천재의 전이검】을 준비하고 나는 말했다.

"……뭐랄까, 카이토, 정말로 뭐든 다 되는구나."

"다녀오세요, 오라버니. 가능한 한 빨리 돌아와줘야 해요?"

"키이이이이이이익, 아파, 이러지 마아아아아앗!!"

두 사람은 나에게 대답하면서 마이는 칼날을 돼지 자식의 왼쪽 다리에 박아 세웠고, 유토는 내가 꿰뚫었던 돼지 자식의 다리 상처를 신발 뒤꿈치로 꽉꽉 밟아서 헤집고 있다.

그 모습에 미나리스와 슈리아가 겹쳐 보였다.

"……두 녀석 모두 멋진 공범자가 되어주겠군."

나는 둘의 복수를 잠시 지켜보다가 전이의 힘을 써서 『어둠 정령의 옷』이 있는 장소까지 도약했다.

"으음, 역시 온 적도 없는 장소에 자기 마력을 대상으로 이동하는 건 쉽지가 않네."

장비 회수를 목적으로 도약해서 온 장소는『어둠 정령의 옷』에 푹 배어든 내 마력이 있는 장소로부터 조금 떨어진 곳이었다. 표적으로 삼은『어둠 정령의 옷』은 도약한 건물의 지하 깊숙이 몹시 많은 사람의 기척이 있는 구획의 옆쪽 구획에 위치하는 듯싶다.

“예상외로 제법 가까운 곳이었군. MP에 꽤 여유가 생겼어.”

MP의 감소 정도를 보아 학교에서 아주 멀지는 않은 장소에 위치하고 있을 이 건물은 오니시가 말했던 대로 대규모 연구소 같았다.

새하얀 벽에 둘러싸인 방 안은 용도도 잘 알아볼 수 없는 수많은 기재가 여기저기에 놓여 있었다. 방 중앙에 있는 다섯 개의 반투명 캡슐 중 세 개에는 내가 찾고 있었던 가죽 갑옷, 이세계의 의복이며 나이프가 몇 자루 들어 있었다. 뜻밖에도 운이 좋았다.

『어둠 정령의 옷』이외에는 썩 짙은 마력이 깃들어 있는 것도 아니라서 반입한 장소에서 찾아 돌아다닐 필요가 있겠거니 생각했었다.

덕분에 굳이 이 잡듯이 찾아 헤매는 짓을 할 것 없이 곧장 일직선으로『어둠 정령의 옷』이 있는 장소까지 이동하면 되겠다.

“누, 누구냐, 너는! 도대체 어디에서 나타난 거야!!”

내가 상황 파악에 매진하는 동안, 내 등장에 어리벙벙하던 연구소 직원들도 눈앞의 사태를 현실로 받아들인 듯싶었다.

백의를 입은 인간들 중 한 사람이 대표처럼 소리 높였다.

“어디 보자, 그러면 후딱 지하로 갈까, 하낫 둘~.”

“이봐, 대답을 하게. 자네, 는…….”

콰아아앙!! 요란한 소리와 함께 꽉 쥔 주먹을 내질러서 캡슐 하나를 가격했다.

마력으로 강화하여 힘껏 휘두른 주먹질의 위력은 압착 기계에 들어간 잡동사니처럼 기재를 단순한 금속판으로 바꿔 놓았다.

굳이 이렇게까지 힘을 들이지 않아도 문제없었을 테지만, 약간, 아니, 꽤나 짜증이 난 상태라 어쩔 수 없었다.

'미나리스와 슈리아가 애써 손질해준 장비를 감히 이따위로 다뤘겠다. 천 끝자락도 군데군데 잘라 먹었잖아, 이 자식들.'

"좋았어. 수납, 수납하자."

"이, 이럴 수가, 세상에……. 강화 아크릴제 방호 케이스인데……?"

망연자실 중얼거리는 남자를 무시한 채 힘껏 휘두른 손과 반대쪽 손으로 받아 든 장비를 수납하고, 내 장비가 들어 있었던 나머지 두 개의 캡슐도 박살 냈다.

"아아아앗?! 무, 무슨 짓이야……!! 그 기계가 대체 얼마짜리인데!!"

"아니, 내가 알 바는 아니잖아. 얼만데?"

나머지 내 물건도 둥글 주머니에 수납하고 화풀이를 마쳐서 다소 후련해졌기에 대답해줬다.

"한 기당 500억은 나가는 물건이란 말이다!?"

"……아, 그러셔."

엑, 괜히 물어봤다. 어쨌든 나는 직감으로 대강 찾기보단 더 정확하게 건물 구조와 상황을 탐색하기 위해서 마력으로 소나를 발사했다.

'뭐, 애당초 나를 폭발 사고로 위장해서 죽이려고 했던 경찰에게 앙갚음 삼아 이 시설은 엉망진창 부술 예정이었으니까 상관없다면 상관없기는 한데…….'

굳이 범인을 색출하는 데 수고를 들일 바에야 후다닥 저쪽 세계로 돌아가고 싶은 생각이었다.

나는 이 세계에서 너무 오래도록 머물렀다. 잔챙이한테 많은 시간을 쓸 수는 없었다.

"……그래, 바보도 아니고. 왜 괜히 신경 써주는 건데, 내가."

나는 나머지 두 개의 기기도 주먹으로 때려부쉈다.

"""""캬아아아아아아아아아악?!"""""

시간을 아끼기 위해 닥치는 대로 이것저것 막 부수며 전진한다.

전부가 하나같이 나는 엄두를 못 내는 가격이 붙은 기재일 테고 연구 성과 같은 자료도 있을 테지만, 그딴 사정은 내 알 바가 아니었다.

이 시설의 책임자에게 책임이 돌아가서 뒤를 봐주는 누군가가 속 끓을 피해만 발생시키면 충분하다. 다만 월급쟁이 연구원을 죽이는 취미는 없는 관계로, 사양하지 않고 인적 피해 이외의 피해를 이래저래 만들어줄 작정이다.

그러니까 뜻밖의 환영 방법은 나에게 있어 반대로 기쁜 상황이었다.

"오호, 멋지구나, 일본의 기술. 사람들 모르는 데서 여기까지 SF화가 진행됐던 건가. 애니메이션 같은데."

긴 직선 복도에 우글우글 나타난 것은 어딘가의 애니메이션에 등장할 법한 깡통 모양의 로봇이었다.

툭 튀어나온 총구에서 살의가 전해졌다.

기계답게 뚜리띠리리, 뚜리리리, 뭔가 요상한 전자음을 울려 퍼뜨리고 있다.

"마침 잘됐군. 이쪽에 돌아와서 쭉 훈련을 못 했던 상황이고, 몸에 쌓인 먼지를 털어 낼 정도는…….”

녹을 제거하기에 괜찮은 상대겠다 생각했을 때 작은 노이즈 이후 통로의 안쪽에서 스피커 너머로 음성이 들려왔다.

“『아, 아~ 침입자에게 알린다. 나는 이 시설의 관리 및 대표를 맡고 있는 사람이다. 당장 항복하고 시설 파괴를 멈추도록. 부당하게 약탈한 연구 자료는 국가의 소유물일세. 자네 개인이 반출해도 되는 물건이 아니야. 우케이 군, 어째서 자네가 여기에 있는지는 모르겠다만, 본인이 저지르고 있는 행동이 얼마나 국가의 이익을 저해하고…….』”

쿠콰콰아아앙!! 냅다 걷어차서 찌부러뜨린 로봇 한 대가 날아가 스피커와 카메라가 설치되어 있는 벽에 틀어박히는 묵직한 소리, 날아갔던 로봇이 폭발하는 중저음이 울려 퍼졌다.

“……방금 한 말은 취소다아. 아아무도 안 죽일 작정이었다만, 네 놈만큼은 죽이러 간다.”

스피커 너머로 말을 붙였던 남자, 내가 누구인지 아는 낌새였다. 우연히 알게 되었다는 어림도 없는 가능성을 제외하면, 저자는 이 장비들이 나를 죽임으로써 강제로 빼앗고자 했던 물건임을 이미 알고 있었다는 의미다.

눈감아줄 이유가 아무것도 없다.

“하아아아아아아아아아앗!!”

나는 격발된 탄알처럼 들입다 달음박질을 쳤다.

그와 거의 동시에 몇 대의 전투 로봇이 합계 스무 문 이상의 총구로 불을 뿜는다.

"꺼져라, 잡동사니들아아아앗!!"

눈앞에 날아드는 탄막을 두 손에 만들어 낸 심검 두 자루로 베어 날리고, 로봇 군단 안쪽에 돌진해서 조각조각 금속 파편으로 바꿔 놓았다.

벤다, 벤다, 벤다, 벤다, 벤다!

로봇을, 벽에서 튀어나오는 센서 건을, 길을 차단하려는 셔터를.

전부를 조각조각 베어 날리며 쭉쭉 전진했다.

"비켜라아아아아아아아아아……!!"

탕탕탕탕탕탕탕, 총성 울리는 빗속을, 벽을, 천장을, 그리고 공중을『천구(天驅)』로 달려 나아간다.

아드레날린을 팍 쏟아 내면서 사선의 위를 쭉 달려 나간다.

깊숙이, 깊숙이, 깊숙이, 진한 공기의 농도에 잠겨 들어가는 듯 깊숙이.

"후, 으라아아아아아아아아아아앗!!"

점점 더 집중력이 짙어지고 있는 실감이 든다.

탄환을 베어 날리는 데서 끝나면 효율이 안 좋다. 도로 날려 보내서 공격으로 전환한다.

천구를 발판으로 쓰는 게 아깝다. 좋은 위치에 있는 탄환을 발판 삼아서 쓴다. 천구는 탄환을 받아 흘리는 방패 대용품으로 삼고 이 탄환도 공격에 이용하자.

찰나를 연장시켜서 살의의 빗속을 달려 나간다.

쓸데없는 움직임을 제거하고 몇십 대의 기계를 부수면서 전진했다.

전부를 집어삼킬 기세로 싹 부숴버리고 긴 듯한 짧은 듯한 시간을 달음박질쳐서 드디어 사냥감이 숨어 있는 방 앞까지 다다랐다.

널찍한 운동장 정도 크기와 3층만큼은 될 높이의 큰 방 입구를 똑바로 마주 바라보는 정면.

붙박이 유리창 건너편에 운 좋게 굴러 들어온 사냥감과 『어둠 정령의 옷』도 있다는 것이 느껴졌다.

"『아, 아~ 솔직히 놀랐다네. 자네, 절대로 인간이 아닐 거야. 조사할 것도 없이 인간이 발휘할 수 있는 수치를 뛰어넘었군. 이럴 줄 알았으면 여기 마에노 군의 의견에 더 귀를 기울이는 게 나았겠어.』"

"……."

유리창 건너편에 서서 이쪽을 내려다보는 인물은 척 봐도 높은 사람일 듯한 백발에 주름투성이에 신경질적인 인상의 남자와 그 옆쪽에는 마에노 선생, 아니, 마에노 자식이 있었다.

아니, 뭐, 소나를 날린 때부터 물론 알아차렸는데 운이 없구나, 저 녀석.

"『하하, 미안하네, 우케이 군. 검사 결과는 어떻게 봐도 평범한 인간이 맞았지만, 자네의 부상 회복 속도는 명백하게 비정상이었어. 어떻게든 방법을 내서 이것저것 조사하고 싶었지……. 다만 내 연줄은 여기밖에 없는데 이곳의 연구 대상은 생물이 아니라서 말이야. 오늘도 이렇게 신신부탁을 하러 왔는데……. 설마 자네가 직접 와줄 줄이야.』"

스피커 너머로 마에노의 목소리가 들린다.

기분 나쁜 시선으로 자꾸 뜯어보는 것은 분명했지만, 무엇 하나 실제 피해는 없었기에 방치할 작정이었는데 하필 마지막 최후의 순간 이곳에 나타나다니. 진짜 뭐랄까, 운도 나쁘다는 말밖에 못 해주겠다.

"……."

"『자네는 아마도 알아차렸을 텐데 말일세, 자네는 그 방에 유도되었던 걸세. 어떠한 방법인지는 모르겠…….』"

"아~ 잡설은 됐고 준비한 놈들이나 얼른 꺼내라. 일부러 어설픈 길 안내를 따라와줬단 말이다."

나는 장황한 이야기를 견딜 수 없어서 마에노의 옆에 서 있는 권위만큼은 대단해 보이는 남자의 말을 가로챘다.

더 빨리 최단 루트를 지나올 수도 있었지만, 자꾸 셔터를 이용하거나 뻔하게 기계의 밀도가 낮은 위치를 만드는 등등 나를 유도하려는 낌새가 역력했던 터라 일부러 멀리 돌아서 이동해 준 참이다. 더는 템포가 나빠질 만한 짓거리는 삼가면 좋겠다.

"이래 보여도 멋진 느낌으로 SF스러운 적이 튀어나와서 딱 괜찮게 흥분된 상태거든. 게다가 가만 내버려 둘 생각이었던 사냥감이 굳이 제 발로 입속에 뛰어들었잖냐. 나도 인내심이 한계란 말이다. 애피타이저는 필요 없다고, 메인 디시나 내놔."

"『……자네는, 조금 주제를 모르는 것 같군? 구식의 자동 경비 로봇, 게다가 숫자가 적은 통로로 더 적은 통로로 유도당했던 탓에 착각을 하는 것 같아. 일찌감치 항복하기를 권하네. 살아 있어야 정보를 더 많이 캐낼 수 있잖은가.』"

지직, 스피커 끊어지는 소리와 함께 내가 들어왔던 문이 떨어졌다.

곧장 덜커덩 소리를 내며 양옆의 문이 열린다. 그리고…….

“『자, 압도적 물량 앞에서 짓눌리게나. 이곳은 복도 및 작은 방처럼 소수를 축차 투입할 수밖에 없던 장소와는 달라.』”

방금 전 가드 로봇의 백은 보디가 흑은으로 바뀐 게 전부인 2P 컬러가 우글우글 잔뜩 튀어나왔다. 숫자만 두고 말하자면 이제껏 해치웠던 기계의 합계 숫자보다 곱절은 넘어서겠다.

“……후, 후, 후.”

“『감당 못 할 전력이기에 말도 안 나오는가? 정규 버전으로 업그레이드된 최신판 경비 로봇은 사격의 위력도 연사 속도도 비교가 되지…….』”

“이게 뭔 짓거리야아아아앗!! 내 기대감을 돌려내, 멍청한 버러지야앗!!”

감당이 안 되는 탈력감에 휩싸여 정면으로 검을 휘둘러 싸울 기력도 사라진 나는 불꽃의 칼날을 지닌【염차의 양검】과 붉은색이 감도는 녹색 도신을 가진 일본도,【바람 족제비의 겸도】를 만들어 냈다.

흥분이 싹 가라앉은 나는 교차시켰던 두 자루의 검을 좌우로 휘둘렀다.

“『폭염 연쇄, 용광』,『풍절, 나찰인』!!”

순간, 폭발의 굉음과 금속을 찢어 가르는 매서운 바람 소리가 울려 퍼졌다.

내 주위를 제외한 곳에서, 연쇄되는 폭발과 수백 바람의 칼날이 뒤섞이며 부르짖는다.

몇 초 후, 피어오르는 연기 속에 남은 것은 고철 더미로 전락한 경비 로봇들이었다.

“『이, 이럴 수가?! 네놈, 도대체 무슨 짓을 저지른 거냐?! 내가 준비한 특수 합금제 경비 로봇이 이리도 허망하게?! 말도 안 된다, 고작 폭발에 휩쓸렸다고 이리 망가질 설계가 아니었단 말이다! 방금 전까지 상대했던 강철제 경비 로봇과는 강도가……?!』”

“쳇, 시시하군. 이럴 줄 알았으면 멀리 돌아올 필요가…….”

“『큭, 그것을 내보내라!』” “『잠시만요, 소장님! 그것은 아직 조정이 끝나지 않았습니다! 폭주의 위험이……!!』” “『뭘 꾸물거리나! 빨리 움직여!!』”

“오……?”

어지간히 안달 났는지 스피커를 끄는 것도 잊어버린 분위기로 높은 사람 같았던 남자가 부하에게 지시를 내린다. 참고로 마에노는 옆쪽에서 단지 허둥지둥하고 있었다.

삣, 삣, 삣, 명백하게 긴급 경보를 알리는 소리가 울려 퍼진다.

“오오오~! 이거야, 이거. 강하든 말든 기대도 안 되니까 나는 이렇게 로망 가득한 병기를 보고 싶었다고.”

이번에는 빼끔히 입을 벌리는 정면 벽 오른쪽 측면에서 높이가 10미터는 되는 목각 인형 모양의 인간형 거대 로봇이 나타났다.

“역시 SF라면 인간형 거대 로봇이나 합체 로봇이지!!”

나는 입술을 할짝 핥고는 제법 재빠른 움직임으로 팔을 휘둘러 내리치는 거대 로봇의 공격을 회피했다.

경비 로봇의 잔해가 피워 올리는 연기 바깥으로 뛰쳐나간 뒤 얼굴과 가슴 비슷한 위치에서 날아드는 탄막을 『천구』로 만든 발판 위쪽으로 뛰어서 지그재그로 피하며 놈의 얼굴을 날려버린다.

곧이어 절단된 면에【염차의 양검】을 박아 넣어서 로봇 내부를 수천 도에 달하는 고온의 화염으로 불살라 파괴했다.

그러자 거대 로봇은 맥없이 무릎을 꿇고 큰 진동과 굉음과 함께 쓰러졌다.

“『어, 어떻게…… 이리 순식간에.』”

“자, 슬슬 끝장을 내고 돌아가볼까.”

챙,【염차의 양검】을 다섯 장으로 겹쳐진 강화 유리에 박아 넣었다.

그리고 다른 한쪽 손에 든【바람 족제비의 겸도】로 베어 갈라서 안쪽에 들어갈 입구를 만든 뒤 방에 걸음을 들여놓았다.

“네, 네노옴!!”

“히, 히익?!”

“후, 제법 재미있는 놀이 시설이었다. 보답 삼아서 한순간에 끝내주마.”

두 사람 모두 기겁해서 서 있을 힘도 없는지 바닥에 주저앉아 있었다.

나는 심검을 몸 바깥쪽으로 쳐들었다.

“머, 멈춰라!! 나의 두뇌가 이 나라에 얼마나 큰 공헌을 하는지 아는가……!!”

“내가 잘못했어! 사과할 테니까, 살려……!”

“잘 가라.”

써걱, 써걱, 내리치고 쳐올리는 검섬이 V자를 그리며 목을 베어냈다.

아픔도 느끼지 않고 즉사했을 놈들에게서 시선을 떼고, 마치 장식

품처럼 진열해 놓은 쇼케이스 안쪽의 『어둠 정령의 옷』이 있는 곳으로 다가간다.

“애고, 애고고, 생각보다 지치는군. 이제 그 계집의 가짜 거죽을 벗긴 다음에 저쪽 세계로 돌아가면 끝인가.”

나는 쇼케이스를 베어 갈라서 『어둠 정령의 옷』을 등에 걸친 뒤 전이로 시설을 뒤로했다.

종장 고향을 버리다

"『마녀님, 이제까지 조언은 고마웠소. 그러나 『우케이 카이토』, 하필이면 이세계에서 돌아온 실종자의 소식을 일부러 숨긴 당신의 지시에는 따를 수 없군. 설마 싫어서【고속의 리갈】경에게 감시를 맡겨 놓기를 잘했지. 다행히 결행일은 내일이오. 그러면 마녀님, 세계선의 축이 교차하는 허수 공간에서 다시 마주하게 될 날을 기대하리다!』"

"바보 자식들……! 괘씸하게, 약아 빠진 짓을!!"

'진짜, 왜 이런 시기에 정보가 새어 나가는 거야.'

『전이 지원자』.

내 연구의 방패막이로 이용하기 위해 선동한 뒤, 오니시를 써먹지 못할 때 써먹을 예비로 이래저래 부려 먹었던 머리 나쁜 남자들.

그들이 망상에 푹 빠졌다는 사실을 알고 있었기에 잘 이용해서 원하는 대로 써먹어왔지만, 내가 미행당하는 등 허를 찔리게 될 줄은 예상을 못 했다. 하물며 기자 『카와카미 쿠미코』의 신분으로 『우케이 카이토』와 만나는 장면을 노출했을 뿐인데 일체의 신변 정보까지 파악할 줄은 더더욱.

"실수했어, 선수를 빼앗기다니……."

아득, 꽉 깨무는 어금니에서 소리가 난다.

쓸데없는 짓을 벌이지 못하도록 그들이 시체를 해체하고 있을 때 찍었던 사진으로 카나자키 유토와 마이를 부추겨서 바보 놈들을 처분한 다음, 『우케이 카이토』를 회수하러 갈 예정이었는데.

이렇게 꼬일 줄 알았다면 더욱 빨리 계획을 실행해서 처분했어야 됐다. 그놈들이 얼마나 쓸모없는지는 유괴를 지시했는데도 피험체를 죽여서 데려왔을 때 이미 알았는데.

"……이렇게 된 이상 오니시한테 내일 계획을 실행하라고 시킬 수밖에 없겠어. 학교에 우케이 카이토가 없다는 사실을 알면 보나마나 경찰에 신병을 확보하라고 요구할 게 뻔하니까."

만약 그렇게 돼도 경찰이 인질을 넘겨주는 짓을 할 리가 없었다.

다만 세간에 귀환자의 존재가 알려질 테고, 그렇게 되면 당연히 경찰의 마크도 빡빡해진다. 자칫하면 며칠 전 경찰서의 폭발 사례처럼 사고로 위장해서 죽일 가능성까지 있었다.

즉 서둘러 납치하지 않으면 점점 상황은 악화된다.

'결국 그 애도 계획에 참가하기로 결심한 것 같고 그러면 『우케이 카이토』는 집에 달랑 혼자야. 좀 강압적인 수단을 쓰면 회수할 수 있을 거야.'

오니시는 수전노니까 금액이 다소 올라가겠지만, 돈 따위야 얼마든지 떠안겨주면 된다. 최종 목표만 달성해 내면 아무래도 좋다.

세계 최강의 마법사가 되면 돈 따위야 얼마든지 손에 넣을 수 있다.

"쳇, 역시 저질렀구나, 바보 자식들……!"

정차한 차 운전석에 앉아 스마트폰으로 확인한 영상에는 대놓고 『우케이 카이토』라는 이름이 나와 있었다.

뉴스 사이트에서 자료 화면으로 내보내는 영상은 가공이 완료됐지만, 다른 사이트에서 무수정본이 퍼지고 있는 이상, 거의 의미가 없다.

“역시 서둘러 계획을 실행시키는 게 맞았어. 데리고 나오는 데 조금 시간은 걸렸지만, 차에 태우기까지만 성공하면 웬만하면 실패하지 않을 거야.”

점거 사건이 발생한 학교 상황을 차 안에서 살피던 중 슬슬 대역 인형을 거래 장소에 보내기로 마음먹었다.

흙덩이, 작은 동물의 생피와 살점을 듬뿍, 그리고 나무 골격과 복사하고 싶은 마술사의 피. 이러한 재료를 사용하면 나와 꼭 닮은 대역 인형을 만들 수 있다. 대역 인형은 명령을 내려 사역하거나 의식을 집중하여 원격 조작이 가능한 편리한 도구다.

마소(魔素)가 희박한 이 세계에서 지금의 내가 사용할 수 있는 마술 중 가장 사용 빈도가 높았다.

왜냐하면 이 마술을 쓰면 간단하게 완벽한 알리바이를 만들 수 있기 때문이다. 위험한 상대와 접촉할 때도 안전한 공간에 머무른 채 진행할 수 있다.

한번 기동하면 기껏해야 하루밖에 형태가 유지되지 않고, 강한 충격 따위를 받으면 하얀 모래 더미로 흩어져버린다는 것, 그리고 원격 조작에는 다대한 집중력이 필요하다는 결점을 제외하면 이토록 편리한 마법도 없다.

나는 눈을 감고 집중하며 사전에 준비해 둔 대역 인형을 원격 조작했다.

숲속을 지나 거래 장소로 정한 폐공장의 한 구역을 목적지로 이동한다.

'후유, 이 정도면 예상 이상으로 빠르게 목적지까지 도착하겠네요.'

그렇게 살짝 안도했을 때였다.

"『실례합니다~ 잠시 괜찮으세요? 석양 텔레비전 소속입니다만…….』"

'어?! 아차차?!'

살짝 긴장을 푼 순간을 노리기라도 한 것처럼 열어 둔 창문 너머에서 목소리가 들려왔다. 나는 엉겁결에 대역 인형의 제어를 풀어버렸다.

화가 불끈 치밀지만 여기에서 소란을 일으킬 수는 없었기에 특기인 미소 띤 얼굴을 써서 리포터라는 여자를 대충 쫓아내고 다시 한 번 대역 인형과 접속했다. 그렇지만 운 나쁘게도 원격 조작이 끊어진 동안 대역 인형은 숲속에서 요란하게 굴러버리고 다리가 망가졌는지 한쪽 다리로 버둥버둥 몸부림치고 있었다.

"쳇, 안 되겠네……. 해제!"

원격 조작의 대상, 망가진 대역 인형을 파기해서 하얀 모래 더미로 바꿔 놓았다.

예비용 대역 인형은 준비해 놓았지만, 이제부터 이동시킨들 무슨 수단을 써도 거래 시간에 맞춰 도착시킬 수가 없었다.

어쩔 수 없이 한숨을 쉬며 오니시에게 사정을 적어 문자를 보낸 다음에 다시 원격 조작으로 인형을 이동시켰다.

그렇게 잠시 후, 차 안에 가지고 들어왔던 몇몇 계측기가 반응을 나타냈다.

"어머, 벌써 시작했구나, 그 두 사람."

이제까지 진행한 연구 결과, 소양이 없는 인간이라도 심하게 감정이 고양되면 주위 마소에 영향을 준다는 것을 알 수 있었다.

거래 장소에는 대역 인형을 보내고, 자신은 이렇듯 학교 근처에서 대기 중이었던 것도 그게 이유였다. 실행범 두 사람의 분노며 증오와 같은 감정과 『전이 지원자』들의 공포에 질린 감정이 혹시 전이가 발생했던 저 학교에서 모종의 작용을 불러일으키지는 않을까 기대했던 까닭이다.

대역 인형에게는 육체 감각이 없는 관계로 아직 계측기로 파악할 수 없는 마력의 움직임을 추적하기 위해선 현장에 본체가 갈 수밖에 없었다.

"일단은 나무 그늘에 앉혀 놓고……."

방금 전과 똑같은 전철을 밟을 순 없는 만큼 원격 조작을 아주 놓아버리지는 않은 채 나무 그늘에 대기시켰다.

어느 정도 기록을 확보하면 오니시가 기다리고 있을 거래 장소로 다시 보내자.

"그건 그렇고…… 와아, 굉장해. 역시 저곳은 상당히 특이한 장소 같아. 공간의 마술적인 운동량이 높아지고 있어…. 두 사람 모두 잘 진행하고 있나 봐."

조사를 위해 설치해 놓은 기기에 나타나는 반응을 보면 영약 및 마법약 종류를 쓰지 않았는데도 내 연구실과 비슷한 수치의 반응이 돌아오고 있다.

내가 연구실에서 실행했던 실험을 이 장소에서 다시 실행했을 때 얼마나 순조롭게 연구의 진전될까 생각하면, 상황 때문에 무리임은 알고 있는데도 아쉬운 마음이 끓어오른다.

"과연 두 번이나 세계의 벽이 허물어졌던 장소예요. 아차, 큰일 났네요. 생각보다 시간이……."

홀린 듯 여러 수치를 쳐다보다가 제법 긴 시간을 흘려보내고 말았다.

머릿속에서 전개 가능한 이론과 실험하고 싶은 내용을 떠올리다가 너무 몰두해버렸다. 『우케이 카이토』를 써서 맨 처음에 어떤 실험을 할까, 거기까지 사고를 진행시켰을 때 나는 간신히 정신을 차렸다.

"대역 인형을 서둘러 움직여야겠네. 앗! 이 수치는 뭐야?!"

마치 타이밍을 노린 것처럼 계기류가 잇따라 이상한 수치를 표시한다.

"고장……? 이런 수치는, 본 적이 없어……!"

선조님께서 남긴 자료로 복원한 마술이 일으키는 기적의 레벨을 측정하는 도구. 그 반응 정도를 알기 쉽게 현대의 기계 기술을 도입해서 계량한 측정기가 이상한 수치를 표시하고 있다.

"아, 게다가 더 올라간다?! 이거, 세상에, 이론 수준으로 자료에 언급되어 있는 대마술급 마법이……! 마, 말도 안 돼. 마소가 고갈된 세계에서, 저런 고도의 마술을……!"

게다가 놀라는 것도 잠깐뿐, 더욱 수치가 뛰어올라서……. 절대로 고장 따위가 아닌, 감히 부정할 수도 없는 대마술이 눈앞에서 전개되어버렸다.

"아아아아아아악! 어, 어라?" "히익, 앗, 어라, 바깥?" "—려줘어어어, 어, 어?"

술렁술렁, 학교를 둘러싸고 있던 구경꾼들이 떠들어 댄다.

무리도 아니었다. 아무것도 모르는 저 사람들의 눈에는 정말 어떠한 전조도 없이 어느 순간에 불현듯 묶인 학생 및 교사가 교정에 나타난 듯이 보였을 테니까.

"전이, 마술……?"

사고가 정지한다.

내가 시도한들 거창한 준비를 갖추고 며칠씩 시간을 들여 봤자, 간신히 작은 지우개 하나를 몇십 센티미터 이동시키는 게 고작인데.

"하핫, 굉장해, 굉장해라. 마술의 가능성은 역시나 이런 경지까지……!"

오싹, 가열된 기름처럼 피가 솟구치는 것을 느꼈다.

나는 흥분했다. 조사하고 싶어, 조사하고 싶어, 조사하고 싶어!!

그러나 감동이 살짝 가라앉았을 때 불가해한 의문이 솟아났다.

"……아니, 잠깐만. 잠깐, 잠깐, 잠깐만. 누가 마술을 쓴 거야?"

내가 파악한 바로 저곳에 있는 인물 중 마술의 관련 지식을 지닌 인물은 없었을 텐데.

"도대체, 누가……?"

내 의문에 대답해주는 사람은 아무도 없었다.

☆

"……윽, 제길! 어째서 연락이 안 되는 건데?!"

역시 전화를 걸어도 부재 안내밖에 듣지 못했기에 나는 거칠게 스마트폰을 자기 방 소파에 집어 던졌다.

학교 점거 사건의 발생 후 벌써 사흘이 지나갔다.

그렇지만 점거 사건은 지금껏, 아니, 사건이 발생했을 때보다 훨씬 큰 소란이 벌어졌다.

인질들이 나타나고 얼마 뒤 경찰 부대가 돌입했을 때 학교 내부에는 이미 아무도 없었다.

남은 것은 인터넷으로 『전이 지원자』들이 요구를 전달하기 위해 쓴 동영상 촬영 장소였던 교장실에 나동그라져 있는 무참한 시체뿐.

증오를 쏟아부은 참살 행위임이 명백했기에 경찰은 사건이 시끄러워질 만한 요인을 조금이라도 없애기 위해 해당 사실을 공표하지 않았다. 그러나 인터넷에 얼굴을 모자이크 처리한 두 명의 남녀가 『전이 지원자』 범인들을 학살하는 영상이 퍼져 나감으로써 경찰의 의도는 어긋났다.

텔레비전은 매일같이 이 사건의 관련 소식만 보도하고 있었다.

"이놈이고 저놈이고……! 오니시는 물론 카나자키 유토, 게다가 마이까지 연락이 안 된다니……."

도중까지 『우케이 카이토』의 유괴는 순조롭다고 말한 주제에 대역 인형이 거래 장소에 도착했을 때 그곳에는 아무도 없었다. 아무리 기다려도 오니시는 나타나지 않았고 연락도 되지 않았다.

어찌 된 영문인지 우케이 남매의 집에 상황을 보러 가봐도 인기척이 전혀 없었다.

텔레비전에서 사건의 추이를 알았을 때도 계획과 달라졌던 상황 때문에 골머리를 앓았다.

『카와카미 쿠미코』로서 『전이 지원자』들을 처분할 계획을 세우게 만든 사람은 나. 그리고 분명하게 언급은 안 하고 스스로 떠올린 듯 유도해서 『전이 지원자』들의 최후를 억제력으로 쓰자는 명목을 준 사람도 나다.

그렇지만 그 영상은 내가 받아서 정체가 들통나지 않게 신중하게 가공한 다음, 평범한 사람들의 눈에는 잘 띄지 않도록 위장해 놓은 『전이 지원자』들이 모이는 비밀 사이트에다가 올릴 계획이었다.

실행을 맡은 두 사람이 체포되는 사태를 막기 위해서도 이렇게 대대적인 소란이 벌어져서는 안 됐다.

그렇지만 사건 이후 모두가 하나같이 연락이 뚝 두절되었다. 뭐가 어떻게 된 것인지 알 수가 없어서 어둠 속에 있는 기분이다.

그래, 나는 초조했다.

"아앗, 짜증 나, 짜증 난다고! 소체 없이는 연구가 진행이 안 되잖아! 학교도 봉쇄돼버린 탓에 조사하러 들어갈 수가 없어!! 어째서 이렇게 자꾸 꼬이는 걸까……."

"학교에 가고 싶은가? 그러면 마침 잘됐구나."

순간, 등줄기에 얼음을 미끄러뜨려서 더듬는 듯이 오싹한 목소리가 들렸다.

"누구야?!"

고개 돌린 곳, 거기에 있는 사람은 한 남자였다.

가죽으로 만든 갑옷에 검은 망토를 걸친 차림새는 판타지 세계에서 빠져나온 것 같은 복장이다.

"우, 우케이? 그 차림은 어떻게 된 거야? 아니, 그나저나 어떻게 내 방에 들어온 거니?"
나는 반사적으로 언제나 저 남자의 앞에서 연기했던 싹싹한 말투를 쓰고 있었다.
"……흐음. 이렇게 다시 봐도 제법 잘 만들었군. 낯짝에 공을 많이도 들였어."
"저, 저기? 무슨……. 아흑?!"
상황을 파악하기 위해 열심히 머리를 굴리려던 순간, 찌리릿, 비유가 아니라 온몸에 전기가 치달리는 감각이 덮쳐들었다.
"현대 기술과 유사 마공학의 융합인가. ……거참, 왜 하필 너였을까. 하다못해 다른 녀석이었다면 마지막에 찝찝한 기분으로 저쪽 세계에 돌아갈 일은 없었을 텐데."
"……꺽, ……끄, 윽."
"너는 마이의 좋은 친구인 줄 알았는데. 대체 왜 언제나 이딴 식인 걸까."
한순간 시야가 아찔하게 물들었다. 다음 순간에 느껴지는 것은 선뜩한 바닥의 싸늘한 감촉.
너무 오래도록 정좌했을 때의 저릿거리는 느낌을 증폭시킨 것 같은 감각이 온몸을 덮쳐서 제대로 숨 쉬기도 어려웠다.
"**사토미**, 솔직히 나는 두 사람에게 맡기기도 싫을 정도로, 동생을 상처 입힌 네가 밉구나."

그렇게 나는 몸의 자유를 마비되어 빼앗긴 채 제법 오랜만에 본명을 들었다.

☆

"……진짜 이 세계는 잔혹하다니까."

마법에 대해 지식이 있는 것 같았기에 경계하며 걸었던 감정에 표시되는 이름을 확인했을 때는 잘못 본 줄 알았다. 왜냐하면 그 여자애는 내가 이 세계에 돌아오기 1개월 전에 분명히 죽었다 했고, 마이가 『전이 지원자』를 증오하게 된 이유 중 하나였기 때문이다. 그러나 『카와카미 쿠미코』가 저질렀던 잔인한 소행의 흔적은 본인이 살고 있었던 집의 지하에 역력하게 남아 있었다.

"……하다못해 두 사람에게 전할 변명이 그리 추하지 않았으면 좋겠는데 말이지."

아마도 이루지 못할 기대임을 예감하면서, 그럼에도 구태여 말을 흘렸다.

나는【뇌창의 눈물 칼】의 전기를 다루는 능력으로 마비시킨 카와카미 씨, 아니, 사토미를 안아 들고 이미 격리를 마친 학교 교실로 전이했다.

그곳에는 증오를 숨기려고도 하지 않는 눈으로 사토미를 주시하는 유토와, 복잡한 표정으로 사토미를 바라보는 마이가 있었다.

"어서 와, 카이토. 그리고 카와카미 씨, 아니, 사토미, 진짜 이름을 불러주는 게 좋으려나."

"오라버니……. 정말, 이 여자가……?"

"맞아, 간단한 마술도 조합해서 만든 얼굴이라 지금 너희는 꿰뚫어 볼 수 없을 테지만. 유감스럽게도…….”

나는 언뜻 봐서는 아무것도 알아볼 수 없는 목 부분에 손가락을 가져다 대고 이음매부터 잡아떼서 가면을 벗겨 냈다.

“보다시피.”

잘 만들어 뒤집어쓴 거죽을 벗기자 결국 나에게도 낯익은 얼굴이 나타났다.

“사토미……. 정말, 살아 있었어…….”

“……그렇구나, 마법은 정말 성가시구나. 우리를 계속 속였던 건가.”

“……꺽, 끅……. 으.”

마비된 상태여서는 대답을 못 하니까 나는 팔다리를 수갑으로 구속한 뒤 마비 상태를 해제시켜줬다.

“이제는 말할 수 있겠지. 내 동생과 친구에게 변명이라도 해봐. 죽기 전, 남기고 싶은 말이 한두 마디는 있지 않겠냐? 여기 두 사람의 질문이 이어지는 시간만이 네가 삶을 붙들 수 있는 시간이다.”

“……으, 맞아, 그때 전이 술법을 쓴 사람이 카이토 선배, 당신이었던 거죠? 알겠어, 신역에서 마력을 받아들인 덕분이군요.”

지금 발언은 『카와카미 쿠미코』에서 비롯된 것이 아니고 기억 밑바닥에 있는 나긋나긋한 화법을 쓰는 『사이토 사토미』의 말투였다.

“……그때 죽었던 사토미는, 대체 뭐였던 거죠?”

“아, 그건요, 대역 인형이라는 마술과 선지피 따위를 써서 만든 거예요. 학교라든가 나이라든가 부모라든가, 세계 제일의 마술사를 목표로 나아가야 할 제게는 좀 걸리적대길래 『사이토 사토미』는 죽은 사람으로 만들자는 생각이었죠. 납치당한 척하고 사라져도 괜찮았겠지만, 마침 다른 루트로 실종 사건 때 마술의 대상이 됐던 사람들의 정보를 파악했던 참이라 그쪽의 유괴를 숨기는 데 좋은 가림막이 되지 않을까~ 싶었거든요. 살인 사건이면 굉장히 큰 소란이 벌어지잖아요~."

까르르, 웃음 지으며 사토미는 대답했다.

"그래도 좋은 결과로 끝나지는 못했단 말이죠. 마이가 왔을 때는 좀 당황했고 비밀리에 진행한 유괴는 『전이 지원자』가 시체를 만들어서 가져온걸요. 정말 난감하더라고요~."

"큭!"

아아, 제기랄, 지금 당장에 이 자리에서 내가 손을 쓰고 싶어졌다.

티끌만큼도 죄책감을 느끼지 않는 모습에, 마이가 얼굴을 일그러뜨린다.

"……있잖아, 사토미, 어째서? 사토미가 유키한테 그런 끔찍한 짓을 저지른 거야……?"

"네에, 맞답니다~? 왜냐하면 유키는 말이죠, 제가 카오리로 실험한다는 걸 알아차리고 저를 의심했거든요~? 그러니까 쓸데없는 짓을 벌이기 전에 실험 재료로 사용했어요."

"큭!! 실험, 실험이라니……!" "아! 어째서……."

나긋나긋하고 아기자기한 화법을 쓰는 사토미의 대답에 두 사람이 얼굴을 일그러뜨렸다.

"어째서죠, 사토미. 저희 세 사람은, 가장 친한 친구가 아니었나요? 그날, 병원에서 흘린 눈물은 거짓말이었어요?"

"에이, 거짓말은 아니랍니다~. 두 사람 모두 소중하니까 처음에는 유키랑 마이를 재료로 쓸 생각은 없었는데 말이죠~. 친구였는데도 저를 의심하다니 너무하지 않나요~? 그런 행동은 배신이죠? 저는 엄청나게 상처 받았거든요. 그러니까 대신 유키에게 실험에 협력하는 역할을 맡긴 거예요."

"아, 사토미, 너는……."

"어휴, 마이까지 저를 그런 눈으로 볼 줄이야……. 친구끼리 너무해요!!"

"……이제, 됐어요. 아하하, 저, 바보 같아요……. 이런 아이를 위해 정신을 놓을 뻔하고, 오라버니한테까지 민폐를 끼칠 뻔했다니……."

마이가 사토미에게 지녔던 정과 함께 마음의 일부를 잘라 내는 순간이었다.

"……그러면 내 질문에도 대답해줄래? 어째서 카오리를 납치했던 거야?"

"네? 딱히 특별한 이유는 없답니다? 굳이 말하자면 가장 쉬워 보여서예요."

"뭐?"

어리둥절하는 얼굴을 숨기지 않는 사토미. 그리고 유토도 역시 곤혹감을 감추지 못했다.

"그 아이가 혼자 공원에 있는 모습을 발견했거든요. 『시오리 언니를 구출하는 데 힘을 보태줘』라고 말했더니 대뜸 따라와주더라고요. 이유라면 이게 다예요."

"그런, 이유로? 그런 이유로 카오리는……. 큭큭, 아하하하핫핫!! 아하하하하하하핫!!"

유토는 이제 웃음밖에 안 나온다는 듯이 소리를 높였다.

앞머리를 꽉 붙잡아 꾸깃꾸깃 쥐어뜯다가 결국 눈가에 눈물을 짓는 유토를 보면…… 나 자신이 겹쳐졌기에 점점 분노의 감정이 끓어오른다.

"……어이, 이 빌어먹을 년아. 그래서 너는, 목표가 대체 뭐였냐? 뭔 짓을 하고 싶어서 오늘 이날까지 살아온 거냐."

"그야 물론 세계 제일의 마술사가 되고 싶어서죠! 카이토 선배도 신역에서 힘을 얻었다면 이해할 텐데요? 세계에 구멍을 뚫어 마력이 고갈된 세계를 마력으로 충만하게 만들면 이 세계에는 신화시대의 힘이 가득 차오를 거예요. 그때 가장 첫 번째로 한껏 숨결을 들이마실 수 있다면 강대한 마술사였던 선조님의 재능을 계승한 저는 어떠한 기적도 일으킬 수 있는 마술사가……."

"네가, 세계 제일의 마술사? 어림없지. 재능이라고는 티끌만큼도 없다고, 너. 아마 이 세계에서 마법을 쓰기 어려운 원인을 마력이 없기 때문이라고 생각하나 보지? 그딴 착각이나 하는 수준의 녀석이 마술사가 되어 봤자 기껏해도 2류를 못 벗어나고 끝날 게 뻔하지."

"……후유, 이래서 마술의 문외한은. 조금 큰 힘을 사용할 수 있다고 다 아는 척하면 창피를 당한답니다? 쿠로이 가문의 비전서에 실린 기록을 따른다면 당신은 신역에서 흡수한 힘으로 무의식중에 술법의 보조를 받고 있어요. 확실히 이곳은 마력량이 크게 확장됐지만, 그 이유는 여기가 두 번이나 세계에 구멍이 뚫렸던 장소이기 때문이라고요."

"……뭐, 됐다. 너 같은 타입은 뭔 소리를 해도 시간 낭비니까. 이제 끝이다. 너희는 아직 이 녀석한테 묻고 싶은 게 있나?"

"아니, 괜찮아……. 솔직히 내 손으로 목을 졸라 죽이고 싶은 마음이지만, 지금의 난 힘이 부족하니까. 카이토한테 맡기는 게 훨씬 좋겠네."

"……오라버니, 저도 이제 됐어요. 마이의 마음속에서 사토미는 그날 죽은 거예요."

여전히 바닥에 쓰러져 있는 사토미를 바라보는 두 사람의 눈은 대조적이었다.

유토의 눈에는 얼어붙은 불꽃처럼 강렬한 증오가 깃들어 있다.

마이의 눈에는 마치 망가진 장난감을 보는 듯 냉혹한 무감동이 깃들어 있다.

"두 사람 모두 너무하네요~. ……그래도 덕분에 시간을 충분히 벌 수 있었어요. 마법진, 기동!"

쿡쿡, 사특한 미소를 띤 사토미가 주문을 읊자 오각형을 짜 맞춘 배리어가 부웅 발생했다.

"쿡쿡쿡. 고작 수갑을 묶고 우쭐거리니까 이렇게 되는 거예요. 제가 해제하지 않는 한 이 결계는 풀 수 없어요."

"……일단 묻겠는데, 이러고 뭘 어쩔 셈이냐?"

"당장 경찰을 부를 거예요. 이곳의 마력은 마법진을 유지하는 데 소비되고 있으니까 전이 같은 대마술은 못 쓴답니다? 당신들이 경찰에 붙들려 있는 동안에 이 학교의 부지를 제가 사들여서 접근을 막겠어요. 이곳이 아니라면 당신들은 고위 마술을 사용할 수 없잖아요? 그러면 저는 마음껏 소원을 이룰 수 있어요!"

……진짜 답이 없구나. 저쪽 세계에도 있었더랬지. 본인을 특별하다고 생각하는 까닭에 어떤 근거도 없이 자기 유리한 대로 짜 맞춘 가설을 진실인 양 맹신할 수 있는 버러지들이.

정합성이 갖춰지지 않은 구멍투성이 이론을 절대적 진리처럼 믿는다.

"……이제 됐어, 일 처리나 후딱 끝내자고."

더 이상 대화를 나눈들 시간 낭비겠지. 나는 더 말하지 않기로 했다.

"—나의 몸은 만물의 위에 서리라.

—불복종 따위 허락지 않는다. 불가능 따위 가당치 않다.

—이 세상 만물은 나의 소유물, 모든 법칙은 나의 소유물.

—만물이 나의 규정을 따르리라. 내게 씌워진 힘을 따르리라.

—천변만화하는 세계의 성이 오만방자하게 솟구칠 때까지.

—【대죄의 검, 교오성(驕傲城)의 유일왕】."

내가 손에 든 것은 자그마한 왕관을 겹쳐서 만든 기다란 사슬.

그 끝에 연결된 것은 금색 머리카락을 지니고 초등학생쯤 되어 보이는 남자아이.

머리에 찬연하게 빛나는 왕관을 쓴 채, 절대 강자로서의 자신감 가득 넘치는 표정으로 당돌하게 주위를 내려다보고 있다. 공중에 뜬 옥좌에 걸터앉아 한쪽 팔꿈치를 짚고 주위를 흘겨본다.

그 모습은 그야말로 오만이란 이름을 보유하기에 적합한 태도였다.

"『흥, 이제야 불러내다니. 제법 시간이 걸렸구나, 무능한 사내놈아.』"

"시끄럽다, 프라이드. 관심받고 싶어 하는 꼬맹이 자식. 어째서 봉인 상태였던 주제에 내 꿈에 튀어나왔던 거야."

“『봉인? 바보 같은 소리, 이 세상 만물이 나의 소유물. 모든 법칙의 정의를 내가 수행한다. 그보다 이 몸이 직접 충고까지 해줬건마는 태도가 불손하구나. 넙죽 엎드리지 못할까, 평민 녀석아.』”

“웃기지 마라. 작작 떠들고 일이나 해라. 하명(下命)을 쓴다.”

“『호오, 괜찮겠나? 네 녀석의 하명의 힘을 꽤 싫어하지 않았던가.』”

재미있어하는 얼굴로 내려다보는 프라이드.

“그래, 네 말이 맞아. 좋아하지는 않아. 네 능력은 너무 극단적이잖냐. 그래도 저쪽 세계로 돌아가려면 네 힘이 필요하군.”

내가 손에 든 일곱 가지의 대죄를 본뜬 심검은 하나같이 파격적인 힘을 보유하고 있지만, 개중에서도 오만의 심검이 지닌 능력은 특히 극악하다.

다른 검과 달리 디메리트는 사용 후 하나. 복잡한 사용 조건은 하나도 없다.

그러나 나는 이 검의 힘을 좋아하지 않았다.

“『그래서? 이번에 너는 이 세계의 법칙을 어떤 형태로 바꾸고 싶나. 어디 말해보도록.』”

“사용할 재료는 이 녀석이다.”

그렇게 말한 뒤 나는 눈앞에서 이쪽을 보며 히죽히죽 웃음 짓는 사토미를 가리켰다.

“이 녀석의 존재 전부를 저쪽 세계와 연결되는 문으로 바꿔 다오. 이미 두 번이나 문이 열렸던 장소다. 이미 재료의 양은 충분하지 않겠나?”

“『흥, 뭐, 알겠다. 드디어 밖으로 나온 덕분에 나는 대단히 기분이 좋으니까.』”

좋아, 이제 문제는 없겠다.

존재 자체를 재료로 내준다지만 고작 한 명으로 대략 이백 명을 대신할 수 있을지 걱정이었는데, 아무래도 이걸로 충분한 것 같다.

“흐음, 정령 소환의 술법인가요? 무슨 의도인지 잘 모르겠는데, 이 결계는 마법도 튕겨 내니까 소용없답니다?”

“대단한 자신감이군, 그 대단한 자신감과 함께 사라져라. 생각을 고칠 수 있을 만한 여유는 곧 사라질 테니.”

“진짜 뭘 모르는 사람이네요~. 이 결계는 선조님께서 만들어 낸 최강의 결계예요. 어떤 마법도 튕겨 내는 힘이…….”

“만물은 복종하라, 내가 바라는 법칙으로 어그러져라. 『왕의 하명』.”

그 순간, 거꾸로 뒤집힌 왕관이 공중에 나타나서 결계째 사토미를 둘러싸며 지면에 틀어박혔다.

그것은 투명한 왕관. 존재의 존엄을 약탈하는 외법의 힘.

타자를 자신이 정의하는 무엇인가로 존재째 바뀌도록 강제하는 힘.

왕의 하명에 거역할 수 있는 사람은 없다.

“이 능력은 말이다, 네게서 존재 전부를 빼앗는 힘이다. 목숨이며 혼이 전부가 아니야. 너라는 존재 자체가, 처음부터 지금부터 만들어 내는 무엇인가였던 것처럼 뒤바뀐다.”

“존재의 소멸? 그런 마술은 신의 영역에 직접 걸음을 들여놓는 수준의 기적이에요. 허풍이 좀 지나친데요?”

“신의 힘? 아니지, 이 힘은 굳이 분류하자면 악마의 힘이거든.”

순간, 빙글빙글 돌고 있었던 투명한 왕관이 회전을 멈춘 뒤 짓눌려 뭉개지는 것처럼 형태가 어그러진다.

그와 동시에 아무도 없던 공중에서 이번에는 금색 왕관이 나타났다.

"이 녀석은 방금 전에도 말했지만, 맨 처음부터 『없었던 존재』로 세계를 재구성한다. 이곳에 있는 우리만 제외일 뿐, 너는 처음부터 존재하지 않았던 사람이 된다. 당연히 네가 삶에서 남긴 행동은 다른 누군가에게, 혹은 다른 무엇에서 비롯되었던 결과로 바뀔 거야. 이제까지 네가 살아온 인생은 어떤 흔적 하나도 못 남긴다. 또한 미래도 사라지지."

투명한 왕관이 줄어드는 몫만큼 금색의 왕관이 커다랗게 확장되어 간다.

"윽?! 어, 어째서?! 어째서 결계를 뚫고 들어오는 건데?!"

"육체도 영혼도, 전부 없었던 존재가 될 테니까 다시 태어나지도 못하지."

그리고, 나는 말을 계속했다.

"존재가 소멸하는 아픔이라는 게 상당히 과격하다더라고."

"으윽, 아아아아아아아아아아아아아아아아아아아아아아아아아아아아아아아아아악!!"

마침내 투명한 왕관의 테두리가 사토미에게 닿았다.

이때 사토미가 내질렀던 소리는 상상할 수도 없는 고통이 담긴 비명이었다.

"이게 뭐야아아아아아아아, 안 돼, 그만, 빼앗아 가지 마아아아아아아아아아아아아아아앗?!"

착란 상태에 빠진 사람처럼 부르짖는 사토미.

그러나 뭐라 애원한들 들어줄 리가 없었다. 투명한 왕관이 사토미의 몸을 차츰차츰 집어삼킨다.

그에 따라서 피가 배어나는 것처럼 옅은 분홍색이 왕관에 섞여 들었다.

"아하하하하핫! 자업자득이다, 빌어먹을 년!!" "사토미, 목소리가 시끄러워요. 자업자득이에요."

묵묵히 상황을 지켜보던 유토와 마이가 둘 다 경멸하며 말을 내뱉었다.

다만 사토미에게는 둘의 목소리도 들리지 않았을 것이다.

"싫어, 싫엇, 싫어어어어어어어어어어어어어어어어엇?!"

"그래, 더 울부짖어라! 카오리가 받은 고통 이상으로! 더욱, 더욱더!!"

"『제법 괜찮은 말을 할 줄 아는군. 과연 카이토의 친구인가. 크크크, 아무렴, 역시 하등한 인간의 비명은 유쾌해. 극상의 오케스트라에 필적하는 좋은 맛이다.』"

유토에게 동조하며 프라이드가 눈을 감더니 비명에 잠기듯 기쁨이 묻어나는 표정을 짓는다.

제법 오랫동안 공기를 찢어 가르며 터져 나왔던 비명.

그 소리가 멎은 뒤 완전히 찌부러져서 판 형태가 된 왕관의 색은 거무칙칙한 다홍색까지 짙어졌다.

그리고 직경 3미터는 될 법한 크기까지 성장한 금색 왕관이 빙그르르 90도 기울어져서 빛의 막을 펼치는 원형의 입구를 만들어 냈다.

"좋아, 둘 다 준비는 됐나? 여기를 쭉 지나가면 목적지로 도착할 거야. 다만 아무래도 출구가 과연 어디로 연결됐을진 미지수이지만……."

"가죠, 오라버니. 더는 헤어지기 싫어요."

"그러게. 어차피 더 이상 이 세계에 남은 미련은 아무것도 없어."

제각각 다른 장소로 날아가는 불상사가 없도록 나를 중심으로 손을 맞잡고 이세계로 연결된 문에 눈길을 보낸다.

저쪽에 있던 때는 간절하게 이쪽 세계에 돌아오고 싶다고 소망했었는데, 지금의 바람은 전혀 반대라는 게 정말 얄궂다.

"자, 귀신이 나올까 호랑이가 나올까. 어디 던전이든 상관없으니까 현재 위치를 알 수 있는 장소가 나오면 좋을 텐데……."

"초심자 입장에선 귀신도 호랑이도 안 나오는 시작의 마을 비슷한 장소가 좋은데 말이지……."

"뭐, 어차피 오라버니에게 맡긴 이상은 큰 바람을 가져서는 안 돼요. 마왕성의 코앞에 떨어질 각오 정도는 갖고 있어야겠죠."

"마이 아씨, 마이 아씨. 그렇게 불안한 플래그를 세우는 말은 자제해주면 안 될까요……."

그렇게 우리는 한 번도 뒤돌아보지 않고 이세계로 연결된 문에 들어섰다.

에필로그

문에 걸음을 들인 순간, 흐르는 물에 휩쓸리는 감각이 느껴졌다.

일본에 돌아왔을 때는 추락하는 감각이었지만, 이번에는 중력을 거슬러서 밀려 올라가는 것 같은 느낌이었다.

그리고 일본에 돌아왔을 때 느꼈던 무수히 많은 손 비슷한 무엇인가에 혼의 파편을 잡아 뜯기는 감각은 안 느껴졌다.

"……오오오오오오?!" "……오, 오라버니, 오라버니?!"

그렇다 해도 차분함을 유지하고 있는 사람은 나뿐이다. 유토와 마이는 이 공간이 무척 당황스러운 것 같았다.

나야 도합 세 번째인 만큼 이세계 도약에도 꽤 익숙해졌다.

어떠한 색이라고 딱히 이름을 붙일 수 없는 공간의 안을 달려 나간다.

첫 번째 때는 뭐가 뭔지 얼떨떨한 채 자신의 혼 깊숙이 밑바닥이 끌려 올라가는 감각을 느꼈었다.

두 번째 때는 혼을 무엇인가에 잡아 뜯기는 감각과 함께 기억을 빼앗겼다.

둘 모두 갑작스러운 사태였던 터라 당황만 했었지만, 이번에는 다르다.

차분하게 상황을 파악할 수 있기에 비로소 오싹하리만큼 싸늘한 혓바닥이 등줄기를 핥아 올리는 듯한 기척을 느꼈다.

'큭, 뭐냐……?!'

세계와 세계의 간극.

이 공간에 무엇인가가 뿌리를 박고 있었다. 게다가 이제껏 느낀 경험이 없었을 만큼 강대한 기척.

직접 대치하는 것만으로도 확실하게 목숨의 위기를 각오해야만 하는 수준의 존재.

"『흠, 과연 세 번째인 만큼 시선도 알아차리는군요. 어쨌든 간에 이레귤러에 이레귤러에 이레귤러잖아요. 우후훗, 재미있어라.』"

저절로 숨이 멈춰졌던 순간, 주위의 시간이 잘려 나간 것처럼 얼어붙었다.

단 하나 목소리의 압력에 모든 반항심을 잡아 뽑히는 느낌이 든다.

이렇게까지 압도적인 힘의 격차를 느낀 경험은 사룡과 처음 대치했을 때 정도였다.

'……큭!'

숨이 막힌다, 대화마저 나눌 수 없다.

"『제 존재를 알아차린 기특한 당신에게 【열쇠】를 넘겨드리겠어요. 그리고 신의 술법을 뿌리친 보상 삼아서 덤도 붙여줄게요. 자, 이제 가세요. 당신이 뜻하고 바라는 대로 살면서 발버둥 쳐보세요.』"

순간, 휭, 무엇인가가 내 안쪽에 들어오는 게 느껴졌다.

그리고 그것이 무엇인지도 알지 못한 채 얼어붙었던 시간이 다시 움직인다.

그와 동시에 방금 전까지 느껴졌던 시선도 사라졌고 단번에 압박감이 없어졌다.

"지, 지금 도대체……."

"뭐, 뭔가 잘못된 거야?" "오라버니, 실패인가요? 실패 오라버니예요?"

"아니거든!"

두 녀석은 지금 기척을 알아차리지 못한 듯싶다.

그러나 이래저래 생각할 틈도 없이 이세계 도약은 끝을 고했다.

"뜨앗?!" "으윽?!" "히얏!"

화려하게 착지할 작정이었다만, 두 손을 붙잡혀서 자세를 고치지 못한 까닭도 있어 세 사람이 한꺼번에 우당탕 굴러떨어지는 추태를 보일 수밖에 없었다.

"끅, 젠장, 꼴사납긴……."

나는 살짝 툴툴대면서 일어난 다음 주위를 확인했다.

아무래도 도착한 곳은 숲, 정확하게는 조금 바깥쪽의 숲 자락 비슷한 장소 같았다.

다만 특징적인 것은 이곳의 지면이었다.

"퉤퉤, 후우, 여기가 이세계인가……."

"으으, 입속에서 모래가 까끌까끌해요. 조금 더 편안한 착지는 안 됐던 건가요, 못난 오라버니."

유토와 마이도 각각 일어서서 옷에 모래를 털고 흥미진진하게 주위를 둘러본다.

"……오라버니, 판타지 세계의 수목은 지면이 모래여도 자라날 수 있는 거예요?"

마이가 말한 의문은 물론 지당하겠다.

어쨌든 밝고 붉은 잎사귀며 물색의 수피가 달린 나무가 용수철처럼 마구잡이로 꼬인 줄기를,사막처럼 습기도 없는 모래 바닥에 박아 자라났으니까.

"저런 품종도 몇몇 있는 게 전부야. 판타지스런 식물도 제법 있지만 말야."

아무튼 마왕성 한복판에 전이됐다는 황당한 전개는 무사히 회피한 듯싶다.

다만 특징적인 모래땅 지면과 판타지 식물 덕택에 이곳이 수인국, 혹은 수인국 근처의 어딘가라는 것은 알 수 있었다.

기후나 지질(地質)의 영향 때문인지 판타지 식물이 군생하여 삼림이나 숲의 수준을 이루는 곳은 수인국의 부근뿐이다. 다른 장소에서도 어느 정도는 자라나지만, 자연 속에서 왕성하게 번식하지는 않는다.

"『아무래도 상관없다만, 카이토여. 나는 이제 지쳤다. 오늘은 이만 쉬도록 하마.』"

그때 프라이드가 대화에 끼어들어서 살짝 언짢아하며 말했다.

너희가 지치기도 하는 거냐고 딴생각이 들었다만, 굳이 따진들 뭐가 어떻게 되는 것도 아닌 데다가 어차피 항상 겪는 반응이니까 입은 열지 않았다.

쓱, 프라이드가 우리가 지나왔던 왕관에 손을 뻗자 크기가 줄어들다가 이윽고 반지 크기까지 작아져서 프라이드의 손안에 들어갔다.

"『그러면 이번 대가를 징수하도록 할까.』"

"그래, 좋아, 이번에는 뭘 가져갈 테냐?"

프라이드는 능력을 쓰면 제멋대로 내 안쪽에 돌아오고자 한다.

정확한 기준은 잘 모르겠는데 일단 내 안쪽에 돌아오면 1주일은 다시 불러낼 수가 없다.

그리고 프라이드는 내 안으로 돌아오기 전에 내게서 무엇인가를 징수해 간다.

어떠한 때는 사지 중 하나를 3개월간 빼앗겼다. 또 어떠한 때는 1개월 동안 시력을 빼앗겼다. MP를 빼앗겨서 일절 심검을 못 쓰는 상태에 처했던 적도 있었다.

"『글쎄다, 반년간 오른팔을 받아 가…… 받아 갈 생각이었는데 말이다. 유감스럽게도 정체를 알 수 없는 누군가에게 이미 대가는 받아 놓았다. 몹시 강매 행위에 가까운【덤】이었다만.』"

'음? ……아, 덤이라면 혹시 아까 들었던 목소리가?'

세계와 세계의 간극 속 공간에 있던 무시무시한 무엇인가의 대사를 떠올렸다.

분명히『덤을 붙여주겠다』라고 말했었다.

"『따라서 이번에 한해 징수는 실행하지 않는다.』"

그런 생각을 하던 나를 제쳐 놓고 프라이드는 나의 안쪽으로 냉큼 돌아와 버렸다.

잘은 모르겠는데 어쨌든 횡재였다.

그럼에도 불구하고 도무지 마음이 편하지 않고 바가지를 썼다는 느낌이 자꾸 들었다.

"……자, 어쨌든 이동부터 하자. 정확한 장소는 아직 모르겠는데,

내 예상이 맞다면 이 숲을 서쪽으로 빠져나가면 가도가 있을 거야. 그러면 근처 도시까지…… 큭, 둘 다 물러나!!"

"어? 흐얏?!" "으아앗?!"

기척을 감지할 수 있었던 때는 살기가 쏟아지기 직전이었다.

두 사람을 끌어안고 뛰어 물러나는 장소에 나무로 만든 촉수가 뻗어 와서 들이박혔다.

그 촉수를 표현하면 괴상하다는 한 마디로 족하다.

구불구불 비틀린 검은 나무가 서로 얽혔고 표면은 오돌토돌 돌기투성이.

게다가 돌기에는 잇몸과 이빨만 달린 조그만 주둥이가 무수히 붙어 있었다. 그 주둥이가 딱딱 소리를 울리면서 주위의 마력을 끊임없이 흡수하고 있다.

그 모습을 본 순간, 내 사고의 톱니바퀴에 자갈이 끼어들었다.

"부아부부아부아아아……."

곧이어 나타난 것은 사람을 닮은 무엇인가.

두 팔이 나무의 촉수에 연결되었고, 마치 좀비처럼 멍멍한 눈을 지니고 있는 인간이었던 것.

나는 저것을 이미 본 적이 있었다.

"……마황수(魔煌樹)의 분체인가……?"

말도 안 된다, 말도 안 된다, 말도 안 된다.

어째서, 대체 왜, 어째서 이런 녀석들이 나타났나?!

'설마, 레시티아의 **씨앗**이 싹텄다는 말인가?!'

싹, 핏기가 가시는 느낌을 받았다.

떠올리고 싶지도 않은 최악의 상상.

'만약 레시티아의 안에 **뿌리내린 씨앗**이 싹터서, 그리고 벌써 폭주가 시작됐다면…….'

그래서는 첫 번째 세계의 재래다.

마황수의 분체는 이름 그대로 마황수가 되어 폭주하고 말았던 레티시아가 사람의 시체를 흡수해서 만들어 내는 마물의 일종이다.

이 녀석들이 나타났다는 것은 거꾸로 말하자면 레티시아가 마왕의 핵, 씨앗의 폭주에 잡아먹혀서 커다랗게 뿌리를 뻗는 세계의 유지 장치로 전락해버리고 말았음을 의미한다.

"카, 카이토? 저게, 마물이야?"

원래 세계에는 없는 괴상한 모습을 보고 유토가 당황해서 말을 흘린다.

순간, 몸만큼은 상대에게 반응했다.

"화롯가의 불이여, 『상잔하는 불여우(가우란디)』."

심검의 구성과 능력의 행사.

물 흐르듯이 휘두른 【염차의 양검】에서 두 마리의 불꽃 여우가 각각 분체를 물어뜯어서 온몸을 불로 뒤덮었다.

"부바바우부부파우바우아바부아아……?!"

몇 초 걸리지 않아 거뭇한 숯덩이로 바뀌었다가 탄화된 시체는 바닥에 엎어지는 동시에 부스러졌다.

다만 내 마음에 끓어오르는 초조감은 저런 것으로 사라지지 않았다.

"이럴, 수가……. 이럴 수가……."

"오라버니?" "카이토?"

망연자실하는 내게 건네는 말에 대답해줄 수가 없었다.

첫 번째 세계에서도 느꼈었던 절망이 재차 슬금슬금 다가드는 소리가 들려온다.

'이번에도……?'

압도적인 무력감.

눈앞에 캄캄해지고 몸이 끝부분부터 허물어지는 듯한 종막의 기척.

'이번에도 나는 아무것도 못한 채, 그 녀석을 구해주지도 못하…….'

그때, 그런 생각에 사로잡히려던 순간이었다.

"……오오오오오아아아아아아아아아아아아아아아앗!!"

"흐갹?!"

콰아앙! 충격과 함께 위쪽에서 무엇인가가 내게 떨어졌다.

"……굉장하구나, 이세계. 진짜 판타지야. 스에히코한테 빌려다 읽은 책에서 이런 전개를 본 적이 있어."

"……유토 선배? 오라버니는 소설 속 주인공처럼 남자답지 않아요. 따라서 보이 미츠 걸은 시작되지 않습니다. 그렇죠?"

"어, 아, 아니, 그, 그렇지. 응응. 그거야 픽션이니까. 현실하곤 다르니까."

"잘 말씀하셨어요. 알아주시니까 다행이에요."

뭔가 마이랑 유토랑 이야기하는 소리가 들린다만, 무슨 이야기를 나누는가 알아들을 수가 없었다.

자욱자욱 모래 연기가 지면에서 날아오른다.

나는 물리적으로 갑자기 차단됐던 사고 때문에 아찔아찔하는 머리를 붙들고 일어섰다.

"도대체, 뭐, 뭐가……."

그리고 내게 떨어졌던 게 무엇인가, 아니, 누구인가 이해한 순간에 마치 시간이 멈춘 것 같은 충격을 받았다.

"퉷, 퉷, 으으~ 씨, 제기랄, 모래가 옷에 들어갔구나. 으~ 최악이로구나."

몇 번이고 마음 애태웠던 여자의 목소리.

절대로 잘못 들을 리 없는 목소리.

"……."

갑작스레 한바탕 바람이 불어닥쳤다.

날아올랐던 모래 먼지가 바람에 휩쓸려 흩어지면서 눈앞의 시야가 트인다.

"이런, 누구인가 모르겠으나 폐를 끼쳤구나. 다친 덴 없느냐?"

태양의 빛을 받아 심홍색 머리카락이 흔들린다.

"큭, 레티시아!!"

"엥? 으냐앗?!"

눈앞의 존재를 인식했던 순간, 정신을 차렸을 때 나는 레티시아를 꽉 껴안고 있었다.

만나고 싶었다, 만나고 싶었다! 만나고 싶었다!!

나를 잡아먹으려던 절망이 레티시아의 얼굴 앞에서 싹 날아간다.

"다행이다, 무사했어. 다시, 만났어……!"

이유 따위는 됐다, 구실은 딱히 필요 없었다.

"놓아, 놓아랏! 도대체 무슨 짓이냐……!"

"싫닷!!"

몸을 밀어내려는 팔을 무시한 채 가녀린 몸을 억지로 끌어안는다.

"놔줄까보냐! 더는 두 번 다시, 놓아주지 않을 테다!!"

이것저것 전부 다 내팽개치고 다만 이렇게 꽉 끌어안은 레티시아의 존재를 느끼고 싶었다.

거듭거듭 어째서 레티시아와 떨어져버렸을까 후회했다.

꿈에서 볼 때마다 손바닥 바깥으로 흘러 떨어졌던 온기를 떠올렸다.

"윽!! 무슨 짓거리냐, 이 멍텅구리가아아아아아아!!"

"끄억?!"

그러나 그런 나를 현실에 돌려놓는 외침과 충격이 내 복부를 덮쳤다.

극도의 신체 강화를 펼친 주먹질에 못 버티고 휘릭 날아가버린 나는 대량의 모래 먼지를 피워 올리면서 뒤쪽의 나무까지 같이 날려버렸다.

"거참, 도대체 뭐냐, 네 녀석!"

우뚝 일어서서 레티시아가 분노한 목소리로 외친다.

"해치우다가 놓친 마지막 잔챙이를 쫓아왔더니……. 나무를 헛디뎌서 떨어지는 둥 사냥감은 이미 잡혀 있는 둥 변태한테 끌어안기는 둥, 아이고, 횡액이로구나."

흥! 코웃음 치고 레티시아는 아름다운 머리카락을 쳐 날렸다.

아직껏 나는 큰대자로 바닥에 쓰러져 있었다.

"마음 같아서야 이 자리에서 갈기갈기 찢어버리고 싶다만…….

운이 좋았구나. 내가 좀 바쁘단다, 눈감아줄 테니 한동안 누워서 반성하거라, 멍텅구리 녀석."

레티시아는 나를 가볍게 일별한 뒤 신랄한 말을 내던지고 공중 부유 마법을 써서 다른 곳으로 떠나가버렸다.

한편 나는 뼛속 깊숙이 뒤흔들리는 대미지가 아직 가시지 않아 일어설 기력도 회복하지 못하는 상태였다.

눈이 핑핑 돌아가는 전개인 터라 빠져나갔던 기력도 어딘가에 몽땅 빼앗겼는지 돌아오질 않는다.

"훗, 아하하하, 다행이다……."

레티시아가 살아 있었다, 무사했다.

첫 번째 때처럼 곁에 있어주지도 못하는 동안 또 잃어버린 줄 알았다.

그딴 경험은, 더는 두 번 다시…….

"오, 라, 버, 니?"

쓰윽, 내 시야에 마이의 얼굴이 비집고 들어왔다.

"아, 어라, 마이……?"

약간 얼떨떨했던 머리가, 웃고는 있지만 서슬이 시퍼런 마이의 얼굴을 보고 완전하게 현실로 내동댕이쳐졌다.

그리고 지금 발생했던 일련의 흐름을 객관시하면 어떻게 되나 돌이켜본다.

"……어휴, 난 몰라. 못 도와준다, 카이토."

한숨을 쉬고 『나는 관계없습니다』라며 시치미 떼는 표정을 짓는 유토.

저 배신자에게는 나중에 뭔가 정의의 철퇴를 내려주겠다고 다짐하면서 일단 눈앞에 있는 야차의 화신을 진정시킬 방법만 고민했다.

"자, 잠깐, 아니, 거 뭐냐, 이래저래 사정이 있었어. 감정이 복받쳤던 거야. 왜 있잖아, 이런 분위기라는 게, 불가항력의 사고와 비슷하게 다뤄야 하는, 야한 느낌이랑 관계가 없는 행동이라서 용서받을 수 있는 분위기가, 있잖아? 있는 게 맞지? 있어야 하는 게 아닌가 생각하는데. 아, 맞다, 이야기의 라스트 키스 신이라든가 아무리 서로 꽉 끌어안고 키스해도 절대로 야하지는 않은……."

"우후후, 마이는 무척 유감스러워요. 왤까요? 변태 범죄자 오라버니?"

아, 망하는 분위긴데…….

"조그만 여자애를 갑자기 끌어안더니 싫어하는데도 억지로 붙잡아서 안 놔주고……."

나무 뿌리 부근에 기대어 앉아 있었던 내 어깨를 마이의 손이 거머쥔다.

"저기, 잠깐만, 설명할 테니까, 소용없더라도 일단 변명의 기회르…… 끄윽?!"

손을 들어 올려서 무저항을 주장하는 내 뺨을 마이는 어깨를 거머쥔 쪽과 반대편 손으로 움켜잡았다.

"오라버니? 지금 오라버니에게는 발언권이 존재하지 않는답니다?"

"녀어, 녀무해에."

"시끄럽거든요, 로리 페도필리아 오라버니."

"료리헤도?!"

소아 성애(페도필리아)라니, 분명 레티시아는 발육이 별로 좋은 체형은 아니다만…….

소아라고 할 만큼 아주 어리지는 않다고. 게다가 빈유는 빈유라서 좋은 법…….

"오라버니, 마이가 이렇게 슬퍼하고 있는데도 무슨 딴생각을 하는 건가요? 네? 오라버니, 지금은 마이랑 대화 중이잖아요? 네? 네? 네? 제 말을 제대로 듣는 거예요?"

"녜에엣, 느예에엣?!"

눈에 빛이 없는 마이의 추궁 앞에서 나는 「잘못했어요, 다시는 안 할 테니까 용서해주세요」라고 싹싹 빌어야 했다.

"자, 다시 힘차게 도시를 향해 이동해볼까."

"이성을 잃어버리고 짐승이 된 오라버니 때문인데요?"

"뭐, 나도 마음은 이해가 되긴 하는데, 결국 자업자득이지?"

"자아! 다시 힘차게 도시를 향해 이동해볼까아!!"

가자미눈으로 쳐다보는 동생과 어이없어하면서도 쓴웃음 짓는 절친의 말을 우렁차게 소리 높여서 잘라먹고 말했다.

이 세계에 돌아오자마자 벌써 옥신각신을 벌였다만, 그쪽은 일단 제쳐 두기로 하고 언제까지나 이렇게 시간을 보낼 순 없는 노릇이다.

일단 도시에서 정보 수집과 정비를 할 시간이 필요하겠다.

마이와 유토도 철저하게 단련시켜야 한다.

이 세계로 돌아온 이후 꽤 엷어졌을지언정 미나리스와 슈리아와의 연결이 분명하게 느껴진다. 두 녀석이 절대 쉽사리 살해당할 것 같지는 않다만, 조금이라도 빨리 합류하고 싶었다.

메테리아도 당연히 신경 쓰인다.

나를 원래 세계로 되돌려보낸 것이 그 녀석이다. 그 자리에는 미나리스와 슈리아, 메테리아가 따로 남겨졌을 텐데 미나리스와 슈리아는 어떻게 살아남았을까.

그리고 지금 막 조우했던 마황수의 분체라 짐작되는 마물. 레티시아가 마황수로 변모하지 않았다면 그것은 대체 무엇이었는가.

마황수의 분체치고는 약했기에 쉽게 해치울 수 있었던 것도 마음에 걸린다.

게다가 이곳이 수인국이라면 그놈이 있는 나라다.

주먹 하나로 수많은 마물을 쓰러뜨려서 많은 목숨을 구출했고, 또한 내 신뢰를 배반하여 레티시아가 죽은 원인을 만들었던 남자.

그리고 레티시아가 있다는 것은 이 나라에 다른 한 명, 기필코 죽여야 하는 대상이 하나 더 있음을 의미한다.

레티시아의 죽음을 초래했던 존재가 둘 모두 이 나라에 있다.

문제는 산더미 같고 시간도 썩 남아 있지는 않을 테니까 어떻게 죽일 것인가 빈틈없이 생각을 정리해야 한다.

자, 고민을 하자.

고민하고 고민하고 죽도록 힘껏 고민해서 어떻게 하면 더욱더 깊숙이 그것들을 절망시킬 수 있을까 고민하자.

나는 절대로 용서하지 않는다. 우리를 배반했던 그것들을 용서하지 않는다.
거기에 어떤 숭고한 이념이 존재하든 관계가 없다.
거기에 어떤 고상한 정신이 존재하든 관계가 없다.

세상의 온갖 고통 속에서.

선도 악도 전부를 밀어내고 오직 감정이 지배하는 법정 안에서.

죄도 벌도 존재하지 않는 고문의 끝에 맞이할 처형장에서.

떠올릴 수 있는 한 가장 잔학한 방법으로 너희를 죽여주겠다.
내 소중한 여자의 생명을 빼앗았던 너희는 용서하지 않겠다. 더는 두 번 다시 너희가 레티시아를 상처 입히도록 놔두지 않겠다.
나 자신의 복수 하나 때문이 아니다. 유일하게 무언가를 지키는 목적에도 연결되는 복수.

레티시아는 어리석은 나와 함께하던 첫 번째 세계에서 이미 충분히 고통 받았다. 그러니까 조금이라도 레티시아가 상처를 받지 않도록.
하다못해 조금이라도 오랫동안 살아갈 수 있도록.

……그것이 설령, 나 자신이 레티시아의 복수 대상으로 낙인찍히는 행위일지라도.

수인국 그란디아의 제2황자, 권투사 레온 가일드.

그리고 마왕 **레티시아의 언니, 리리아 루우 헐스톤**.

"기필코 죽여주마. 몸이 갈려 나가는 고통 속에서 짓밟은 다음 우리가 겪은 것보다 더한 절망의 바다에 가라앉혀주겠다."

너희 두 사람을 싹 집어삼켜서 지옥 밑바닥에 가라앉혀주마.

그것이 세계를 건너다니며 기억을 빼앗기고도 끝내 사라져 없어지기를 허락받지 못했던 나의 맹세다.

두 번째 용사는 복수의 길을 웃으며 걷는다 6
~마를 사모하는 생령~

초판 1쇄 발행 2019년 9월 20일

지은이_ Kizuka Nero
일러스트_ Sinsora
옮긴이_ 김성래

발행인_ 신현호
편집장_ 김은주
편집진행_ 최은진 · 김기준 · 김승신 · 원현선 · 권세라
편집디자인_ 양우연
국제업무_ 정아라 · 전은지
관리 · 영업_ 김민원 · 조은결 · 조인희

펴낸곳_ (주)디앤씨미디어
등록_ 2002년 4월 25일 제20-260호
주소_ 서울시 구로구 디지털로 26길 111 JnK디지털타워 503호
전화_ 02-333-2513(대표)
팩시밀리_ 02-333-2514
이메일_ lnovelpiya@naver.com
L노벨 공식 카페_ http://cafe.naver.com/lnovel11

ISBN 979-11-278-5236-8 04830
ISBN 979-11-278-4600-8 (세트)

값 9,800원